3
ようこそ実力至上主義の教室へ2年生編
Welcome to the Classroom of the Second-year
衣笠彰梧×トモセシュンサク

ようこそ
実力至上主義の教室へ
2年生編3

衣笠彰梧

MF文庫J

「一つ聞いてもいいか」
「はい？」
「その、何というか可愛い水着を選んだんだな。
それに理由はあるのか？」
「理由ですか？　テレビで見るビーチフラッグスって
こういう水着でやってるイメージだったので
スクール水着で参加するのはおかしいのではって。私間違ってました？」

南方《みなみかた》こずえ
勉強はからっきしだが、運動神経は抜群。誰とでも分け隔てなくフランクに接することが出来る。
浜《はま》口《ぐち》哲《てつ》也《や》
クラスの参謀的存在の一人。運動面はどちらかと言えば苦手だが、勉強や会話が得意で、女子からは男性を意識させない生徒として人気。

安《あん》藤《どう》紗《さ》代《よ》
バレー部に所属する
生徒で高身長。運動
神経が高く体力に自
信がある。実は柴田
に恋する少女。

『っ！　離せ！』
『離しませーん』
『あんた、絶対普通じゃない……！』

「不思議？　年下の女に
怯えて身体が震えるなんて。
でもね、その感性は大切にした方が良いと思うよ櫛田先輩」

3
ようこそ実力至上主義の教室へ2年生編
Welcome to the Classroom of the Second-year

E F G H I J
無人島地図

無人島試験について（2年生）

試験概要

- 無人島で最大2週間のサバイバルを行う。
- 求められる能力は多種多様で、総合力が高い方が有利だが結束力も重要。

報酬

1位のグループ
300クラスポイント、100万プライベートポイント、1プロテクトポイント

2位のグループ
200クラスポイント、50万プライベートポイント

3位のグループ
100クラスポイント、25万プライベートポイント

上位50%（1位～3位含む）に入賞したグループ
5万プライベートポイント

上位70%（1位～3位含む）に入賞したグループ
1万プライベートポイント

※上位3グループが得るクラスポイントは下位3グループの学年から移動される。クラスポイントに関しては人数に関係なくクラス数で均等に分配される（四捨五入）。

ペナルティ

下位5グループになった生徒は退学のペナルティを受ける。ペナルティを受けてしまった場合、600万プライベートポイントを支払うことで救済される。

※ペナルティのポイントはグループの人数で均等に割られる。

※試験が始まってからはプライベートポイントの貸し借りが出来ないため、乗船前の段階で自身の携帯に必要な救済ポイントを所持していることが必要。

配布カード

基本カード一覧

先行…… 試験開始時に使えるポイントが1.5倍される。

追加…… 所有者の得るプライベートポイント報酬を2倍にする。

半減…… ペナルティ時に支払うプライベートポイントを半減させる。このカードを所持する生徒のみ反映される。

便乗…… 試験開始時に指定したグループのプライベートポイント報酬の半分を追加で得る。指定したグループと自身が合流した場合効果は消滅する。

保険…… 試験中に体調不良で失格した際、所有者は一日だけ回復の猶予を得る。不正による失格などは無効とする。

特殊カード一覧

増員…… このカードを所有する生徒は7人目としてグループに存在できる。本試験開始後から効力が発揮され、男女の割合にも左右されない。

無効…… ペナルティ時に支払うプライベートポイントを0にする。このカードを所持する生徒のみ反映される。

試練…… 特別試験のクラスポイント報酬を1.5倍にする権利を得る。ただし上位30%のグループに入れなかった場合グループはペナルティを受ける。また増加分の報酬は学校側が補填するものとする。

A
B
C
D
1
2
3
4
5
6
7
8
9
10
N
W
E
S

ようこそ
実力至上主義の教室へ
2年生編3

衣笠彰梧

MF文庫J

ようこそ実力至上主義の教室へ2年生編 3

Welcome to the Classroom of the Second-year

contents

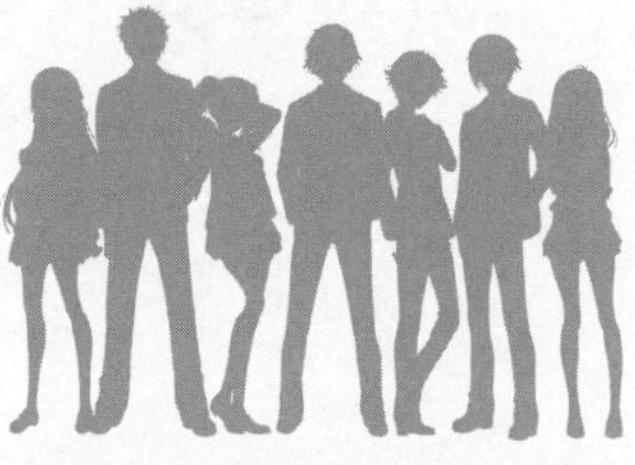

口絵・本文イラスト：トモセシュンサク

○七瀬《ななせ》翼《つばさ》の独白

あの時の衝撃は、今でもよく覚えています。
何の前触れもなく告げられた残酷な現実。
夕暮れの日差しが入り込む古いアパート。
長く大きな影が、大時計の振り子のように微《かす》かに左右に揺れていた。
それを直視することが、理解することが私には出来なかった。
温かい手が、私の頭を撫《な》でてくれた。
優しい微笑《ほほえ》みが、私の心を癒《いや》してくれた。
真剣なその眼差《まなざ》しが、私に憧れの感情を教えてくれた。

あの物言わぬ無表情が、私に絶望を覚えさせた。

強く、優しく、そして誰よりも努力することを諦めない人。
その人が夢を掴《つか》めないなんて、あっていいはずがない。

もちろん、自分でも矛盾していることはよく分かっているんです。

だけど許すことは出来ない。
人は罪悪感を抱えながら戦うことは難しい。
だから自らを『正義』の旗の下に正当性を主張して戦おうとする。
自らの正義がある限り、その信念を抱くことで戦い続けられる。
『私』の脆《もろ》い心では、その『正義』を支えることは出来ない。

だから『ボク』がそれを支える。

そうすることで……綾小路清隆《あやのこうじきよたか》を本気で倒すことが出来る。
彼を還《かえ》るべき場所へ還すこと。
そうしなければ、第二、第三の犠牲者が生まれてしまう。
それだけは、避けなければならない。
目の前でこちらを見つめる綾小路清隆。
全てを終わらせるなら——今、ここで、ということ。
そして次のステップに進む。
本当の目的は、綾小路清隆を倒したその先にある。

○十人十色の戦略

7月20日。目の前に広がる常夏の無人島。そして高く青い空に透き通った広い海。

この場所で学生たちは2週間を過ごすことが決まっている。

雲一つない夜であれば、目を奪われる満天の星が広がっていることだろう。

友と語り合い、想《おも》いを寄せる人物と肩を寄せ合う。

火を囲み、踊り、はしゃぐ。そんな青春の1ページを送ることも出来る。

それだけを聞けば、誰もが羨む夏休みだと勘違いするかも知れない。

しかし高度育成高等学校の生徒たちにとって、無人島は1つの大きな試練の場だ。

「真嶋《ましま》先生の説明通りだけど、1年前の無人島よりも随分《ずいぶん》大きい島だね」

隣に立った平田洋介《ひらたようすけ》から声をかけられる。

確かに一目瞭然、無人島の規模は昨年をかなり上回っている。

そして試験内容も同様にスケールアップしている。

「普通に2週間生活するだけでも、リタイアする生徒が出てくるかも知れない」

「うん、不測の事態が起こる可能性は十分高いと思う。何より水の確保が最優先だね」

船上からでも伝わって来る熱気。

灼熱《しゃくねつ》に照り付ける太陽が砂浜を焦がしているのは明らかだ。

7月も下旬に入ったこの日、気温は40℃近くを記録していた。洋介《ようすけ》の懸念通り、水分補給を怠らず熱中症や脱水症状に注意することが求められる。

島が近づいてくると、その全容も少しずつ明らかになり始めた。

「昔は人が住んでたのかな」

「かもな」

無人島の中にあって異質さを放つ整備された港が、少しずつ近づいてくる。

船は島の外周を旋回することなく、真《ま》っ直《す》ぐ港へと向かっていた。

特別試験の始まりが秒読みになったことで、洋介は柔らかい表情とは裏腹にデッキの手すりを強く握りしめる。今からの2週間で大きく学校全体の状況は変わっていくだろう。どこかの学年のクラスが入れ替わり、どこかの学年の生徒が退学する。そんな状況が起こってもおかしくない内容。2学期からは全く違った環境に置かれることも十分に考えられる。それは、平穏を望む洋介には嬉《うれ》しくない展開だ。

無意識のうちに力が篭《こも》っていたとしても不思議じゃない。

そしてついに、下船の準備をするよう船内放送が流れた。

「覚悟は出来てるか、洋介」

守るべき平穏が脅かされそうになっている中、あえてそう強い口調で声をかけた。

不安を感じながらも洋介は1度頷《うなず》きオレの目を見据《みす》えてくる。

「心残りが無いように全力を尽くすよ。それがクラスに出来る僕のたった1つの方法だ」

けして退学者を出したいわけじゃない。

だが、クラスメイトから犠牲者が出る確率を0にすることは出来ない。

そのことを心した上で、オレたちはデッキを後にした。

1

無人島に上陸する前日の、7月19日。午前12時36分。

全12層からなる豪華客船、サン・ヴィーナス号は海上を南南西に突き進んでいた。

人気《ひとけ》の少ない後方デッキで、恋人である軽井沢恵《かるいざわけい》が手を振ってオレを迎える。

周囲に人がいないことを確認し、オレたちは隣り合って海を見つめた。

「凄《すご》い景色よね……」

太陽に照らされ水面はちりばめられた宝石のように輝いている。

それをどこかロマンティックに眺めながら恵が目を細めた。

「去年は見てなかったのか？」

「そりゃちょっとは見たけどさ、景色なんて二の次で友達と船内で遊んでばっかだった」

そう言って、ちょっと恥ずかしそうに告白する。

まあ無理もない。多くの生徒にとって初めての豪華客船。

景色をゆっくりと見ているくらいなら、1秒でも船内で遊びたいと思うものだ。

今年乗り込むことになったサン・ヴィーナス号は、７００人を超える旅客定員を乗せられるクルーズ客船で、日本籍の船としては3番目に大きいらしい。

5階のエントランスロビーからフロントを始め、上層階には映画館やプール、ジムやカフェ、レストラン、展望浴場やゲームコーナーまで備えられている。去年と同等以上の充実した施設が立ち並んでいる。満足に遊びつくすには1日や2日では足りないだろう。

もちろん医務室や病室も存在し、不測の事態への体制は整えられている。

「ていうか、真っ昼間からこんなとこでデートしてて大丈夫かな……」

落ち着かない様子で恵《けい》がキョロキョロと辺りを見渡す。

「絶対誰にも会わないなんて保証は出来ないが、まず大丈夫だ」

今日は午前11時から昼食会場がオープンし、まずは1年生から食事を始めた。正午から行われる説明会のための早めのランチ。一方で2年生と3年生はやや時間をズラして正午から食事がスタート。まだ多くの生徒が豪勢な料理に舌鼓《したつづみ》を打っている頃だ。

午後1時前のこの時間は、二人きりになる数少ないタイミングといえるだろう。

「やっぱり今年は人数が多いから、事前に説明しておくのかな」

「それもあるかも知れないが、それだけじゃないだろうな」

説明会の予定時間は1時間で去年よりも相当長い。恐らくは炎天下の状況を考慮して砂浜で説明を行わないのだろう。直射日光を浴びながら長時間の説明を聞いていれば、熱中症で倒れる生徒が続出することは避けられない。賢明《けんめい》というよりも無難な対応というところだろう。

「なーんかまだ実感が薄いなぁ……」

「クルーズ船に乗る機会なんてそうはないことだろうからな。どこか浮ついた気分になるのは無理もない」

冷静に分析してそう答えたが、恵は呆《あき》れるようにため息をついた。

「そうじゃなくって……清隆《きよたか》と付き合ってるって実感の話。あんた賢いのにそういうところは全然ダメなんだから」

オレと恵が付き合うことになったのは今年の春休みから。

既に数か月が経過しているが、外でデートらしいデートをしたことはない。高校生なら毎日のように登下校を共にしたり放課後遊びに出かけるものだが、周囲に付き合っていることを伏せているため、その頻度は他のカップルよりも少なくなる。

こうして二人きりになるのも、忍んでの密会のような形を取らざるを得ない。

確かに実感するような場面は極めて限られていたといえるか。

「清隆の方はどうなのよ。実感みたいなのってちゃんと湧いてる？」

「いや、どうだろうな。あると言えばあるしないと言えばない」

「なにそれー」

オレと恵は恋人同士になった、それは事実だ。

だが、今でも目に見えて何かが大きく変わったわけじゃない。

「こんな風に人知れず2人で外で会うなんて、ずっと考えられなかったからな」

「まあ、ね」

ふーっと恵《けい》が息を吐き、はるか遠くの地平線を見つめた。

「この後発表される特別試験の内容次第じゃ、頼みたいことが出てくるかも知れない」

「分かってるって。あたしに出来ることだったら、だけど」

元々、このことを伝えるために呼び出したのが主な理由だ。しかし、今日いっぱいまでは携帯が使えるため、本来必要なやり取りは簡単に出来る。わざわざリスクを冒して会う必要はない。恋人であるからという理由だけで直接会っているというのが面白い。

それからしばらくして説明会が終わったとの連絡が船内に流れる。

「1年生、終わったみたいね。一緒に行くわけにもいかないし、あたし先に行くね」

2人で行動すると怪しまれるため、恵は率先して船内へと戻って行った。

それから、1年生と入れ替わるようにオレたち2年生は映画館へと集合する。

特に決められた席はなく、各自自由にして構わないと入室時に説明を受ける。

どこでも気にせず座る者、仲の良い友人同士で集まる者もいるが、目立つのはグループで固まる者たちだ。当たり前と言えば当たり前だが、明日からの2週間一心同体で戦う仲間と意見交換しながら説明会を受ける方が時間の効率化を図れるからな。

単独で参加するオレは、自然とグループ連中の合間を縫って隙間に腰を下ろす。

もちろん前方ではなく後方の目立たない位置だ。

「……げ。なんでそこに座んのよ」

当然のことながら、そんな隙間に逃げ込むのは似たような思考をした単独の生徒。

どうやらオレが座ったのは、2年Bクラス伊吹澪《いぶきみお》の隣だったらしい。

「あんたわざとじゃないでしょうね？」

「全く」

単に同じ思考をしていて辿《たど》り着《つ》いた場所なのだろう。

「向こうに行くからついてこないでよね」

オレの隣であることが我慢ならないらしく、距離を取ろうと立ち上がる。

もちろん止めるつもりはないが、既に多くの席は埋まり始めていた。

右に行こうと左に行こうと、そこかしこで雑談しているグループばかりが目立つ。

その状況に気づいた伊吹が固まる。

もはや孤独の生徒に逃げ場などなかった。仕方なくオレから1つ飛ばした空席を狙うが、伊吹とタッチの差で2年Aクラスの鬼頭隼《きとうはやと》がどっかりと腰深く席についた。

隠そうともせず睨《にら》みつける伊吹だが、鬼頭は一切反応することなく腕を組む。

オレの隣に出戻るか、あるいはグループの群れに紛《まぎ》れるように座るか。二者択一。

少しだけ悩んだ伊吹は、仕方なくオレの隣に戻って席についた。

結果的に伊吹はオレと鬼頭に挟まれる位置で話を聞くことになったわけだが……。

それを差し引いてでも、よほど群れの中に入るのは嫌と見える。

そうでなければこの特別試験、女子でありながら単独を貫こうとはしない。

さて——伊吹《いぶき》とのやり取りはともかく無人島試験のルールに注視しよう。

慌ただしくなった前方に意識を向ける。

「ではこれより無人島における特別試験のルールを説明したいと思う」

去年と同様、説明を担当するのは2年Aクラスの教師である真嶋《ましま》先生。

スクリーン前に立つと、マイクを持って進行を始める。

「無人島に滞在する期間は明日からの2週間。昨年の無人島と同様に自分たちで自由に生活を行ってもらうことが基本となる。試験期間中に続行不能な怪我《けが》や体調不良に陥《おちい》る、もしくは重大なルール違反を犯した場合は容赦《ようしゃ》なく強制リタイアという形をとる。最大3人までの小グループを組んでもらったことは記憶に新しいと思うが、特別試験開始後、ある条件のもと小グループ同士が集まり、最大6人までの大グループを作ることが解禁される。そして自身の所属するグループ全員がリタイアした場合に失格となり、順位が確定する」

その順位が学校全体で下位5組になってしまった生徒は全員、退学の措置《そち》を受ける。ただしこの退学措置はプライベートポイントを支払うことで防ぐことが出来る。単独グループであれば600万。3人グループであれば1人頭200万ポイント。人数が多いほど必要な支払う対価は減っていくが、支払えた生徒だけしか救済はされない。大金を持っている生徒は必然的に限られてしまうため、その他大勢にはあまり関係のない話だ。

また、最下位含め下から3つのグループは在籍するクラスのクラスポイントが大きく下がる仕組み。退学だけでなく残ったクラスメイトに多大なる迷惑をかけることにもなる。

何としてでも下位5組を脱しなければならないのは、全グループの共通認識だろう。

「明日から2週間無人島生活をしてもらうわけだが、重要なのはここからだ」

そう。これまで『順位』の決め方は一切説明されていない。

「各グループには順位を決めるための『得点』を集める戦いを行ってもらう」

150人を超える生徒たちが、映画館内の巨大なスクリーンに注目する。

無人島特別試験概要
・全グループで2週間、得点を集め競い合うサバイバル試験
・期間中、リタイアによりグループ全員が離脱した場合はその時点でグループは失格
（集めた得点は全て無効となり、その時点で順位が確定する）


つまり沢山の得点を集めたとしてもグループ全員がリタイアすれば全てが無駄になるということだ。得点を集めることも重要だが、特別試験が終了するまでリタイアしないための立ち回りが何よりも優先される。

そして、その概要とともに明日上陸する無人島の地図が表示された。縦横に線が入っており、細かく均等にマス分けされている。

「得点の集め方は2通り存在する。1つは全部で100に分けられた特定のマス内に、一

定時間毎《ごと》に向かうよう指示が出される『基本移動』のルールから得る方法。たとえばスタート地点は港があるD9エリアになるが、移動先としてC8エリアが指定されたとしよう。その指定エリアに辿《たど》り着《つ》くのが早かったグループには『着順報酬《ほうしゅう》』として1位のグループには10点。2位のグループには5点。3位のグループには3点。さらに指定時間内に辿り着いた者には全員等しく『到着ボーナス』として1点が与えられる。仮に3人グループが1位を取れば着順報酬の10点に加え、到着ボーナスとして3点。合計13点が1度に貰《もら》える仕組みだ。これが2人グループであれば到着ボーナスは2点のため12点になる」

1位を狙うために無茶《むちゃ》なことをするグループも出てくるおそれがある。だが競い合う場所は街中ではなく無人島だ。平坦《へいたん》な道も少なく障害物も多いことが安易に予想される。予期せぬことで怪我《けが》もする。どれだけ得点を早く多くかき集めても、グループ全員がリタイアしてしまったらその時点で失格。集めた得点は没収され水泡に帰すという流れだ。

「基本移動における移動先エリアの告知は試験の初日と最終日は3回だが、それ以外の12日間は日に4回。ゴール時間は午前7時から午前9時、午前9時から午前11時。2時間の休憩を挟んだのち、午後1時から午後3時、午後3時から午後5時までの間となる」

各2時間の持ち時間の間に、指定されたエリアに辿り着くことで得点が得られる仕組み。午後5時までなのは、暗い時間帯の移動は危険を伴うため学校側も配慮している形か。

「気を付けなければならないのは、指定エリアへの移動を3回連続でスルーしてしまうとグループごとに1点減少してしまう点だ。さらに4連続なら1度に2点、5連続なら1度に3点とスルー回数を重ねるごとにペナルティも1点ずつ重くなる。ただし1度でもスルーを止めれば累積値は0に戻り、再び3連続のスルーをした時から1点の減少が始まる」

体力を使い果たすなどして身動きが取れなくなると、向かうべきエリアに追い付けなくなり集めた得点を失い続けるケースも出てくるということだ。

逆に一切の無理をせずスタート地点にキャンプを張って、近い範囲にだけ出現した指定エリアから得点を集め2週間を手堅く過ごす……といったことをやろうとしても得点はほぼ集まらない。リタイアするグループが現れなければ、何もしないまま最下位に沈んでしまい退学とクラスペナルティを受けてしまうだろう。

「このスルーに関してだが、エリア内にグループの『誰か』が辿り着いた時点でセーフ。つまりグループ内全員が必ずしも辿り着く必要はないということだ。もちろん得られる到着ボーナスは指定されたエリアに辿り着いた人数分だけとなる」

その説明を受けると同時に生徒たち全員が少しざわめいた。

仮に3人が所属するグループのうち1人だけが指定エリアに辿り着けば、グループには到着ボーナス1点が与えられると同時に、スルーの対象とはならない。得点を集める上では純粋に人数が多い方が圧倒的に有利ということ。単独や2人グループで参加する者たちは、同じようにクリアし続けても強制的に得点を引き離されてしまう。

「しかし1つだけ注意事項がある。1位から3位に与えられる着順報酬に関しては、リタイア者の発生していないグループかつ、グループの全員が指定エリアに到達している場合のみ発生する。そしてグループ内で最後に到達した生徒の記録を順位として参照する」

それは妥当なルールじゃないだろうか。もし1人でも着順報酬《ほうしゅう》が発生するとしたら、体力のある者だけが指定エリアを巡るなどのパワープレイも可能だ。あるいはグループ全員が常にバラバラに行動し、様々な地点で新しい指定エリアを待ち構えることも出来てしまう。そうなれば人数の少ないグループには完全に勝ちの目は消えるだろう。全員が到着した時点での記録にすることで、単独グループに僅《わず》かながら勝ちの目が残る。

が、それらを差し引いても、人数が多い方が圧倒的に有利であることに違いはない。

「地図上では明らかにエリア指定が不可能な場所もある。たとえばB1やC1、F10やG10などは完全に海の上であり、こういった場所が指定エリアに選ばれることはない」

スクリーン上の地図から、到達不可能な一部のエリアが赤く塗りつぶされ除外される。

「この指定エリアには一定の法則があり、1日4回のうち3回は最後に指定されたエリアを中心に前後左右2マス内、斜めは1マス内に再指定される」

前後左右2マスと斜め1マスであれば移動はさして難しくなさそうだ。

2時間の持ち時間があるのだから、かなり余裕を持った移動が出来ると考えられる。

しかし1日に行われる指定エリアの設定は4回。

つまり残り1回はその法則に当てはまらないということ。

「1日のうちいずれか1回だけは今の法則は当てはまらず例外となり、どの地点に指定エリアが設置されるかは分からない。D2にエリア指定された後、D9に配置されるようなことも起こりうるということだ。ただしランダム指定が2度続けて起こることはない。1日の最後である4回目にランダム指定され、次の日の1回目にまたランダム指定が来るといったケースは起こらないようになっている」

1日に1回だけというが、どこに指定されるか分からないとなると大ごとだ。

最北から最南に移動となると、まず2時間では辿《たど》り着《つ》けない。

体力があろうと否応《いやおう》なしに指定エリアに振り切られることになってしまう。

遠方の指定エリアを無理に追いかければ、スタミナ切れや移動が不可能になるようなアクシデントが生じる場合もあるだろう。その結果次の指定エリア、そしてその次の指定エリアに辿り着けないという状況に陥《おちい》れば、スルー回数3回に抵触するだけじゃなく、いつまでも指定エリアに追いつけなくなるという展開も予想される。

こうなると得点を集めることはおろか、得点を維持することも簡単にはいかなくなる。

非常に怖い要素であることを肝《きも》に銘《めい》じておかなければならない。

無茶《むちゃ》な移動を繰り返し指定エリアを踏み続けるか、時には危険を避けてスルーを覚悟で移動するか。臨機応変な対応が各グループの能力に応じて求められる。

「また立て続けに同じエリアが指定されることは無いが、D2が指定され、次にD3が指定され、その次に再びD2が指定されるといったケースは起こりうる。更に指定エリアが発表された時点でそのエリアに足を踏み入れていた場合は1人1点を得ることは出来るが着順報酬を得ることは出来なくなるため注意するように」

つまり着順報酬《ほうしゅう》を狙う場合は下手な移動はリスクにもなるということか。

次の着順報酬を狙うためには、最終指定エリア内に留《とど》まるか、いっそのこと前後左右2マス斜め1マスの範囲を出てしまうしかない。が、後者の場合はランダム指定で踏んでしまうリスクはどうしても避けられない。

「以上が1つ目の得点を得るための方法の基本移動だ。概要を表示しておく」

基本移動のルール概要
・日に4回指定エリアが告知される(初日と最終日は3回でランダム指定は無し)
ゴール時間は、午前7時~9時、午前9時~11時、午後1時~3時、午後3時~5時
・指定エリアは法則があり、1日3回は前後左右2マス斜め1マスの範囲内に限定
1日1回はランダムに指定され、どの地点が指定エリアになるかは分からない
(ランダムな指定が2度続けて起こることはない)
・指定エリア内に辿《たど》り着《つ》いたグループ順に1位が10点、2位が5点、3位が3点得る
※着順報酬はグループ内全員が指定エリアに辿り着いた時点の記録が参照される
・各時間内に指定エリアに辿り着くと到着ボーナスとして全員に1点が与えられる

・指定エリア告知の段階で既に到着していた場合1人1点を得るが、着順報酬は無効
・3回連続で指定エリア到着をスルーするとペナルティ。回数に応じ得点が引かれる
（ただし1度でもスルーを止めると累積値は0に戻る）


スクリーン上に表示された概要は、真嶋《まし ま》先生が説明した通りだ。

「もう1つの得点を得る方法を説明する前に、これを見てもらいたい」

真嶋先生は姿を見せた2年Cクラス担任の星之宮《ほし の みや》先生から何かを受け取る。

手を挙げて見せてきたのはデジタル型の腕時計か。

「明日の試験開始から試験終了時まで、生徒にはこの腕時計を身に着けてもらう。その他に腕時計と連動するタブレットも支給されることになるが、その説明は後で行う」

腕時計の拡大版と詳細な機能がスクリーンに表示されていく。

「この腕時計は時刻の確認だけでなく、得点を得るために必須の道具でもある。基本移動の得点などはすべてこの腕時計を元に集計されるからだ。また時間内に指定エリアに入るとその旨《むね》の通達が来るなど便利な機能も備わっている。多少タイムラグが発生することも考えられるので、時間ギリギリであったり即座にエリア外に出てしまうなどすると無効となる可能性があることに注意しろ。得点が入ったかどうか、必ず腕時計の通知を確認して

もらいたい」

何はともかく、腕時計がなければ話にならないということだ。

「さらにこの腕時計を身に着けた生徒の体温、心拍数、血圧、血中酸素、睡眠時間やストレスレベルなどを学校側が常時モニタリング出来るようになっていて、何らかの項目が規定ラインを越えた場合には『警告アラート』が鳴る」

腕時計を持った真嶋《ましま》先生はマイクを一度星之宮《ほしのみや》先生に預けると、実際に腕時計を身に着け始めた。1人では付けられない仕様なのか、作業員が工具を使って取り付けている。

程なくして真嶋先生が腕時計を付け終わると、スクリーンに先ほど口頭で述べていたように心拍数や血圧、体温などが一斉にリアルタイムで表示された。

学校側は全生徒の健康状態を、一度に監視出来るということだ。

「ここで1つ例を見せる。たとえば体温が38度以上にまで上がったとしよう」

すると、間もなく高いアラート音が腕時計から流れ始めた。

「これが警告アラートだ。これが鳴った段階では、あくまで警告のため5秒すると自動で鳴りやむ設計になっている」

5秒経《た》ったことで高いアラート音が鳴りやむ。

「しかし規定を超えたままの状態が続いていると、10分後に再度警告アラートが鳴る」

テストで2回目の警告アラートが鳴る。先ほどよりも少し音が高い。

これも5秒で止まるのか、すぐに音は鳴りやんだ。

「今のが2度目の警告アラートだ。それから更に5分、状態の異常が続くと――」

3度目になると今までで一番高い音が鳴り響き始めた。

「最後は警告アラートではなく『緊急アラート』に変わる。この状態になった場合は24時間以内にスタート地点にてメディカルチェックを受けてもらう。無視あるいは辿《たど》り着《つ》けなかった場合には状況次第でリタイアなどのペナルティを受けることになるだろう。また、この緊急アラートは手動で切らない限りは鳴り続ける仕組みで、5分間停止されなかった場合は教職員と医療班《いりょうはん》がGPSを元にその場へ駆けつけることになる」

身動きが取れない大怪我《おおけが》、あるいは意識を失うような状態に万が一陥《おちい》ったとしたら助けが来るということだ。もちろんアラートを出さないことが一番大切だが。

「先ほど腕時計を取り付ける時に見ていたと思うが、試験中不正が出来ないよう取り付け取り外しには特殊な工具が必要となる仕様だ。仮に何らかの方法で強引に取り外した場合、自動的に得点を得る機能をストップさせる仕組みになっている」

体調が悪くなったり不都合なことが起きた時、誰かに外した腕時計を持たせて自分の代わりに得点を稼ぐ、そういった不正行為は必然的に不可ということだ。

「また強い衝撃などで物理的に破損した場合や、通常の使用範囲内であっても何らかの理由で機器の一部に異常が出た場合は得点機能がオフになる。その際はスタート地点に足を運び交換対応を行ってもらう」

万が一故障してもペナルティを受けるわけじゃないが、得点そのものが入らないのは痛いな。しかも交換対応のためにスタート地点にまで戻らなければならないのも厳しい。

「さて、腕時計の概要が分かったところで基本移動の話に戻そう。試験中、全グループが同じ指定エリアを目指すわけではない。この腕時計内部には『テーブル』と呼ばれるものが存在し全部で12通りある。たとえば今私の腕時計がAテーブルだとしよう。最初の目的地はD8、次の目的地はD7、更にその次はC6、といった風に初日から最終日までどの指定エリアになるかは内部的に最初の段階で決まっているということだ。一方星之宮《ほしのみや》先生の身に着けた腕時計がBテーブルだった場合、最初の目的地がD10、次がE9、次がF8といったように向かうべき指定エリアが異なる」

指定エリアの話を聞いたとき、最初に気になっていたことだ。

もし全グループが同じ目的地を目指し続けるだけのゲームなら、同じルートを同じように速いか遅いかを競い合うだけの戦いになる。

だが、12通りのルートがあるのなら話は当然大きく変わってくる。

Aテーブルは Aテーブルで競い合いつつも、時にはBテーブルやCテーブルと同じ目的地で被《かぶ》ることもあるだろう。そういった複数の競争を同時に進行していくことになる。

3日も経《た》てば無人島各地にグループが点在することになっているだろう。

「無論、グループを組んでいる者たちは全員同じテーブルとなる。試験中に大グループを組んだ場合には、当然全員が同じテーブルに書き換わるため支障は生じない」

逆に言えば12パターンのテーブルが存在することによって、他テーブルの生徒と行動を共にしながら基本移動で得点を集める作業は実質不可能になる。

オレは腕時計を身に着けた自分をイメージし左腕に視線を落とす。もし身に着ける腕時計に何かしらの細工がされていたとしたら、意図的に故障を引き起こしオレの得点を妨害することが月城《つきしろ》サイドには可能だ。しかしそう何度も使える手ではない。

1回や2回なら偶然も通じるが、3回4回と外的要因がないのに故障を繰り返せば奇妙な疑いが生まれる。仕掛けてくるとしても1回か2回。厳しい上位争いから脱落するおそれはあるが、着実に得点を重ねておけば下位グループに沈むことはないだろう。

頭の片隅に置いておく必要はあるだろうが強く警戒するほどでもないか。

腕時計に関する概要
・腕時計を通じ24時間学校側に健康状態を管理されている
・破損などの異常が検知されると得点の入手が不可能になるためチェックが必要となる
・使用者の健康異常については、アラートで知らせる。警告アラートは無視できるが、緊急アラートが鳴った場合はスタート地点へ行くこと
（24時間以内に到着しない場合リタイアのおそれ有り）

・腕時計には12通りのテーブルが存在し、テーブル毎《ごと》に指定エリアの順序が異なる
・緊急アラートが鳴って止めずに5分経《た》つと医療班《いりょう》らが現地に急行する
（心拍の停止や血圧の急低下などの際は直ちに救助に向かう）


この指定エリアを巡って得点を集めていく方法は、健康なら誰にでも参加可能なものだが、高い得点が与えられる着順報酬《ほうしゅう》を得るには足の速さやスタミナなど身体能力が大きく左右する。これでは身体能力に自信のない生徒たちに勝ちの目は薄いだろう。

つまり頭を使って得点を得る方法が他にも必ず用意されているはずだ。

「次に得点を得る方法の2つ目を説明する。それは無人島の至る所に設置される『課題』をこなすことで得点を得るというものだ。課題は午前7時から午後5時まで随時各所で行われることになる。100か所に分けられたエリアだが、同じエリア内に複数の課題が出ることもある。まずは見てもらおう」

スクリーンに課題の一例が表示される。

C3のエリア内、その1か所に赤い点が表示される。

「タブレット上でのみ確認できるこの赤い点に、課題が設置されている。この課題の有無を示す赤い点はいつ出現するか、どこに出現するか、どんな課題であるかは生徒から予測が出来ない。出現して初めて知ることが出来る」

課題・『数学テスト』　分類・学力
参加条件・課題出現から60分以内のエントリー
参加人数・1人（グループ内からは1人のみエントリー可能）
　10人が登録した時点で締《し》め切り
勝利条件・規定時間内に集まった生徒たちで点数を競う
（テスト内容は学年毎に異なるが難易度は同程度に調整される）
報酬・1位5点　2位3点　3位1点　更に入賞者には1日分の食料が与えられる

課題・『砲丸投げ』　分類・身体能力
参加条件・課題出現から30分以内のエントリー
参加人数・3人グループ以上
（4人以上のグループであれば内3人のエントリーで参加可能）
　全6グループが登録した時点で締め切り
勝利条件・3人の合計飛距離で競う
報酬・1位10点　2位5点　3位3点　参加賞として全グループは景品を1つ選択可能

課題・『釣《つ》り』　分類・その他

参加条件・課題出現から120分以内のエントリー
参加人数・2人グループ以上
（3人以上のグループであれば内2人のエントリーで参加可能）
全8グループが登録した時点で締め切り
勝利条件・1時間以内に一番サイズの大きな魚を釣った生徒の勝利
報酬《ほうしゅう》・1位15点

「課題で必要とされる能力は学力4割、身体能力3割、その他3割で構成されている。その他とは、細かい技術が必要なものから単純に運だけが必要なものなど多岐に渡ると覚えておけばいい。もちろん、同じ課題が複数回行われることもある」

どんな方法を用いるのか興味深かったが、こういうルールを用意していたとは。

これなら身体能力以外の部分も大きくモノをいう。

出題される課題のバランスも、身体能力関連が3割なのは絶妙と言えるだろう。

「課題を行う箇所には必ず教員もしくはこの試験を管理するスタッフが待機している。その者に受付を希望することで腕時計とタブレットを介してエントリーが行われる決まりだ」

基本移動にせよ課題にせよ、やはり人数が少ないほど厳しいルール性は共通している。

「タブレット上ではどの地点に課題があるかを始め、今スクリーンに表示されている参加条件などの情報は全て閲覧可能だ。それと課題の実施が終了を迎えた段階で、タブレット上からその課題の情報が消えることになっている点を忘れないようにしてもらいたい」

課題実施中はまだタブレット上に参加可能として表示されている。つまり苦労して課題の場所に着いたはいいものの、実は人数が揃《そろ》ってしまっていて参加できなかった、といったことも起こりうるということだ。

「4日目から、この課題の報酬の中に『グループ人数の最大数を開放』するものも行われる。1位を取れば最大上限3人の開放となり、2位は2人、3位は1人開放される。現時点で単独グループの者が6人の大グループを作る場合、最低でも1位と2位を1回ずつ、3人グループの場合は1回1位を取る必要があるだろう。また最大上限を6人にまで開放したグループは以後この課題に挑戦することは不可能となる」

何度か大グループという言葉を聞いていたが、課題を通じて権利を得るということか。得点や物品は得られなくても、グループの人数を増やせるのは重要な要素だ。

「課題の条件を満たしグループの最大人数を増やせるようになった場合、引き入れたいグループ側から腕時計の機能を使いメインリンクを起動させる。その後合流する別グループがペアリンクを起動し、メインリンク受け入れ中の腕時計に接触させる。リンク承認には10秒ほどかかり、その間であればキャンセルも可能だ」

晴れて大グループを結成すれば、同じテーブルに書き換わるということか。

「だがグループ人数の最大上限を開放する課題はそう多くは用意されていない。この権利を得られるグループは全体を通しても2割から3割程度に留《とど》まるだろう。以上の2つの方法で得点を集めていき、総合順位を全学年で競ってもらう。また合流が発生した場合、双方の所持している得点を平均化してリスタートとなる」

ということは、窮地《きゅうち》に陥《おちい》っている生徒をグループに引き入れて救済することも可能だが、助けるにはそれ相応のリスクを負うことも考えなければならないということ。1人グループが30点、5人グループが120点持っていて合流したとしたら平均して75得点。得点が同じグループ同士でない限り、どちらかのグループの得点が一度下がることになる。

だが、最大人数を増やすことは圧倒的に今後の立ち回りで優位になるため、一時的な点数の減少は然程《さほど》の問題にはならない。

それでも、単独で動く生徒にしてみれば余計に合流は難しいものになる。

余程優秀な生徒でもないと、得点を下げてまで引き入れるメリットはないだろう。

課題に関する概要

・課題は午前7時から随時出現し午後5時で終了する

（試験初日は午前10時から出現し、最終日は午後3時で終了する）

・課題は3種類に分類されており、同じ内容のものも何度か出題される

（学力4割、身体能力3割、その他3割）

・課題出現時間は予測が出来ない。実施状況を知るには現地に足を運ぶ必要がある
・上位入賞者は得点や食料、グループ人数の最大上限を上げる報酬《ほうしゅう》などが与えられる

ともかく、耳にしてみれば無人島の試験内容そのものは非常にシンプルだと言える。

基本移動と課題を繰り返し得点を積み重ねていくだけ。

「それでは次に、月城《つきしろ》理事長代理よりご挨拶を賜《たまわ》りたいと思います」

そういうと、真嶋《ましま》先生は姿を見せた月城にマイクを手渡す。

いつも通り薄い笑みを浮かべながら、月城は2年生たちを1度ゆっくりと見まわした。

「理事長代理の月城です。この無人島試験はこれまで前例のない大規模な特別試験になるでしょう。気を引き締《し》めていただくことは当然のことながら、学生としての自覚を忘れることのないよう取り組むようにしてください」

全員に語り掛けながら、ほんの一瞬だけこちらで視線を止めた月城。

それはほかの生徒には気づかれない程度の、僅《わず》かな硬直。

「私から1つだけ、生徒の皆さんに注意点を説明させていただきます。学校は生徒である皆さんを守る立場として、最大限安全と秩序の監視は行います。が、それでもこの無人島試験では全てに監視の目が行き届くわけではありません。特に多く発生すると思われるの

が、男女の違いによる敏感な問題です」

そんな話を始めた月城に、少しだけ学校サイドの人間が動揺したのが分かった。

「もし性的なトラブルが発生した際には、我々は退学も含め躊躇《ちゅうちょ》なく厳しいペナルティを与えます。悪質だと判断した場合には警察への通報も行います。どうかその点をお忘れなきようお願いいたします」

直接的表現に近いが、その手のことは絶対にするなという当たり前の念押し。

退学だけでも大きなことだが『警察』というワードが出ればまず間違いは起こさない。

「それからもう1つ。無人島での滞在が長くなればなるほど、自然とフラストレーションは溜《た》まるものです。食料不足や水不足によって、時には生徒同士で小競り合いに発展することもあるでしょう。それに関しては——私はある程度認める方針です」

その言葉を聞いて、強く動揺したのは生徒たちではなく学校側だ。

月城《つきしろ》の挨拶が学校の方針と異なっていることを証明している。

真嶋《ましま》先生が近づき月城に耳打ちをする。

勝手な発言は困る……そんな内容だろうか。

月城は真嶋の進言を全て聞いた後、やんわりとした物腰で下がるよう指示する。

「今、生徒同士で生じる問題を容認する発言を撤回するよう仰せつかりました」

隠すこともせず月城は、真嶋先生からの言葉を口にする。

「ですが撤回はいたしません。何故《なぜ》なら、一切の揉《も》め事《ごと》を起こさないということは実質不可能だからです。トラブルは起こるべくして起こるものなのですから」

それを聞いた真嶋先生の表情は険しくなる。

「無論、容認すると言っても推奨しているわけではありません。偶発的なトラブルを認めるだけであり、悪質だと判断したトラブルには遠慮なく学校側は介入します。略奪行為、同意なき相手の所持品の使用はルール上当然見過ごせず、ケースによっては即時リタイアにするうえ、場合によっては退学してもらうことになるでしょう」

けして好き勝手な自由を認めるわけではないという話。

理事長代理直々の警告は、生徒たちの心を改めて引き締《し》めさせたかも知れない。

しかしそれは同時に、オレに対する挑戦のような言葉にも受け取れた。

「以上となります。どうか高度育成高等学校の生徒に相応《ふさわ》しい行動をお願いいたします」

短い挨拶を済ませ、月城はすぐに真嶋先生へとマイクを戻す。

「月城理事長代理、ありがとうございました。では最後に、この無人島で生活をするにあたって必要不可欠な食料や道具に関する説明に移りたいと思う。先だって無人島限定で使用できる買い物に必要なポイントについて説明を行う」

マイクを持つ真嶋先生が指示を出すと、大きな荷台が押され大量の物品が並ぶ。

「個人に与えられるポイントは基本5000ポイント。それらを使いおまえたちにはここにある一覧から自由に購入し利用してもらう。なお先行カードを持っている生徒に関しては更に＋2500ポイントが与えられる」

その言葉を皮切りに、前から厚めのマニュアルが回って来る。

どうやら今回購入できる商品が載ったカタログのようだ。

これだけ大掛かりに用意するには相応の資金も必要になるが、軽く見たところ大手メーカーから聞いたことのないメーカーの商品まであり、協賛という形で提供していると思われる。政府直属の学校であることに加え、メーカーのテストも兼ねているのだろうか。

「品物は今配布している無人島マニュアルに全て記載されている。各自何を購入するか話し合うなり自分自身で決めるなり好きにするといい。購入は今から明日の朝6時まで受け付けるが、ポイントを残しておくことも可能だ。試験中スタート地点の港に用意するショップでの追加購入を認める。ただし現地購入する際の値段は2倍に設定するため、その点をよく覚えておくように」

水や食料など緊急時に必要なものを買うポイントを残しておくことも出来るが、2倍の値段はけして安くない。

「またスタート地点には無償で利用できるトイレにシャワー室、2日目以降は水分補給できる場所を設けるため、立ち寄ることがあれば有効活用するといい。しかし水に関しては持ち出し出来ずその場で飲むことが条件となる」

もしもの時に立ち寄れる場所があるのは生徒たちにとっても心強いだろう。

「それから、歯ブラシやシャツ下着などのアメニティ用品は無料で配布する。不足した際にはスタート地点に戻れば必要な数だけ提供する形だ」

その他にも簡易トイレ、虫よけスプレーや日焼け止め、生理用品など生徒によっては必要不可欠な物も無料で配布されるようだ。

まずは早速、配布されたマニュアルの商品リスト、価格を詳しく見ていく。テントから釣《つ》り竿《ざお》にトランシーバー、食料に水、昨年よりも購入できるリストが格段に増えているようだ。相変わらず遊ぶための道具も申し分なく揃《そろ》っている。オシャレな水着にボール、浮き輪。また一部は1日毎《ごと》のレンタル制度もあるようで、一定のポイントを払うことで必要に応じ安く借りることも出来るようになっていた。

しかし遊びはともかく2週間の無人島生活、食料飲み水問題は絶対に避けて通れない。

特に生命線となるであろう飲み水は、500㎖で100ポイント。1リットルで150ポイント。2リットルで250ポイントもする。これが倍になるとかなり高額だ。

中にはボトル型浄水器の商品もある。川の水などをそのまま飲むのは危険なため、通常は煮沸《しゃふつ》消毒する必要があるが、その手間を省いて大腸菌やバクテリア、エキノコックスなどを99・9％以上除去し安全に飲めるようにしてくれる代物らしい。しかし価格は4000ポイント。単独で戦う生徒には到底手が出せないものだ。3人グループであればこれ1つで約150リットルの水を濾過《ろか》出来るので1本あるだけでいい。もちろん、いくら濾過するとは言っても川の水を飲むことに抵抗を覚える生徒は少なくないだろうし、完全にリスクを避けられる保証もない。万が一故障や紛失をすればその時点で意味を無くす。

また様々な道具を持ち運ぶために必要なバックパックは20リットルの小型なものから80

リットルサイズを超える大きなものまで、好きなサイズを1つ無料で選ぶことが出来るようだ。単純に大型のものは積載量が多いため持ち運びに便利だが、重量が変わって来るため慎重に選ぶ必要がある。また自身の体型に合わないと体にかかってくる負担も異なる。

肉や魚は生ものも購入対象だが価格も高い上に日持ちしない。クーラーボックスや氷を用いたとしても1日前後が期限になるだろう。そのため重宝するのは缶詰の商品か。

焼き鳥からランチョンミートのような肉類は当然のこと、五目野菜やきんぴらごぼう、トウモロコシから豚汁など幅広いラインナップ。コスト面でも携帯食より安い。ただし食べるためには多少手間がかかるため、素早い移動を中心に考えるなら携帯食が便利か。

1人用のテントが1000ポイント。2人～3人用のテントなら1500ポイント。最大である6人用のテントなら2500ポイントで買うことが出来る。人数が多いほど、費用対効果も上がるということだ。ただし最初から多人数用のテントを買うことにはリスクも伴う。グループを組めなかった場合は悲惨だし、ついてまわる重量もバカに出来ない。

また、男女が同じテント内で眠ることは固く禁止されている。

つまり6人同時に眠れるテントがあったとしても、男女別は避けられない。

マニュアルに目を通している生徒に真嶋《ましま》先生が補足していく。

「たとえばAグループが得た食料を、関係のないBグループやCグループに譲渡できるのか……というケースだが、その辺は自由にしてもらって構わない。自分たちが得たモノをどのように扱おうとも学校側は認める方針だ」

食糧難で困っているグループに分け与えるなどの行為は許されるということか。他学年を助ける必要性はないが、同学年であればフォローできるところでフォローした方が良いかも知れないな。特にクラスメイトが困っている場合、余裕があれば間違いなく助けた方が良い。だが、安易に分け与えられるほど食料が豊富に提供される保証はどこにもない。

「それから、おまえたちには腕時計同様タブレットも全員に支給される。基本情報としてタブレットは必要不可欠なため、スタート地点の他に課題を行う際充電をすることも可能だ。ではタブレットで出来ることをスクリーンに表示する」

タブレットに関する概要

・全生徒に支給される小型タブレット

・無人島の地図を閲覧でき、指定エリアや自身の現在地がリアルタイムで確認できる

・課題の位置や詳細な報酬《ほうしゅう》などを閲覧することが出来る

・試験4日目から12日終了まで上位、下位10組のグループメンバーと得点が確認できる
（上位10組下位10組と自身のグループに限り総得点の内訳も閲覧可能）

・6日目以降全生徒の現在地を閲覧可能になるGPSサーチ機能が解禁される
（ただしサーチする度に1得点を消費する）

・試験に全体影響する問題が起こった際など学校側からメッセージが届く場合がある

・バッテリー不足になった際はスタート地点や特定の場所で充電可能
（本試験で使用する地図アプリを連続使用した場合、駆動時間約8時間）


充電の心配をしなくてもよいのはありがたいが、バッテリーは何もしなくても時間が経《た》てば減り続けるため、モバイルバッテリーを購入していく方が無難だな。現在地の分かるタブレットが使えなくなるのは致命的だと思われる。それに、スタート地点などで充電できるとは言っても、充電中その場から動けなくなるのは機会損失に繋《つな》がる。

次に上位10組と下位10組の順位が確認できる部分。これは上位がどのグループでどんな風に得点を集めているのか、どうして下位に沈んでいるのかを分析する上で非常に役立つ機能と言えるが……。この機能を踏まえた上で慎重に行動した方が良さそうだな。

初日から3日目まで、それから13日目と最終日が除外される点も覚えておこう。

また6日目からは全生徒の現在地を確認できる機能が解禁されるようだが、主にグループ合流や逸《はぐ》れた仲間と合流する目的で使うためのツールとして活躍しそうだ。ただし現在地を確認する度に得点を消費するため多用は厳禁だ。

「どのバックパックにどれくらい入るのかを確かめるため、また直接商品をチェックするためにサンプル品を置く。各自自由に、確認するように。展示は別室にて今から日付が変わる夜の12時まで行われる」

これで学校側からの説明は終了なのか、真嶋《ましま》先生がマイクの電源を切る。

生徒たちは並べられた商品を確認しようと前に集まり始めた。

オレはその光景を見つめながら、どうするべきか悩んでいた。実際に触って確かめたいところだが、どうにもあの人ごみに飛び込んでいく勇気はない。

それは伊吹《いぶき》も同じなのか、ぼーっと前方を見つめている。

様子をうかがっていたことに気が付いたのか、伊吹がこっちを見て睨《にら》みつけてくる。

「なによ」

「何というか。お互い難儀な性格をしてるなと思って。あの人ごみには飛び込み辛《づら》い」

「は？　一緒にしないで。別にいけるし」

同じ扱いをされたことが不服だったようだ。

伊吹は勝気な態度で人ごみに飛び込んでいった。そんな様子を見ていたのかいないのか、1つ席を挟んだ鬼頭《きとう》は物静かにマニュアルに目を通している。

オレや伊吹と同じく単身で戦う鬼頭にとっても、この物品選びは明暗を分ける。

学年末試験では須藤《すどう》とバスケで張り合っていた姿が印象的だった。今もバスケ部で日々鍛錬《たんれん》を積んでいる相手に、一歩も引かず好勝負を繰り広げていた。そのことからも身体能力の高さを窺《うかが》わせる部分はある。

途中でどこかのグループに合流する作戦にしろ、油断のならない相手だ。

「ぐ、ぬおおおお！」

前方から悲鳴のような大声が聞こえてきた。2年Bクラスの石崎《いしざき》だ。一番大きなサイズのバックパックを背負った状態で半ば膝《ひざ》が折れている。

「何してるんだ？」

近くにいた生徒が、別の生徒に話を聞く。

「なんか、バックパックに水を大量に詰めてたみたい」

大量に持っていく作戦を考えたようだが、水は重たいからな。貴重な飲み水ではあるが一気に持ち運ぶのは得策とは言えない。山登りなどとは違うとはいえ、間違いなく重さは敵になる。1グラムでも軽くして無駄なく動けるようにしておくことが大切になるだろう。

つまり、生活に必要不可欠な水は都度手に入れること。雨水や海水を現地調達し利用するか、課題をこなして物品として獲得していくしかない。

もしくはしっかりグループを組んでいるのなら、保管係のような存在を作り大量の水を持ち運ばせるのも1つの戦略だ。特定の箇所に長時間留《とど》まる選択をするのなら十分戦略として成り立つ。どんな風に戦うかで必要となる道具や量が変わって来る。

明確な正解というものは存在しない。

オレは頭の中で今回の特別試験のルールを分解し、それを1から組み立てる。

2週間の無人島生活で得点を競い合い上位と下位を決める戦いであること。キーとなるのは得点を幾《いく》ら重ねてもグループがリタイアしてしまえば、その時点で失格であること。上位と下位10組が試験4日目から開示されること。更に6日目からは得点を1消費すれば任意のタイミングで好きな生徒の位置を知れるという部分。

総合的に判断して、必要なものを選んでいくことにしよう。

○無人島試験開幕

8時40分。船がゆっくりと着岸作業を始めた。

それは即《すなわ》ち、いよいよ無人島での特別試験が幕を開けるということだ。

今回の特別試験、存在するグループは単独から4人組まで含めてトータルで157組。

1年生だけが許された4人グループが36組、3人グループが81組、2人グループが32組、単独が8組という内訳。この中から5組が退学する。

否《いや》が応《おう》でも緊張感高まるクラスメイトたちと合流し、一同はタラップへと向かう。クラス単位で固まっていれば、細かな整列はないようで各々好きな相手と雑談しながら待つことも許可されているようだ。スタート地点は全員がD9から。初日と最終日はランダムなエリアの指定はないようなので、この地点を軸に上下左右2マス斜め1マスの全12マスのどこかが選ばれることになっている。

ただし下2マス目は地図外になるため、最初は合計11か所のエリアの内どこかになる。

右も左も分からない特別試験の初日、環境に慣れるための1日と考えていいだろう。

アナウンスと共に、オレたちは少し前に渡された自らの荷物を持ち下船を待つ。

オレが有料で選んだ荷物は『テント』『水2リットル』『水500ml3本』『携帯食12食分』『懐中電灯』『モバイルバッテリー』『鍋』『ライター』『紙コップセット』で合計49

６０ポイント。そこに最低限のアメニティ用品があるのみで、バックパックには十分な空きスペースがある。課題をクリアして追加報酬《ほうしゅう》を得たとしても持ち運びで悩むことはないだろう。

無人島に降り立つ順番は昨日の説明会と同様に1年生からだ。

ちょうど1年生が全員降りる頃に、９時を迎え最初の指定エリアが発表されそうだ。

この辺は少しだけ1年生にアドバンテージを与えるためのものと考えられる。

2年生や3年生は逆に1回限りだがハンデを背負うことになる。

細かく言えばAクラスから降りることが出来るため、Dクラスが一番不利だ。

トータルの差は15分から30分程度だろうが、移動時間の勝負となれば相当厳しい。

「おはよう。昨日はよく眠れた？」

下船順を待っていると後ろから、バックパックを背負った堀北《ほりきた》に声をかけられる。

「まあ普通にな。そっちは体調を崩してないか？」

「去年のこと、まだ責めてくるのね」

「責めてるわけじゃない。弄《いじ》ってるだけだ」

同じようなことでしょう、と呆《あき》れながら返される。

「これから大変な特別試験が始まるというのに、随分《ずいぶん》と余裕があるのね」

「この時点でジタバタしてもどうにもならないだろ。むしろ体力の無駄遣いだ。それよりも3年生の男子が1人体調崩したって話は？」

「ええ、聞いた。ひとまずクラスメイトから体調を崩した生徒が出なくて良かったわ」

スタート時点で体調を崩せば、この特別試験に参加せずしてリタイアになるからな。リタイアを宣告された3年生はひとまず体調が良くなるまでは医務室か病室。快復後も船内で待機して仲間グループの健闘を祈るしか出来ない。幸いにもリタイアとなる男子は3人グループの1人。即日退学のグループになるわけじゃないのは不幸中の幸いと言える。もっとも他学年にしてみれば、早々に下位の1枠として収まってくれた方が良かっただろうけどな。

1年生たちがほぼ下船を完了し、そろそろ2年生の番が回って来るかという頃。時刻は朝の9時を迎え腕時計から最初のアラートが鳴った。

オレだけじゃなく、周囲の生徒全員がタブレットを取り出して一斉に詳細を確認し始める。下船してから行動していたのではタイムロスになる。

オレが向かうべき最初のエリアは――――D7。スタート地点からは北になる。

タブレットを傾けて見せると、堀北《ほりきた》は自らの指定エリアを口にした。

「私はF9。どうやらあなたとは違うテーブルのようね」

「そうみたいだな」

スタート地点が同じなため、仮にテーブルが違ったとしても十分にエリアが被《かぶ》る可能性はあったが、堀北とは全く違うルートを目指すことになりそうだ。

テーブルは全部で12通り。もし全ての指定エリアが毎回バラバラなら競い合う相手は常に13組程度だが、実際には多くのタイミングで指定エリアは被ることが予想される。

とにかく上位3グループには入れずとも、1点ずつ積み重ねていくことが重要だ。

突如来るランダムなエリア指定に振り回される展開は極力避けたい。

「もうあなたのことを心配したりはしない。1つでも高い順位でクリアして」

「そうしたいところだが、これでオレだけが退学したら笑えない展開だな」

タブレットをバックパックに仕舞《しま》いながら答える。

「それは……素直に困るわね」

オレがいなくなると困る、そんなことを口にした。

「この間あなたには幾《いく》らかポイントを貸し付けたわけだし。貸し倒れはごめんよ」

「そこかよ」

他にどんな理由があるのかしら？　とわざとらしく首を傾《かし》げて見せる。

「櫛田《くしだ》さんとの契約があるからお金に困るのは仕方ないけれど、どうにかしなさい」

「耳の痛い話だ」

急な出費が必要になると、どうしても金が回らなくなることがある。恵《けい》を退学ペナルティから保護するための資金すら、自力で捻出することが出来なかったわけだしな。

「おまえは無理するなよ。女子の単独はかなり厳しい戦いになる。早めにどこかのグループに合流するか、おまえ自身が誰かを引き入れられる状況を作るんだ」

「ありがたい忠告として受け止めておく」

口ぶりは怪しかったが、それほど心配はいらないだろう。

1年前と違い、今の堀北《ほりきた》なら自分の限界のラインを見極めることも出来るはずだ。

「それにしてもグループ合流の条件は確かに厳しそうだったけれど、少し注意が必要ね」

「得点の平均化だな」

合流が遅ければ遅いほど、この問題は難しくなっていく可能性が高い。

だが早い段階で最大人数にまで増やすことが出来れば、試験終了まで有利に働く。ひとつの指定エリアに到達するだけで6点得られるのは大きな要素だ。増員のカードを持つ生徒が入れば7点。単独で懸命に1点ずつ集めても話にならないほどの差が出来る。

先に下船が完了した1年生たちは迷わず足早に出発を始める。まだ課題の出現はないため、2年生3年生もやることは同じ。まずは指定されたエリアを目指すはず。

港に降り立ったオレは、慌てて出発せずに全体の流れを見ることを決めた。

念のために1時間から1時間半は移動に残しておく必要があるが、逆算すれば30分ほどは待機していても問題は生じない。着順報酬《ほうしゅう》を狙わないのであれば、1時間で辿《たど》り着《つ》こうと2時間手前で辿り着こうと得られる1点に価値の違いはない。

「2年生で慌てるグループはないようね。最初の指定エリアで競い合うのは得策じゃない。慌てて追いかけても先頭の1年生たちとは10分以上の差がある。その差を詰めるのは相当体力を消耗《しょうもう》するものね」

地に降り立った堀北に再び声を掛けられる。

「不利な一発目は慌てず行くって考えるのも当然だな」

1年Dクラスの後続である2年Aクラスなら挽回《ばんかい》のチャンスも少しはあったかも知れないが、無理して攻める気配はない。

「それにしても暑いわね……帽子を用意しておいて良かったわ。あなたは平気？」

「帽子にポイントを回す余裕がなかったからな。何とかやるさ」

そんな会話をしていたオレたちの横を、1人の男が颯爽《さっそう》と歩き去っていく。一瞬見えた横顔は笑みを浮かべており、これから行われる過酷な2週間を全力で楽しもうとしているようにも見えた。

「本気でこの特別試験に挑むつもりか？　高円寺《こうえんじ》のヤツは」

「さあ……賭けをしておいてなんだけれど、彼がどう動くかは全く分からないわね」

「五分五分だな。本当に高円寺が動くかどうかは」

この特別試験で1位を取れなければ、高円寺は次の特別試験で協力すると堀北に約束した。だが、そんな約束はあってないようなもの。強制力などないのだから、高円寺が守ろうとしなければそれで終わってしまう話。

しかしクラス内でリーダーとして認められつつある堀北の信用を裏切れば、高円寺は今後面倒な試験にぶつかったときにクラスの協力を得られなくなるのも事実だ。

それは、高円寺にとっても喜ばしいことではないはず……。

この特別試験では、高円寺の成績にも注目しておきたいところだな。

「おっしゃ行くぜー！　今からでも1番狙いに行くぞ！」

　やや離れた位置から砂浜の方角に向かって駆け出す1人の男子生徒。2年Bクラスの石崎《いしざき》だ。大声でそう叫ぶのは自由だが、西野《にしの》は走って追いかけることもなくのんびりと後をついていく。更にその後ろをどこか微笑《ほほえ》ましく見守っているのは津辺《つべ》。

「おい早くしろよ西野！　津辺も！」

「暑いんだから無理言わないでよ。ってか、今から1年たちは抜けないでしょ」

「まあ、アレが石崎くんの良いところじゃない？」

　フォローしつつも、どこか呆《あき》れた様子で西野を見る津辺。

　西野はクラス内から孤立してるという話だったが、津辺は上手《うま》く合わせてくれそうだな。

「諦めたらそこで終わりだろ！　1年だって油断してるかもしんねえしよ！」

「マジで抜く気？　やめてよ、超体力の無駄」

「おいおいおい！」

　やる気に満ちている石崎とは対照的な西野と津辺。

「あんただけ先に行けば？」

「それじゃ着順の報酬《ほうしゆう》が貰《もら》えねーだろ！　それに……はぐれたら大変だろうが」

　今、タブレットで確認できるのは自分の現在地のみ。グループ内といえど、誰がどこにいるかを知ることが出来るようになるのはGPSサーチ解禁の6日目からだ。

　それまでにバラバラになってしまうと、再会するのすら一苦労する。

石崎はオレの存在に気付かず、仕方なく西野や津辺の所に戻りペースを合わせた。逸《はや》る気持ちは理解できるが開幕から飛ばす必要はないだろう。

「いた！」

前触れなく、怒声に似た強い口調の言葉が耳に届く。

その声の持ち主は堀北《ほりきた》を思い切り睨《にら》みながら近づいてきた。

「何か用？」

「用？　別に用なんてない。ただ、あんたには絶対に負けないから……！」

わざわざそれだけを言いにきたようで、伊吹《いぶき》はすぐ単身で北に向かって歩き出す。

「全く……彼女はこの試験の難しさをちゃんと理解しているのかしら」

「モチベーションは相当高そうだな。ライバルがいるのはいいことだ」

軽く弄《いじ》るようなことを言うと、堀北はわざとらしく深いため息をついた。

「私は全くライバルとして意識していないけれど？　とりあえず、彼女は北で私は東。テーブルが違うようでその点は一安心ね」

もし同じテーブルだったなら、四六時中顔を合わせる可能性もあるからな。

単独であることの数少ないメリットは、エリア指定の着順報酬にある。他のグループメンバーが必要ないからこそ、己の足だけが勝敗のカギを握っている。

「それじゃ、私はそろそろ行くわ」

堀北は帽子を深く被《かぶ》ると、指定エリアを目指すため東に向かい歩き出す。歩き出してほどなく何故《なぜ》か1度振り返った堀北《ほりきた》。こちらを見ているため何か言い残したことがあるのかと思ったが、また前を向いて歩き出した。

ある程度の生徒を見送った後、オレは3年生たちの様子を確認してみることにした。もうとっくに下船が始まっていてもおかしくない時間なのだが、誰一人追い抜いていく気配がなかったからだ。

振り返ると、ちょうどこちらに歩いてくる3年生たちの姿を見つける。慌てた様子の生徒は見当たらず、1年生や2年生よりも落ち着いているのが遠目にも分かった。

オレは目で南雲《なぐも》の姿を探す。人数的にはBクラス終わりからCクラスくらいまで下船しているはずだが、南雲雅《みやび》の姿は見えない。

その姿を探しているうちに3年生たちはオレに追い付き追い抜いていく。

「まだスタート地点に残っていたのか綾小路《あやのこうじ》」

改めて3年生たちに視線を向けていると、そう声をかけられる。

「おはようございます鬼龍院《きりゅういん》先輩。しかし特に珍しいことではないのでは？　スタート地点で作戦を練るグループも少なくありませんよ」

「しかしおまえは単独だろう？　何か考えるにしても歩きながらでいいはずだ」

こちらがスタート地点に留《とど》まっていることに対し疑問をぶつけてくる。

ただ者じゃないことは分かっているが、流石《さすが》に目の付け所が違うな。

「何か知りたいことがあるなら教えてやろう」

「結構です。鬼龍院先輩も3年生、オレたち2年生とは敵同士ですからね」

丁重にお断りすると、それ以上は何も言わず視線だけを合わせてきた。

「全校生徒が一斉に無人島に散らばっていく光景というのも、なかなか趣深いものがあるな。400人以上いるといっても無人島にしてみればゴミくずみたいなものだ」

鬼龍院は島へ進んでいく生徒たちを見送りながら、悠長にそんなことを口にした。

3年生とは言え、彼女もまたこの無人島の試験に単独で挑む者。

けして楽な戦いにはならないはずだが、不安や焦りのようなものは感じさせない。

むしろ楽しみにしている様子さえ見られた。

「ところで、君の最初の指定エリアは？」

「オレはD7です」

「ほう？　なら少なくとも1箇所目は私と同じ目的地ということだな」

愉快そうに白い歯を見せた鬼龍院。

「お手柔らかにお願いします」

「こちらこそ。では私は出発するが、一緒に向かうか？」

「いえ遠慮しておきます。先輩のペースにはついていけないと思いますので」

「それが本当か嘘《うそ》かは、すぐに分かることだな」

鬼龍院はそれ以上何か言うことなく、1人で砂浜に向かって歩き出す。

それから少しだけこの場に留まり続けたが、結局南雲を見ることはなかった。

その後、鬼龍院《きりゅういん》から遅れること数分、オレも砂浜に向かって一歩を踏み出すことに。

ひとまずはのんびりと最初の指定エリアに向かう。

この特別試験の重要であろうポイントの1つは、指定エリア到達の得点を取りこぼさないこと。順位報酬《ほうしゅう》や課題の上位を取れば一気に5点10点と獲得できる可能性はあるが、相応の体力や学力、ライバルたちとの兼ね合いによる運といった要素が必要になってくる。だからこそ1点ずつ積み重ねていくのは基本中の基本になるだろう。

さて……オレは改めてタブレットを取り出し地図を開く。

全部で100マスに分かれており1マスは縦500メートル、横700メートル。

オレの最初の移動はD9エリアからD7のエリアに入ること。既にD9エリアの中心付近にいるため、直線距離で結べば750メートルほどの距離だ。

徒歩1分80メートルの計算が立てば話は楽で、何ら外的要因を考慮しなければ9分前後で目的の指定エリアに辿《たど》り着《つ》けるはずだ。だが当然道のりは平坦《へいたん》でもなければ真《ま》っ直《す》ぐでもない。木もあれば急な斜面や崖《がけ》によって行く先を阻まれることもある。そうなると通常の何倍もの時間を要することも少なくないだろう。島の最高標高も300メートル近いためそれなりの勾配も予想される。更に時間が経《た》てば経つほど、背負ったバックパックの重さはもちろん、体力の消耗《しょうもう》も移動に大きくのしかかってくる。

順調に行ったとしても約3倍の30分はかかると見ておいた方が良いな。道なき道を進むことになるとすれば、1時間以上かかっても何ら不思議はない。

指定エリアの移動は初日と最終日を除いて毎日4回。何度か同じようなルートを通ることも十分に考えられる。自分がどのように移動し、どの場所にどれくらいの時間を有したかはしっかり記憶しておかないとな。

1

平坦な道は程なくして終わりを迎え、うっそうと生い茂る木々が近づいてきた。

去年の無人島生活を思い出しながら森の中へと入っていく。

クラス単位で行動した去年はそれほど意識しなかったが、この中を目的のエリアまで進んでいくのは簡単なことじゃないな。予想通り真っ直ぐ歩くことはそもそもからして困難であること、足場も想像より荒れていること、巨大な港があったことからも、かつて人が存在した痕跡《こんせき》は残っているように思えるが、それも遥《はる》か昔の話か。

軽く散見しただけでも、数センチはあるであろうクモが作る巨大な巣が当たり前のように張られている。虫が苦手な生徒にすれば地獄のようなルートも多数待ち受けている。野生動物の注意書きがマニュアルに記載されていたことを思い出す。

最短距離だけを歩いて目的地を目指すことは不可能で、迂回《うかい》するとなれば方向感覚も問答無用で失われる。手ぶらであれば指定エリアに到達することさえも困難だ。それを実現可能にさせているのが、今オレが手にしているタブレット。

この無人島の中にあって、常に自分の位置を確認できるのは大きな要素だ。GPSに従って移動していれば、必ず道は開ける。

まあ、少なくともこの初回の1回に限って、タブレットがなくても迷う確率は低いが。

視線の先には手探りで歩いているグループの姿がいくつも見える。

当たり前のように後ろからも話し声が聞こえてくることからも、やはり最初の目的地は基本的に同じようなルートを通ることになるだろう。少し前を歩く生徒たちをなぞるようについて歩けば、ケガをしたり虫などのハプニングに巻き込まれるリスクも下がる。

いきなり向こう見ずに未開の森へ突き進む勇気のあるグループは少ないだろう。

1回目のエリア着順報酬《ほうしゅう》を捨てている生徒たちは、半ば遠足状態で歩き続ける。

すると少し先の方で立ち止まってタブレットを見つめる波瑠加《はるか》と愛里《あいり》、そして明人《あきと》の姿を見つけた。時々周囲の様子を確認しながら色々と話し合っているようだ。

近づいてみると、次のエリアに関して意見を交換し合う声が聞こえてくる。

「次のエリアの話をしてるのか？」

オレが割って入るように声をかけると、3人がほぼ同時に頷《うなず》いた。

「私たち最初のエリアがD8でさ、もう終わったのよね」

D8は森に足を踏み入れた時点で指定エリアに入る。どうやら早々に得点を得ることが出来たらしい。結果は聞くまでもなく、到着ボーナスの3得点で間違いない。

「砂浜だと影もなくて暑いからな。相談ついでに次の指定エリアを推測してたんだ」

確かに次の指定エリアがどこになるかは考えておく方が良い。

「清隆《きよたか》はどこのエリアだったんだ？」

「1つ北のD7だ」

「そうか。もう結構な数の生徒が先に進んでるだろうけど、1点は1点だしな」

「同じテーブルだったら、一緒に行動できたのにね……」

少し残念そうに愛里が小さく呟《つぶや》いた。

この試験はグループが違ったとしても協力し合える部分は意外と多い。

食料の共有だったり道具の貸し借りなど、補い合える点があるからだ。テーブルが同じなら行き先は基本的に同じなので、帯同することで確かに楽になっただろう。

もちろん弊害《へいがい》もある。グループ数が増えるほど足並みを揃《そろ》えるのも難しくなり、頭の数だけ意見が出てくる。それに必然的に課題参加の競争率を上げてしまうこともあげられる。あと1グループしか参加できない課題などにぶつかったときどうするかなど、事前に話し合っておかないと揉《も》める要因にもなり兼ねない。

今回に限っては同じテーブルじゃなかったのは幸いと言える。足手まといになる可能性のあるメンバーと行動を共にすることは絶対に避けなければならない。断る手間がかかるので純粋に助かった。

「12通りだしな。簡単に一緒とはいかないみたいだ。ひとまず、オレも早めに指定エリアをクリアしておこうと思う」

「そうだな。次の移動エリアのこともあるし、それがいい」

「ちょっと寂しいけどね。どこかゆっくりできるタイミングで会えるといいね」

波瑠加《はるか》がそう言ってオレを送り出してくれる。愛里《あいり》も同様に、手を振って見送ってくれるようだ。そんな3人に背を向け、引き続きD7に向かうことに。

それからゆっくりと歩き続け30分ほどで最初の指定エリアに辿《たど》り着《つ》く。

程なくオレの腕時計が小さく音を立てて鳴る。

到着ボーナスとして1点与えられたとの通知を簡単に見ることが出来た。

音量はこちらで調整できるようだが、ひとまずはそのままにしておく。念のためタブレットを開いてみたが、指定エリア到着ボーナスによる1点が履歴として残されていた。

1つ1つのエリアは地図で見ると大した広さに感じないため、いつでも誰かに会えそうな錯覚を覚えがちだが、現地に立てば全く異なる世界が広がっている。

四方八方に多数の生徒がいたとしても、木々に遮《さえぎ》られ姿を視認することも難しい。

オレ以外の生徒が見当たらないが、間違いなく大勢が同じエリアにいるはずだ。

となると、もう少し奥の方だろう。恐らく次の指定エリアのことを考え、中央に移動しておこうとしているのではないだろうか。それに情報収集の上でも役立つ。

そう読んで開けた場所を探すと分かりやすいように視界が広がる。

やはり大勢の生徒が1か所にたむろするように集まっていた。次の指定エリアは全学年が競争になる。勝つ確率を1%でも上げるための自然な行動だ。更に自分たちのテーブルを共にするライバルが誰であるかを絞るには直接見て確かめていくしかない。

試行回数を増やしていくことで、大体の目星を付けられるようになる。

見えている人数はオレを含め29人確認できた。この場で見えている限りなので、実際にはもっと多くの生徒が同じエリアに滞在しているとみていいだろう。

「おはようございます綾小路《あやのこうじ》先輩」

オレが生徒の顔ぶれを確認していると前方からこちらの存在に気が付いた女子生徒が近づいてきた。１年Ｄクラスの七瀬《ななせ》翼《つばさ》だ。同じグループである天沢《あまさわ》と宝泉《ほうせん》の姿は見えず、近くに散策に出ているのか、あるいは戦略を考え付いてこのエリアを立ち去ったか。

「他の２人はどうしたんだ？　グループは大体固まって行動するものじゃないのか？　特に最初はそうした方が良いように思えるが」

この聞き方で、七瀬の反応を確かめてみる。

「周辺を調べてくると言って、それぞれバラバラに。私はここで他のグループがどれだけいるかを確認することにしたんです」

つまりオレと同じようなことをしていたということか。

遅れてきたオレよりも、七瀬の方がよりライバルグループを把握してそうだ。

七瀬は未《いま》だ謎も多い。ひとまず長居するのが得策じゃないことだけは確かだろう。

「そろそろ移動しようと思う。周囲を見ておいて損はないからな」

「はい。先輩もお一人は大変だと思いますのでお気を付けください。では失礼します」

あっさりとこちらを解放し、1年生たちが固まっている方へ歩き出す。

七瀬《ななせ》との会話を終え少しだけ場所を変えると、バックパックを降ろしその場に座りタブレットを取り出すことにした。少しでも無駄に体力を使うことは避けたい。

指定エリアに辿《たど》り着《つ》くまでに有した時間はトータル50分ほど。次の指定エリアが出るまで3時間以上の猶予《ゆうよ》があるが、間もなく課題が解禁される。

細かく時間を確認しながら迎える午前10時。

地図上に一斉に表示される課題の位置、内容、報酬《ほうしゅう》、をいち早く確認。

それ次第で次の指定エリアを目指すか課題を目指すかの分かれ目を迎えることになる。

まず全体で課題は14か所。そのうち今オレが滞在しているD7エリア内の左上に1か所赤い点が出現しており、距離としてはこれが一番近い。内容の確認は歩きながらするのか、早速とばかりに視界の生徒たちが北西の方角へ歩き出すのが見て取れる。

表示されている課題は『火起こし』。特定の道具を用い、いち早く火を起こすことが出来たグループに5点が付与されるものだった。2位以下に報酬はない。やや距離は開くがE7の中心部に出現している課題は『英語テスト』。こちらは同グループの2人で参加が可能なもので、1位が5点、2位が3点、3位が1点を貰《もら》えるようだ。

そちらに向かう生徒たちは火起こしの課題よりも多そうだ。

経験がない中で特定の道具を用いて火を起こすのは簡単じゃない、というより未体験のゾーンだからな。それよりも確実に出来ると判断した英語に向かうのは自然の流れだ。

その他D8には『地理テスト』が出ているが、そちらに向かう生徒は1組だけ。英語と比較した時の違いは出現したエリアに差があると言えるだろう。

既に別テーブルの生徒たちが集っていると思われるD8は、いくら隣のマスとはいえ辿り着くまでに時間がかかる。現地エリアにいる生徒たちにはまず勝てない。どの課題も参加受付は60分だったが、すぐに埋まるだろう。

あと距離は少し開くが、現実的な場所としてはC6の課題を狙うのも1つの手だ。男女別に争われる『握力測定』。受付時間は120分と長めに設定されてある。

ここを目指すのも1つの手だが、火起こしの参加に溢《あふ》れた生徒たちが向かうことが予想されるうえ、指定エリアが東に出現してしまうとかなりの長距離移動が求められる。

14か所の課題の中で一番遠いところでは、G3にも1つ出現していて『雑学テスト』。各グループから1人参加可能で1位は10点得ることが出来る高配点な課題だ。制限時間が180分だと辿り着く前に時間切れのおそれも十分ある上、ここに向かうと指定エリアを捨てる可能性も高いため簡単には動けない。

しかし、上手《うま》くいけば課題の一本釣《づ》りであっさりと10点を得ることも出来るだろう。

「面白い試験だな」

考え方ひとつで、どのような選択を取ることも許される。

次の指定エリア発表まではたっぷり3時間ある。C6で行われる課題の握力測定を受けることを決め、腰を上げることにした。火起こしの課題に参加できるかを確かめに行く生徒はどうしても少しタイムロスが出る。そのグループを出し抜くことは出来るだろう。

それからオレは歩きつつ、参加予定のない課題も1つ1つ丁寧に確認していく。

どこにどんな課題が出現したのかを全て記憶しておくために。

2
「やっほー綾小路くん」

40分ほどかけてC6にある課題に辿《たど》り着《つ》くと、その場では2年Cクラス担任の星之宮《ほしのみや》先生が炎天を避けるためのテント下で待ち構えていた。

更に周囲には1年生から3年生まで、20人近い生徒が見て取れる。

「綾小路くんはここに来たんだ。でも残念、5分前くらいに締《し》め切られちゃったのよね」

星之宮先生の他にも見慣れない大人の男性が1人おり、集まった生徒たちに課題の説明を行っているところだった。

「どうやらそうみたいですね」

となると、ここに留《とど》まっていても仕方ない。あまり星之宮先生に絡まれるのも好きではないので立ち去ろうとするも、がっつりと腕を掴《つか》まれる。

「そんなに急がなくていいじゃない。見学していくのは自由なんだしさ」

「生徒の時間を教師の一方的な都合で奪うのは問題だと思いますが？」

「ええ～言い過ぎじゃな～い？　時間なんてたっぷりあるんだしさー」

１秒の判断が勝負を分けることもある、というこの試験の本質は教師がよく分かっているはずなんだが……離れようとしない。

「オレの指定エリアはＤ７でした。次の指定エリアがこのＣ６になる可能性は十分考えられます。そうなると着順報酬《ほうしゅう》を捨てることになりますが、責任を取ってもらえますか？」

ここまで言うと、流石《さすが》に星之宮先生も慌てて腕を放し距離を取った。

「や、やだなー綾小路くん、意地悪言うのナシナシ。私はちょっとお喋《しゃべ》りしたいなって思っただけなんだけどー。でさ、私ちょっと不満なんだけど聞いてくれる？」

腕こそ放したものの話は続けるつもりらしい。

仕方なく少しだけ星之宮先生の話に付き合うことにした。

「学年末試験の時以来だよね。こうして１対１で綾小路くんと話すのって」

「そうですね」

あの時オレの戦い方を間近で見ていた星之宮先生にしてみれば、数学の満点のこともあって更に強い警戒心のようなものを抱いたであろうことは想像に難しくない。

「にしても最近は注目を集めてるよね～。目立つのは嫌いな子だと思ってたんだけど」

「好きじゃありませんよ」

「だったら、どうして数学の満点なんて取ったの？　っていうか、私だって解けないような問題をサラッと解いちゃうのは異常だと思うんですけどー」

茶柱《ちゃばしら》をライバル視？ する星之宮《ほしのみや》に面白くない展開続きなのは理解できるが、その全てをオレだけにぶつけてきている気がする。

「そうですかね。学校内にはあの手の問題が解ける生徒も少なからずいると思いますが」

「いる？　いるかなぁ……。仮によ？　仮にいたとしてもそれってAクラスとかBクラスの生徒であるべきだと思うわけ。綾小路《あやのこうじ》くんは何クラス？　はい、3、2、1、そうDクラスなのよ。Dクラスって言ったら言葉は悪いけど不良品が多く集まるクラスって揶揄《やゆ》されるくらい問題児が集められるクラスでなきゃダメだと思うのよ。そんな不良品の中に綾小路くんみたいなトンデモスペックの子が混ざってるのって認めていいのかなあ？」

「オレをどう評価しているのかは知りませんが、2年Dクラスにも十分優秀な生徒はいると思います。それに1年Dクラスを見ても優秀な生徒は沢山いると思うんですが？」

3年生の諸事情は詳しくないため、あえてこの場では触れない。

「うーんそうだけどさぁ……やっぱり去年からちょっと学校の方針変わったよね？」

いや、そんなことをオレに聞かれても分かるはずがない。

無駄話の中、目の前では握力測定が始まり3年生の押尾《おしお》が測定を始める。恐らく受け付けた順番に行っていくんだろう。中にはクラスメイトの須藤《すどう》の姿もあった。同グループであるはずの池《いけ》と本堂《ほんどう》の姿が見えないところを見るに、須藤の単身か、あるいは課題を確実に受けるために先行してここに到達したということだろう。

「さっきの話、優秀な子は確かにいると思う。だけどクラスをまとめて動かすほどじゃないっていうか。綾小路くんの場合は周囲を変えてるような印象を受けるのよね」

周囲を変えている、というのは対外的に見ていれば感じることはまずないはず。

随分《ずいぶん》とこちらの事情に詳しそうだ。

オレの知らないところでかなり情報を集めているであろうことが予測される。

「私もさ、もう余裕がないのよ。Cクラスに落ちちゃったのは初めての経験だし。なんていうかAクラスとBクラスが競って、CクラスとDクラスが競うのが通年の流れみたいなところがあったのよね～」

だとするなら、確かにその均衡は崩れてしまったことになるな。

「このクラスこそはAクラスに、って思ったんだけど……ね」

一之瀬《いちのせ》率いるクラスに対する露骨な不満の表れ。

「それを何とかするのも担任の務めでは？」

「耳の痛い話～っ」

聞きたくないと両方の耳を手で押さえる。

大人になりきれていない大人というか、学生の延長上にいる人だ。

「あ、はい！　じゃあ先生から画期的アイデア！　葛城《かつらぎ》くんがBクラスに移籍したみたいに、綾小路くんもウチに移籍して来ない？」

全然画期的じゃない。同じ学年で言えば石崎《いしざき》と同レベルの思い付きだ。

「何を言うかと思ったら、とんでもないことを言い出しますね」

「私たちとAクラスを目指しましょ？　ねっ？」

そう言って腕にまた手を伸ばしてきた。異性へのお触りが自分の武器だと認識している人の動きだが、触れる直前で思いとどまる。

さっき忠告されたばかりだと、首を振って自身を制止していた。

「オレには卒業までかかっても2000万ポイントなんて用意できませんよ。それに、もしもそんな大金を自腹で用意できたとしても、今の段階ではどのクラスがAクラスで勝ち残るかは分からない。最後の最後まで様子を見るのが賢いと思いませんか？」

ましてCクラスに落ちている星之宮《ほしのみや》先生のクラスに行こうと考える生徒はまずいない。

「そ、そんな冷静に言わなくても……」

クラスを移動する権利を自分で得たなら、卒業ギリギリまで使わないのが必然だ。あるとすれば葛城《かつらぎ》のように他クラスからの引き抜きという線だが……。下位クラスに行きたがる優秀な生徒はまず存在しないため、拒否されるのがオチ。もし承諾したとしても1人の力でそのクラスをAクラスに引き上げられるかは別の話だ。

オーッと目の前の一気に集団が盛り上がった。

2位だったと思われる押尾《おしお》が悔しそうな表情を浮かべている。

「須藤《すどう》くんも随分《ずいぶん》と変わったよねー。誰が変えたんだか」

「言っておきますけどオレじゃないですからね」

1つのキーではあったかも知れないが、本質的に須藤を大きく変えたのは堀北《ほりきた》だ。

全員が握力測定を終えたが、1位の須藤の記録を塗り替える者が現れることはなかった。

これで須藤のグループは早くも指定エリア以外で5点を得たことになる。

おそらく合計で8点。同じ時間で1点のオレとは天と地の差が生まれたな。

課題が終わるや否や生徒たちは一斉に散り散りになる。

課題から課題へと渡り鳥のように向かうためなのは間違いない。

「それじゃ、オレも移動しますので」

流石《さすが》にこれ以上引き留めることは出来ないため、星之宮先生も送り出してくれる。

「試験が終わるまで2週間。私もあちこち駆り出される予定だからまた会うかも」

出来ればあまり会いたくないなと思いつつ、オレはこの場を去ることにした。

3

その後、オレは新たに出現した課題を2か所巡ったものの、どちらもすぐに生徒が殺到し参加することすら出来ないまま終わる。昼が過ぎ午後1時から始まった2度目の指定エリアはB7で到着ボーナスのみ。そして少し前に辿《たど》り着いた3度目の指定エリアが1回目の指定エリアだったD7に戻る形で、こちらも到着ボーナスのみ。

2度の移動を繰り返し、オレは手堅く2点を積み重ねた。だが初日に得た合計3点というスコアは、間違いなく最下位の1組であろうことが予想される。

それでも悲観する必要は全くない。スタート初日は、生徒が無人島の各地に散らばっていない状態のためとにかく何をするにも競争相手が多すぎる。無理して飛ばしても単独で得点を重ねることは難しかった上、飲み水の消耗《しょうもう》も激しくなっていただろう。

「先輩」

本日の基本移動3回が終了しここからは明日に備える時間。

朝顔を合わせた場所と似たような場所で、再び七瀬《ななせ》と遭遇した。

「2回目だな」

「はい。偶然ですね」

ここでも七瀬は1人で行動していたようで、宝泉《ほうせん》と天沢《あまさわ》の姿はどこにもない。

「今日はどうでしたか？」

「3点稼ぐので精いっぱいだ。そっちは？」

「指定エリアに関しては3人で8点で、私が2回目の指定エリアに間に合わなかったんですが、参加した課題で1つ1位を取れましたので、合計で13得点です」

「順調な滑り出しだな」

1か所指定エリアに到達しなかったと言うが、大した問題ではないだろう。2人以上のグループなら誰かが指定エリアを踏んでいればスルー回数には含まれない。七瀬のように他所《よそ》に時間を割いた分大量に得点を稼いでいればプラスに働く。

「それじゃ、失礼します」

状況報告のような会話を終え、オレたちは別れる。

さて時刻は午後5時前。オレは今日の寝床を決めるため、森の中を1人静かに歩き始めた。太陽にさらされたテント内はかなり室温が上昇する。

下手すれば夜になっても熱気がこもったままであることも十分考えられる。

やはり直射日光に当たらない場所を探すべきだろう。

D7から東に向かい、E7のエリアが近づいてきた辺りで足を止める。

無人島では生徒と教員たち、試験の運営スタッフを含め500人以上が滞在しているはずだが、指定エリアや課題がないと、全く人に会わない時間が続く。それだけ森は深いということだろう。蒸し暑さを感じながら、オレはやや開けた場所にテントを設置することを決める。バックパックから2リットルの水を取り出し、紙コップに注ぎ口に含む。飲み口から直接飲むと口腔《こうくう》内の雑菌がペットボトルに入ることは防げない。これを高温で放置するとカビなどが発生する原因にもなる。些細《ささい》なことで体調を崩すリスクを負う、この試験でやってはいけないことの1つだ。とはいえ、1度開けたペットボトルの水の消費期限はそう長くはない。ベストコンディションの水を飲むなら今日だけで使い切っておきたいくらいだ。だが、先の見えない状況ではそうも言っていられない。

1日目2日目は初期購入で揃《そろ》えた食料と水で凌《しの》ぐことは難しくないが、3日目以降手持ちの食料が尽きてきた時からジリ貧の状況が始まる。何か課題に参加して、勝てずとも参加賞を狙っていく戦略もあるにはあるが、タブレットで見る限り参加賞を貰《もら》える課題は少ない上、エントリーに対する競争率は他の課題よりも高くなることは目に見えて明らかだ。

タブレットを開き1日を振り返る。今日の課題は全部で68回行われた。

その全てに生徒たちが参加できたかは分からないが、そのうち何らかの形でミネラルウォーターを手に入れられる機会があったのは14回。

全体の20％ほどで、けして多いチャンスとは言えない。

しかしその中で面白いと感じたのは救済措置《そち》とも取れる『競争』という課題だ。

出現した課題に到着した順番がそのまま評価となり、1番の生徒には2リットルの水。2番の生徒が1・5リットル。3番の生徒が1リットル。そして4番から30番までに辿《たど》り着《つ》いた生徒には500㎖の水が与えられる。

ただし得られる得点は1番が3点、2番が2点、3番が1点と決して多くはない。

しかし実力関係なく安全な水を補給させる、極めて重要な課題ともいえるだろう。

そして——14回の内8回がこの競争という課題なのも興味深い。初日で8回も同一条件で行われたことに加えて、出現したエリアや時間帯が非常に綺麗《きれい》に整っている。もしこれが2日目以降も続くようなら……。

この課題を安定してクリアできれば、水問題にも多く悩まされずに済みそうだが……。

携帯食で食事を済ませ、歯磨《みが》きとトイレを済ませた後テントの中に入り、オレは横になることを決める。無駄な体力の消耗《しょうもう》を抑え、明日に備えるためだ。

2日目からは本格的に得点と必要な物品を得るための立ち回りをしていこう。

4

早い時間に眠りについたオレだが、夜中に目が覚めて身体《からだ》を起こした。

メッシュ生地の隙間から見える外は真っ暗で、一寸先を見ることも出来ない。

聞こえてくるのは虫の鳴き声か、何かが草むらを駆ける音だけ。

深い森の中でのキャンプともなると、孤独との戦いになる。

堀北《ほりきた》や伊吹《いぶき》のような女子単独の生徒には、かなり過酷な環境ではないだろうか。

トイレをするにも、外で簡易式のものを組み立てる手間など一苦労だ。

何より——。オレはテントの中で、静かに息を潜ませる。

月城《つきしろ》理事長代理がこちらを退学にしようと追い込んでくることは間違いない。

正攻法でいくなら、オレを下位5組のグループに落とし込む必要がある。

しかし、その戦略はあまりに現実味がない。

得点を得るか得られないかの主導権は基本的にこちらが握っている。全生徒が必死になって戦っているとはいえ、エリア移動と課題を着実にこなしていけば少なくとも下位5組に沈むことはないだろう。となれば、やはり正攻法ではない戦略を仕掛けてくるはずだ。

腕時計の故障による得点ロスを生み出すやり方は可能性として低いが、完全に得点を得られない仕組みにしている、ということも考えられるのか。支給された腕時計とタブレットが共に月城《つきしろ》サイドに操作されているとしたら、今オレのタブレットに表示されている獲得した得点が嘘《うそ》であるといったことも考えられる。

いや、オレが得た得点と実際に反映された得点に大きな開きがあれば、当然こちらは学校側に異議を唱える。そんな状況を月城《つきしろ》が望むとは思えない。もし過去3日分から一定の得点が損失としてロスしても巻き返しは十分に可能だ。自ら疑われるような安易な行動を取れば真嶋《ましま》先生を始め他の関係者に不信感を抱かせる。そんな中途半端な戦略を仕掛けるなら、もっと別の方向から攻めるべきだ。

オレが月城側ならどんな手を使うことが相手を退学させる一番の方法かを考える。

ホワイトルーム生を使えるという条件なら、やはり怪我《けが》や体調不良によるリタイアか。

仮に腕を折るような大怪我をすれば、学校側は即続行不能と判断するだろう。

つまり多くの監視が行き届かないこの森の中で、オレに攻撃を仕掛ける。

それが分かりやすく、確実な退学方法だ。

何かしら怪我を負わせるとしても、それが人的なものなのかどうか判断も難しい。

ホワイトルーム生なら、事故の怪我に見せる技術も持ち合わせているだろうしな。

○同行者

朝6時30分起床。眩《まばゆ》い太陽に照らされ、テントの中にいても快晴なのが分かった。

蒸し暑さを感じつつも外に出ると目の前に広がるのは緑葉の世界。

「直射日光の当たる場所を避けて正解だったな」

少し歩いてでも、日陰になるポイントにテントを立てたのは正解だった。

軽く携帯食と水で朝食を済ませ、テントを片づけた後7時を待つ。

ほとんどの生徒は既に起床し試験開始を待ち構えていることだろう。優先すべきはエリア指定だが、近くに課題が出れば内容と報酬《ほうしゅう》次第でシフトすることも視野に入れる。

そして7時を迎えると、腕時計にサインが送られてくる。

膝《ひざ》の上に乗せていたタブレットを起動し地図を更新する。

今の現在地はD7。今日はどこに移動させられることになるのか。

向かうべきエリアは――――E8。

オレがテントを設営するために選んだ場所から最も近い指定エリア。

着順報酬を狙うには絶好の位置と言えるだろう。

10秒と無駄にすることなく、オレは移動を開始する。

様子を見た初日だったが、2日目以降はペースを少しずつ上げていく。

すぐに隣の指定エリアに足を踏み入れたオレの腕時計に、得点の知らせが届く。

見事1位を獲得し、10点がグループとして与えられた。

昨日の遅れを一気に取り戻す展開は、やや出来過ぎなくらいだ。

あとは課題も拾えるとベストだが……。

周囲に単独で参加できる課題の出現はなく、近くてもB8まで移動しなければならない。

往復する時間を考えると、今は見送るのがベストか。

課題はどのタイミングで出現するか分からないため、随時更新を待つことに。

1

それから午前9時に発表された指定エリアはE6。

そこでも1つ前のエリアから着順は1つ下がったが2位5点の報酬《ほうしゅう》通知が来た。

更に正午の休みを挟んで午後1時に発表された3つ目の指定エリアはF7。

やや南西にいたオレは流れのままに3度目も2位を獲得し5点を更に積み重ねる。

道中に出現した課題の多くが必要人数2人以上の参加条件だった。恐らくそちらに流れた生徒も多かったと思われる。単独で動くオレにはありがたい展開が続いたことになる。

今日だけで23点。初日の3点と合わせて26点。

快進撃ではあるものの、3人グループが着実に到着ボーナスを積み重ねていたとしたら最低18点。立て続けに高順位を獲得したといっても、その差は殆《ほとん》どついていない。

ちょっとしたことですぐに横並びになってしまう。それに立て続けの2位。裏を返せば1位を2度取り損ねたということでもある。誰かは分からないが同テーブルに強力なライバルがいる可能性もあるな。

E6エリアに戻って休憩し参加できる課題が出現するのを待つことにしよう。

今日ここまでの3回は通常通りの指定エリアだった。

つまり午後3時に出現する残り1回は、初めて来るランダム指定になるということ。

「綾小路《あやのこうじ》先輩、またお会いしましたね」

オレが休憩していた場所に、七瀬《ななせ》はまたも1人で姿を見せた。

これが6箇所目のエリア。そのうち3回も七瀬と鉢合わせすることになるとは。

「もしかして私たち、同じテーブルなんでしょうか？」

「かもな」

こう頻繁に遭遇するとテーブルが七瀬と被《かぶ》っていても何ら不思議はない。

もっとも、同じテーブルかどうかは大した問題じゃない。気になるのは高い遭遇率だ。

いくら同じエリアに向かっていたとしても、直接顔を合わせる可能性はそう高くない。そもそもの道順が違うことに加え、到着時間や滞在時間も異なる。後を付けられていた様子もなかったことから、単に偶然が重なっただけとも言えるが、果たして……。

実際に七瀬がオレと同じテーブルかどうかを手がかりなしに突き止めることは不可能だ。

七瀬《ななせ》は天沢《あまさわ》、宝泉《ほうせん》とグループを組んでいる。つまり指定エリアへの到達をその2人に任せることで、スルーの対象になることはない。着順報酬《ほうしゅう》こそ得られないが、着実に2点ずつ重ねていくことも出来る。

七瀬が持つ腕時計のアラートからも察することは出来なくないが、消音にしているケースも十分に考えられる。軽い立ち話程度だった過去2回の七瀬。今回もすぐに立ち去ると思っていたが、足を止めこちらに視線を向けてきた。

「あの、綾小路《あやのこうじ》先輩。お願いがあるのですが」

「お願い？」

「もしお邪魔でなければ、これからしばらく綾小路先輩に同行させてもらえませんか」

「同行？　どういう意味だ」

いくら同じテーブルの可能性が高いと言っても、学年を越えた同行は基本的に成立させられないのがこの特別試験の仕組みだ。双方に全くメリットがない。

「実は昨日の夜に話し合いで問題が起きたんです。宝泉くんと天沢さんのお二人が単独で行動する方が良いと言い出してしまい、バラバラになってしまったんです」

同じグループだからと言って、共に行動しなければならない縛りはない。

もちろん一緒にいる方が得られるメリットは多いが、単独でも苦にしない生徒たちなら単独で動くこともまた1つの戦略と言えるだろう。

「昨日から3回先輩にお会いしましたが、1回目を除き2回とも綾小路先輩の方が指定エリアに到達するのが早かったと踏んでいます。恐らく私一人ではすぐに指定エリアに追い付けなくなると思うんです」

「たまたま2回、早い到着だっただけだとは思わないのか？」

「かも知れませんが、それでも未熟な私よりは上であると判断しました」

持ち上げるような発言をしてはいるが、とても本心とは思えない。

「学年が違うグループの同行なんて、とても賢い提案とは言えないな」

「着順にも影響が出ますし、課題で競合するケースが出てくるから、ですよね？」

「残り1組しか参加できない課題に当たれば、その時点で揉《も》め事《ごと》に発展する」

「私は全て綾小路先輩の次で構いません。先輩が先に指定エリアに入り着順が確定したのを確認してから踏み込むことにします。これなら綾小路先輩にデメリットはありません。課題に関してもエントリーが残り1枠であれば全てお譲りします」

貴重な着順報酬や課題を捨てても構わない？

とてもじゃないが、それは推奨される行為とはいえない。

「七瀬が得る得点は必然的に少なくなる」

「私は無人島での試験は初めてですし、綾小路先輩の身体能力は宝泉くんとの一戦で証明済みですし、適切なルートを選んでいただけるだけでも大きな助けになります」

助けになるというが今日問題なく単独で行動しているのならそれで上出来だ。

わざわざリスクを負ってまで同行する必要は、やはりないと言える。

「仮にオレが適切なルートを選べたとしても、それにペースを合わせられるのか？　それに険しい道を選ぶことだってある。ついて来られるのか？」

分かっていることをあえて口にする。

その返答で奇怪《きっかい》な行動の意味が見えてくるかも知れないと思ったからだ。

しかし、七瀬《ななせ》はこちらが期待するような言葉を返してこない。

「体力には自信がありますので。……ご迷惑、というよりも信用できないでしょうか」

宝泉《ほうせん》、天沢《あまさわ》と組みオレを退学に追い込もうとした七瀬。

確かに信用とは程遠い位置にいるといえる。

しかし拒んだところで後をついてくることは七瀬の自由、拒否できるものじゃない。

下手に尾行みたいなスタイルでいられる方が、第三者に見られたときに不自然に思われる。強引に撒《ま》くことも出来ないわけじゃないが無駄な体力を使う上にテーブルが同じなら先々またどこかで会うことも避けられない。

それなら最初に同行を認めておく方が、後々面倒事は減らせると考えるべきか。

「分かった。七瀬がそれを望むならそれで構わない」

「ありがとうございます」

七瀬は嬉《うれ》しそうに笑みを見せると頭を深々と下げた。

「ただ本当にテーブルが一緒かどうかは確認しないといけない。分かるな？」

「はい。偶然同じ指定エリアだったということも考えられますし当然のことかと。この後はどうするんですか？　まだエリアの指定が出るまで時間があるようですが」

まだ時刻は1時半を過ぎたばかりで、あと1時間以上も余裕がある。

「そうだな……。と、ちょうど課題が出た」

タブレットに新しい課題が幾《いく》つか出現した。

周辺の課題をチェックして、どこに向かうかを急ぎ決める。

画面を見せ、目指す課題の設置ポイントを地図で示しながら説明する。

「真下のＦ８にクイズの課題が出たようだ。それを狙う」

「距離も近いですね」

「ああ。それから次のエリアがあまりに遠いところに指定されたら無視するつもりだ」

そのためにも、課題をしっかりとクリアして得点を重ねておきたい。

「分かりました。お供します」

本当はＥ５に出てきた課題の『リフティング』を狙うことも視野に入れたかったが、距離も含め道のりがＦ８を目指すよりも厳しい。

目の前の七瀬がどこまで動けるのか、その点を先に確認しておこう。

2

「そろそろ見えてくるはずだ」

「はい」

課題を目指しF8エリアに足を踏み入れ、タブレット片手に位置を確認しつつ進む。

「ところで先輩、挑もうとしている課題のハードルは少し高そうですね」

「確かにクイズとなると読み切れない部分は多いな」

課題『クイズ』は複数のジャンルから1つの課題が選ばれ出題される仕組み。

4択形式のため誰でも参加しやすいが、文系や理系の問題をバランスよく解けなければ勝つことは難しいだろう。参加条件はグループ単位。12組までが参加できる。つまり単純にグループの人数が多いほど頭脳も多いため有利になる課題と言える。

「とは言え、ジャンル次第じゃ十分チャンスはあるはずだ」

「そうかも知れませんが……本当はE5の課題に挑まれたかったのでは？」

こちらがあえて七瀬《ななせ》のために妥協したことを見抜いていたのか、そう口にする。

「候補に入ってたことは事実だが、正直半々だった。気にしているなら無用なことだ」

「そうだと良いのですが、私が勝手にお供しているだけなので普段と変わらない選択をされてくださいね？」

「念を押されるまでもない。報酬《ほうしゅう》に関して言えばクイズの方が上だしな」

報酬は1位が8点、2位が4点、3位が2点。更に追加として現在のグループ人数に沿った報酬が与えられる。リストから選ぶことが出来、食料や水が貰《もら》える。

昨日と今日で消費した分を補充するにもうってつけだ。

オレたちはクイズの課題が見える位置にまで到達する。

既にそれなりの人数が集まっているようだった。

「おう綾小路《あやのこうじ》！　あと3組までだから登録急げよ！」

こちらの存在に気が付いた、クラスメイトの須藤《すどう》が叫ぶように手招きしてきた。

「らしい。急ごうか」

頷《うなず》く七瀬と駆け足で課題に近づき、登録を済ませる。

詳しいジャンルは非公開ということだが、果たしてどんな内容の問題が出てくるのか。

締《し》め切りまでは30分以上。あるいは残る1組が参加確定するまで待機だ。

少し離れた位置で池《いけ》がクイズの開始を待機しているが笑顔はない。

どこか上の空でぼーっとしているのが分かった。本堂《ほんどう》も話しかけ辛《づら》そうに1人で時間を潰《つぶ》している。須藤たちのグループの最大の魅力は仲の良さからくるチームワークと言えるが、果たしてそれがどこまで機能しているかは疑問が残りそうだ。

「調子はいいのか？」

オレは唯一張り切っている須藤にそう聞いてみた。

「得点は順調よ。今日は1回指定エリアで3位を取ったし、課題も2回1位とったぜ」

「参加は間に合わなかったが握力測定の1位は見てた。圧倒的だったな」

「げ、おまえも参加するつもりだったのかよ。下手したらいい勝負されそうだし、ラッキーラッキー」

ちょっとオーバーリアクション気味に額の汗を拭う仕草を見せた。

「グループの方は？　トラブルは起きてないか？」

「まー予定より水の減りが早《はえ》ぇかな……。ちっと飛ばし過ぎた感はあるぜ」

初日2日目と全力疾走で戦っている弊害《へいがい》が出ているらしい。

「けどよ、課題で報酬《ほうしゅう》が貰《もら》えるってのはありがてーよな。今んところ大丈夫だ」

しかしその後で須藤《すどう》は少し難しそうな顔をして話し出す。

「ただ池《いけ》のヤツがよ、ちょっと元気ねえんだよな」

「理由は？」

「さあ……試験前からちょっとおかしかったんだが何もないっつって誤魔化《ごまか》すんだよ」

やはり篠原《しのはら》との件は今でも強く尾を引いているらしい。

既に無人島試験が始まって2日目が半分以上過ぎた。

その間、意中の存在である篠原はライバルの小宮《こみや》と同じ時間を共有している。

どうしても気になってしまうのは無理もない。

「気にはなるが課題は課題だからな。3人で協力して挑めば上位も難しくない」

「おう。つか綾小路《あやのこうじ》は1人だろ？　いけんのかよ」

「まあ得意なジャンルが選ばれるかどうか次第だな」

ふと須藤が、オレの傍《そば》に立つ七瀬《ななせ》の存在に気が付き視線を向けた。

「そういや……1年、だよな？　名前なんつったか……」

宝泉《ほうせん》とのひと悶着《もんちゃく》には須藤もいたため、当然七瀬には見覚えがある。

「七瀬です、須藤先輩」

可愛《かわい》い女子を前に鼻の下を伸ばすわけでもなく、須藤の顔は真剣そのもの。

「……ちょっと来い綾小路」

ぐいっと首に腕を回され七瀬から距離を取らされる。

「おまえ、あいつと来たみたいだったけどよ、敵だろ？　どういうつもりだよ」

「同行したいって言われただけだ。同じテーブルの可能性が高いからな」

「はあ？　同じテーブルだったとしても同行する意味ってなんだよ。またおまえのこと退学にさせようと宝泉と狙っててんじゃねえのか？　危ねぇだろ」

どうやら須藤なりにオレのことを心配してくれているようだ。

「かも知れないな」

実際意味もなく同行しているなどと、そんな呑気《のんき》には考えていない。

「なんかおまえって危機感ってのがないよな……。まあ、上手《うま》く乗り切れるから平然としてんだろうけどさ……。なんか困ったことがあったら言えよ？」

頷《うなず》いてその気持ちに応えると、渋々だが須藤は納得した表情に変わる。

「おまえが迷惑してんならガツンと七瀬に言ってやろうかと思ったけどよ、大丈夫ってんなら俺は気にしないことにするぜ」

そう口にした直後、最後の１組が登録を終えたのか課題のスタート準備が始まった。

「んじゃまたあとでな。おまえの言うように課題は課題、俺らも全力で行くぜ」

須藤《すどう》は池《いけ》たちのもとに戻り、それぞれ参加者12組が登録したタブレットを取り出し、問題の出題に備える。そして時間になると、一斉にタブレットにクイズのジャンルが発表された。

『ジャンル・アニメ全般』

ん？　アニメ？　表示された文字に頭の理解が追い付かないまま、第一問が始まる。

『第一問・テレビアニメ機動従士ボムダム第十三話のタイトルは次のうちどれ？』

1・さらばボムダム　2・燃えろボムダム　3・叫べボムダム　4・ボムダムの涙
「……なんだこれ」

オレは思わず、そんなことを口にしてしまう。

ジャンルや問題文からしてアニメ関連なことは明白だが、さっぱり答えが分からない。

「マジかよ超簡単じゃん！」

近くでタブレットを握る本堂《ほんどう》が、興奮するように叫ぶ。

簡単？　この問題が？

そもそもボムダム……ボムダムってなんだ。

もはやオレの専門外のジャンルだが、それでも課題を挑む以上全力を尽くすのみ。

慌てず冷静に、４択である以上決め打ちでも25％で正解できる。
推理を張り巡らせるとすれば、１番から３番までと違い、４番のタイトルだけボムダムの名前が先に来ている。もしかするとそれがヒントか？　オレはその部分を突き４番を選択することにした。程なくして時間制限が来ると、答えが表示される。

『正解・２番・燃えろボムダム』

オレの張り巡らせた推理も虚《むな》しく、答えを間違う。
炎天の中軽いめまいを覚えつつ、オレは２問目に意識を集中させる。

『第二問・テレビアニメ脱シーチキンの主題歌を歌っているのは、次のうち誰？』

しかし現実は非情なもの。
オレに解けるジャンルが選ばれなかった事実を再度突きつけられる。
第二問の答えも当然分からず、答えはどれも同じに見えてくる。
もはや参加するだけ時間の無駄だと悟る。
オレは４択が正解し続ける奇跡を願い、適当な番号を連打し続けた。
10分20問の問題を終え、オレは静かにタブレットを閉じた。

正解数は4問で正答率20％。確率以下の結果で終わる。1位を取ったのは意外……でもないが、須藤《すどう》グループ。その正答率は驚異の95％だった。池《いけ》と本堂《ほんどう》はこの手の問題にかなり強いだろうからな。単純な学力や体力だけじゃなく様々な知識が役立つことがある。まさに茶柱《ちゃばしら》が言っていた良い前例を見せられているようだ。

「難しい問題ばかりでしたね」

七瀬《ななせ》の正答率は25％とオレとほぼ同じ。

要はアニメに関する知識はほぼなかったと言っていいだろう。全体の正答率を見るに、参加グループの半数以上はオレたちと似たような感想を抱いたんじゃないだろうか。

「やったな寛治《かんじ》！」

同じグループの須藤が池や本堂と喜びを共にしようとハイタッチを求める。

「……おう」

池は元気なく答え、一応須藤と本堂の手にタッチする。そんな光景を見て少しだけ懸念を抱いたオレは、須藤に池の悩みを話しておくべきか悩んだ。

今回も含め2度遭遇しているとはいえ、この先会える保証はどこにもない。もし試験中、池がたとえば篠原《しのはら》と小宮《こみや》が付き合った、あるいはそれに近しい関係になったことを知った時、強く取り乱すことが予想される。

だが——フォローする人間が須藤で良いのかは強く疑問が残る。学力面運動面、更に精神的にも著しい成長を見せている須藤だが、繊細なケアが出来るかどうかは別問題だ。

「どうかしたんですか」

課題が終わったなら、この場に留《とど》まり続ける意味はない。

それを分かっているからこそ、七瀬は気になって聞いてきた。

「須藤先輩のグループについて何か思うことがあるのでは？」

こちらのことを詳しく観察している七瀬は、的確に問題点を突いてくる。

「何も知らない七瀬だからこそ、須藤のグループはどう見える？　と聞いても面識のある須藤以外はピンとは来ないよな」

「そう、ですね。では私にもグループのことについて教えてもらえないでしょうか」

「須藤の左側にいるのが池寛治、右側が本堂遼太郎《りょうたろう》だ。2人とも普段からバカなことをやって悪目立ちするタイプ……お調子者たちとでも言った方がいいか。だがクラスのムードメーカー的存在でもある」

分かりやすく説明するときっとそんな感じ。

多分間違ってはいないだろうと、心の中で補足しておいた。

「勉強のできるグループじゃない分不安も残るが、須藤は体力があるし池は無人島でのキャンプ生活に適した能力を持ってる。本堂は……そうだな、賑《にぎ》やかしだな」

楽しく特別試験を送るためのピースと考えれば悪い組み合わせじゃない。

「池先輩、本堂先輩というんですね。でもムードメーカー……ですか。なんだか、池先輩に関しては元気がないように見えるのですが、体調が悪いんでしょうか」

顔を突き合わせたことのない七瀬《ななせ》にも、それはハッキリと見て取れるようだ。

確かにこの場面だけを切り抜けばとてもじゃないがムードメーカーには見えない。

「いつもクラスを賑《にぎ》わす存在なのは事実だ。ちょっと今は元気がないみたいだけどな。体調面では問題ない」

「つまり綾小路《あやのこうじ》先輩が気にされているのはその点なんですね」

ここまで話せば、七瀬の方にも察しがついたのだろう。

「ま、そういうことだな。気になる状況ではあるが、人のことを心配してばかりもいられないか。クイズじゃ3位どころか最下位争いで向こうは1位だ。どんな組み合わせにせよ得点を重ねたグループの方が優秀だ」

総合得点でも上にいるであろう須藤《すどう》グループを心配するのは出過ぎた真似《まね》とも言える。

「得意分野を生かせば戦えるのがこの特別試験なんですよね。学校の力の入れようを感じ取れます。無人島を貸し切りにするだけじゃなく、様々な生徒の長所と短所が浮き彫りになる大掛かりなものを作ったんですから」

言葉は少し悪いが池《いけ》や本堂《ほんどう》が学校で活躍する機会は今のところそう多くない。

学生の本分は勉強と運動、どうしても両方が苦手な生徒は埋もれてしまう。

しかしこの特別試験ではそれ以外の要素でも十分に戦うことが可能だ。試験前はバランスの悪い須藤グループに不安も感じたが、上手《うま》くやっていけそうだな。

だからこそ唯一残った不安材料である池の心身的な部分が引っかかるわけだが……。

もし完全な状態だったなら、下馬評《げばひょう》を覆《くつがえ》すダークホースにも成りうる存在だ。

それにしても――――。オレは課題が終わり撤収を始める大人たちを横目にしながら思う。

通常の高校とは一線を画しているとはいえ、大型船に備品、人件費など1つの特別試験にかける熱量と予算は桁違い。去年の無人島も相当なものだったがそれ以上だ。

それは金銭的な部分だけじゃなく内容も大きく異なる。前回はクラス単位での行動が求められたが、今回は小さなグループが多数、この広い無人島を行き交う。生徒同士の些細《ささい》な揉《も》め事《ごと》から想定外の大きなトラブルに発展するおそれもある。

それ以外にも、怪我《けが》や体調の問題も重要だ。擦り傷や微熱程度なら問題にもならないだろうが、骨折やそれ以上の大怪我をしてしまう可能性だって十二分に考えられる。

2週間の試験が無事に終わるまで、学校関係者は気の休まる時間もないだろうな。

「そろそろ行こうか」

次の指定エリアを目指すか課題を求めて移動することが望ましい。

「先輩、出発の前に1つよろしいでしょうか」

歩き出す前に七瀬は前に回り込み、こちらを見上げてきた。

「改めてになりますが、私の存在は一切考慮せず、綾小路先輩の理想的なルートを選択してくださいね」

今回の無人島試験は1度や2度、好成績を収めても勝ちは見えてこない。2週間にも及ぶ長い戦いの中でコンスタントに積み重ねていかなければ上位入賞は難しい。ましてグループ人数が多いほど有利とされる中、単独なら人一倍得点を稼がなければならない。

「オレももう1度言っておく。七瀬《なせ》の存在は考慮しないから気にすることはない」

既にオレの戦い方はその方針を定めつつある。

この特別試験のルールと生徒たちの思考を紐解《ひもと》いた戦い方。

それに支障が出るようなら最初から七瀬の同行を認めたりしない。

「それが聞けて安心しました。どうぞよろしくお願いします」

オレは腕時計を確認しつつ、タブレットを取り出す。

そろそろ4回目の基本移動発表の時間だ。本日最後、初のランダム指定が発表される時間になり、タブレットで場所を確認する。指定場所はＩ7。

最短距離で行くためには山を越えなければならない。

かと言って安全に迂回《うかい》を選べばかなりの大移動だ。

しかし絶対に辿《たど》り着けないエリアでもないだけに悩みどころだな。

「出発しますか」

「その前に七瀬、おまえのタブレットを見せて欲しい」

「そうでしたね。まだ同じテーブルだとは決まっていませんでした」

何かしらの抵抗を見せるかと思ったが、七瀬はバックパックからタブレットを取り出すと隠すこともなく地図を開いて見せる。そして自身の次の目的地がＩ7だと証明された。

「やはり先輩とはテーブルが同じだと思われます」

「そうだな」

違うテーブルで偶然ランダム指定が被《かぶ》った可能性も否定しきれないが、ここまでの経緯を見ていればまず間違いなく同じテーブルだと判断していい。

「一致したところで話を進めましょう。最短距離を進みますか？」

「いや、今回は無理してエリアの得点は狙いに行かない。G8、それからG9にも課題が発生してる。今日はその2か所を巡って終わりにしようと思う」

どちらの課題も『数学問題』『英語問題』と学科試験が固まっている。

参加エントリーにさえ間に合えば、確実に得点を重ねることが出来るだろう。

「では本日のキャンプ地はどちらに？」

「そうだな……明日の1回目はI7を中心に指定される。下手に近づくと偶然指定エリアを踏んでしまうおそれもあるからな。出来ればそれは避けたい」

無理しないのであればH9までにしておくのが手堅いところか。

「課題を終えたらH9まで歩いてキャンプしようと思う」

説明を聞き終えた七瀬は不満を漏らすこともなく頷《うなず》き承諾する。

「おい綾小路《あやのこうじ》、今H9でキャンプするって言ったか？」

課題を終えて移動しようとしていた須藤《すどう》が声をかけてくる。

「それがどうかしたのか？」

「いや、俺たちの次の指定エリアがH9なんだよ。この後はどこに行くんだ？」

「ひとまずG８とG９、数学と英語を取りに行く」

「う、俺らが絶対に避けるヤツだな」

当たり前と言えば当たり前か、と頭を掻《か》きながら須藤《すどう》が呟《つぶや》く。

恐らく須藤たちは少し遠くなるがE９の課題に向かうんじゃないだろうか。

「良かったら後で合流して一緒にキャンプしねえか？　仲間がいた方が盛り上がるしよ。俺たちの戦い方に問題がないかアドバイスも聞きたいしな」

思いがけない須藤からの提案だが悪いものじゃない。何より前向きな姿勢は評価すべきだろう。こっちとしても池《いけ》のことはずっと引っかかっていた。

偶然の中で接する分には、池自身も何ら意図的なものは感じないだろう。

「森の中だと合流は難しいだろうからよ、G９の浜辺で落ち合うってのはどうだ」

浜辺なら問題なく相手を見つけることが出来るため、その方がいいだろう。

「分かった。時間はどうする？」

「こっちは元々目的地の傍《そば》だしな。５時半でどうだ？」

それなら課題に参加した後、こちらも問題なく合流できるだろう。

「分かった。５時半にG９の浜辺で」

須藤たちはオレたちとは違う課題に挑むため、ひとまず別の方角へ歩き出す。

まあ、あのグループに数学や英語を解けという方が無理な話だ。得意なジャンルを攻めていくのは当たり前のことだ。

「今日はあのグループと過ごすことになるが、七瀬《ななせ》の方は問題ないか？」

一応男だらけのグループと過ごすことに抵抗を覚えないとも限らない。

それでも初っ端《しょぱな》からオレと2人で過ごすキャンプになるよりはマシだと思うが。

「大丈夫です。むしろお話しできる良い機会だなと思いました」

好意的にとらえているようなので何よりだ。

3

午後5時半を回ろうかという頃。浜辺で待っていたオレたちの元にH9でエリア指定を踏んできたと思われる須藤たちがやってくる。

「成果はどうだった？」

「いやー……ダメだったぜ。あの後新しい課題も出てきて3つ挑んだんだけどよ、1つが3位で、あと2つは競争率が異常でよ、参加すらできなかったぜ」

少し息を荒くしながら悔しそうに須藤が舌打ちする。こちらもエントリーに間に合わなかったことから考えても、まだまだこの周辺には生徒の数が多いことが分かる。

「まだ2日目が終わったところだ、あまり気負い過ぎるなよ」

勢いよく得点を集めてはいるものの、須藤自身が言っていたように若干ペースが速すぎる感は否めない。パワースタミナに自信のある須藤が覇気のない池を引っ張ってくれるのはありがたいことだが、いつまでも同じペースは続かないだろう。

特に本堂《ほんどう》は満身創痍《まんしんそうい》な様子で息も絶え絶《たえだ》えだ。過酷なことは好きじゃないはずだが文句のひとつも出てこないところを見るに、無心で食らいついている状態と言えるだろう。

「とりあえずどこでキャンプするかだな。寛治《かんじ》、どうする？」

池《いけ》にアドバイスを求めると、どこか上の空でありつつも森の方を指さす。

「とりあえずH９に戻ろうぜ。さっき向こうに開けた場所があったから、そこがいい」

そう無気力に答えた池に従いオレたちは移動を開始する。

「先輩の言うムードメーカーらしさ、やっぱり感じられないですね」

「色々あってな」

「色々……ですか」

「外野が勝手に話すのも気が引ける。もし気になるなら本人に直接聞いてみるといい」

「そうですね。折を見て聞いてみることにします」

屈託なく応える七瀬《ななせ》。ただ、池が素直に答えてくれるかは別だが。

それから20分ほど池について歩き、開けたポイントに出る。

ここなら３つ４つのグループが束になって生活しても支障が出ないほど良い場所だ。

「んじゃさっさとテント作って飯にしようぜ、腹減った」

２日目も相当動き回ったであろう須藤《すどう》が、腹を叩《たた》きながら言う。

それから須藤と本堂は期待するような視線を池に向ける。

その理由は池がバックパックで持ち運んでいる釣り竿《つざお》を見れば明らかだ。ところがそんな期待の視線に気づくことなく、池はぼーっとしたまま立ち尽くしている。

「おい寛治。今日は釣りにいかねーのかよ」

海が近いためそれを期待して催促する須藤。

「え？　あ、あー。うん……もう時間も遅いし結構疲れたからさ。悪いな」

もし釣る予定があったなら、合流した時に浜辺に残っていただろう。

あるいはそこまで気が回らなかったか。

「ま、それなら仕方ないけどよ」

残念そうにしながらも、無理強いはすまいとすぐに引き下がる。

首を振って意識をしっかりと保つように、池はテントの準備を始めた。

「心ここにあらず、という感じですね」

事情を何一つ知らない七瀬にすら見抜かれるのだから、明らかに筒抜けなのだろう。

4

夕食も済みすっかり陽《ひ》が暮れた夜。午後8時を回ったところで、各自自由な時間を過ごしていた。自由とはいえ夜の森を出歩くのは賢い選択とは言えないし、蚊《か》などの虫も大量にいるため基本的にはテントの中で過ごすことになる。

必然的にテントのメッシュ生地を利用してテント越しに会話が始まっていた。

オレ、七瀬《ななせ》、池《いけ》のテントが横並びで七瀬の正面に本堂《ほんどう》、その横に須藤《すどう》の形だ。

「七瀬ちゃんってDクラスだったんだ。全然そんな風には見えないなー」

女子と話すことが楽しいのか、この場では本堂が誰よりも多く七瀬と話していた。

「いいえ。私はあまり出来た人間ではないので……Dクラスでのスタートは妥当かと」

「えーそうは見えないって。っていうか出来た人間じゃないのは俺らだよな」

ドッと笑いどころのように本堂が1人笑うが、須藤は硬い表情のまま会話に参加しようとせず横になってテントの天井を見上げている。池の様子は見ることが出来ないが、時々相槌《あいづち》を打つだけで本格的に会話の参加はしていない。

「なんか盛り上がらないんだよなあ。寛治《かんじ》も健《けん》もどうしたんだよ」

「別に何でもねーよ。けどな遼太郎《りょうたろう》……七瀬を信用するのは止《や》めとけよ」

「は？　なんだそれ」

可愛《かわい》い後輩にする態度と思えず本堂はメッシュ生地に顔を押し付けながら須藤を見た。

「なんだもなにも、単に事実を言っただけだぜ俺は」

「意味わかんねえよ」

「いいんです本堂先輩。私は以前、須藤先輩に失礼なことをしてしまったので」

「失礼なこと？　健のヤツが七瀬ちゃんにセクハラとかしたんじゃなくて？」

「するかよそんなこと」

本堂は自分で言っておきながら、須藤の否定を聞いて納得する。

「ま、確かにおまえは堀北《ほりきた》一筋って感じだけどさ。で、一体何があったんだよ」

「話して聞かせることじゃねーよ」

ごろっと須藤が入り口に対し背中を向けた。須藤が好意を寄せる堀北に容赦《ようしゃ》ない対応をした1年Dクラスの宝泉和臣《ほうせんかずおみ》。その宝泉と結託したのがここにいる七瀬だからな。事の詳細を知っている須藤にしてみれば、七瀬を警戒するのは至極《しごく》当然の話。この場に堀北がいたのなら同じようなことを言っただろう。本堂としては納得いかない部分もあるだろうが、七瀬自身が構わないと言っている以上深く追及する権利はない。

「まーいいけどさ……寛治は寛治でずっと元気ねーよな」

「お、俺は別に……普通だし」

話の話題に出され慌てる池。

「全然普通じゃねえだろ。この際だから言うけどよ、試験前からお前変だぜ？」

「それは俺も同意見だ。ずっと元気ねーよな」

須藤も、この件には興味があるのか体勢を入れ替え入り口側に顔を向ける。

「んだよ2人して。べ、別にほら、無人島試験だしさ……なんていうか、もしかしたら退学するかもってことで緊張してんだよ」

「何が緊張だよ。おまえ無人島試験の話聞いた時はやる気満々だったじゃねえか」

キャンプ経験がある池は、去年の無人島試験でも一定の活躍をした。そのことをよく知る親友たちは簡単に誤魔化《ごまか》せない。

「だから、えっと……それはだなぁ……」

答えられずしどろもどろの池《いけ》に対し、七瀬《ななせ》は視線を隣のテントに向け口を開く。

「お会いしたばかりですが、私もどこか元気がないようにお見受けしました」

「綾小路《あやのこうじ》はどう思う？」

ここまで聞きに徹《てっ》していたオレに、本堂《ほんどう》が意見を求めてきた。

この場では素直に同意しておく方が話の流れを見るに自然だろう。

「今日合流した時にオレも少し引っ掛かってた」

「ほらな？　４人が４人とも元気ないって分かってるぜ？」

追い込まれていく池は、うまい逃げ口上が思いつかずもごもごと口を動かすだけ。

「先ほど綾小路先輩には、池先輩と本堂先輩はムードメーカーだとお聞きしました。ですが池先輩は終始どこか上の空で……何か悩み事でもあるのですか？」

何も知らない七瀬の核心を突く言葉にドキッとしたであろうことは想像に難しくない。

「その、なんつーか……」

池は必死に言葉を選んで話そうとしていた。

「んだよ。悩みがあるならさっさと言えよ」

「どうせ大したことないんだろ？」

親友であり悪友である２人には、池の悩みは些細《ささい》なものだと感じたようだ。

だからこそ、フランクに接して引き出そうとする。

しかし今回に限っては池の開きかけた口を重くするだけだったらしい。

「別に何も……」

「少し待ってあげられないでしょうか」

その様子を傍《そば》で見ていた七瀬は、須藤《すどう》と本堂にそう静かに言った。

須藤は一瞬ムッとした顔を見せたが、七瀬の横にいる池の悩む顔を見て気が付く。

自分が思っていた以上に池には悩んでいることがあるのだ、と。

「待つ必要ないって七瀬ちゃん。マジ大したことないオチなんだからさ」

「それを決めつけんのは、ちょっと早かったかもしんねーな。待ってみようぜ、遼太郎《りょうたろう》」

「え？　あ、あぁ……まぁいいけど」

場の空気を読むことは、けして須藤の得意とするところではない。それでも、周囲を見て何かを感じ取ることも少しずつ出来るようになったようだ。これも堀北《ほりきた》の教育の賜物《たまもの》と言えるだろう。これで4人全員が静かに見守り、急《せ》かそうとはしない空気が出来上がる。

もちろんそんな状況になれば簡単には話せないが、同時に下手に逃げることも出来なくなった。あとは池の覚悟を待ってその時に備えるだけ。

やがて10分近い沈黙の後、池は意を決したように話し始めた。

「実は……さ。俺……ずっと前から気になる子が……いるんだよ」

須藤と本堂がテント越しに目を合わせて驚く。

そして次の瞬間、面白い話題が投下されたと感じ本堂《ほんどう》は興奮した。

「何だよ何だよ。誰だ誰だ⁉」

「池《いけ》先輩からお話しするまで待ってあげましょう」

興奮気味に聞き出そうとする本堂を、七瀬《ななせ》が軽く制止する。

単に好きな相手がいるというだけで今の精神状態になるとは考えにくく、その先に何かがあるから今があるのだと、七瀬は理解しているのだろう。

「い、いやけどさー。こういう話題は勢いっしょ！」

「落ち着いて池先輩の言葉を待ちませんか。誰を好きなのかよりも、それが今の状態にどう関係しているかの方が重要ではないでしょうか。違いますか？」

本堂の勢いを、七瀬が冷静かつ強めの語気で止める。

「そ、そうかも」

後輩にたしなめられつつ、本堂が野暮《やぼ》だったかと後頭部をかく。

「俺が好きなのは……」

話を聞く男子2人は、きっと頭の中で想像を膨らませているはずだ。

同学年なのか、それとも先輩後輩なのか。

同学年だとしてクラスメイトかそうじゃないのか。

きっと、櫛田《くしだ》や一之瀬《いちのせ》など男子の人気を集める子を浮かべていることだろう。

「俺が好きになったのは……っ、その……し、篠原《しのはら》……篠原さつき、だ」

その名前を聞いたとき、一瞬須藤《すどう》たちは純粋に理解が及ばなかったように思えた。池とは単なる口喧嘩《くちげんか》仲間としか認識していなかったはずだ。

ビジュアルという点だけで言えばけして上位ではない。日頃から可愛《かわい》い子と付き合うと豪語していた池の発言ということもあり、困惑するのも無理はない。

「け、けどさ寛治《かんじ》。篠原とは仲悪かったよな？　ブスブス言ってたし」

もっともな部分に触れずにはいられなかった本堂が、そう聞く。

「別に、最初から篠原を意識してたわけじゃない。最初は嫌いな女子だった。けど……なんかわかんねーけど、いつからか気になりだしてさ……でも、自分でそれを認めるのが嫌で、多分好きになってないフリしてたんだと思う」

その言葉に偽りはないだろう。日々クラスで池と篠原の口喧嘩を耳にしていた連中にしてみれば当たり前の光景だったからだ。

「つか、篠原が好きならさっさと告っちまえばいいだろ」

粗暴とも取れる須藤の後押しに対し、池が自暴自棄に言う。

「そんな状況じゃねえんだよ、もう」

「何かあったんですね？」

「今篠原が組んでるグループに小宮《こみや》がいる。あいつ、多分篠原のことが好きなんだ」

ここで初めて、須藤と本堂にも状況が見え始める。

「それに篠原のヤツだって……小宮のこと、なんか特別視してるし」

互いに意識している男女が同じグループで無人島試験を共にしている。退学のかかった重要な戦いだからこそ、強い絆《きずな》や抱いたことのない感情が生まれる条件は揃《そろ》っている。

「俺、ちょっと前に篠原《しのはら》を好きになってるって気づいてた……。だから無人島でも、本当は真っ先に組みたかった。でも、だけど素直になれなくて……それで、いつもみたいに喧《けん》嘩《か》になってさ……情けねぇ……今日になっても、ずっと篠原を探してんだ……」

どこか上の空だった池《いけ》。その視線は、きっと篠原の影を追っていたのだろう。

「俺、いつからか勘違いしてたのかも。口喧嘩しつつも、何となく篠原は俺のことが好きなんじゃないかって……マジだせえ。どうしたらよかったのか、今でもわからないんだ」

お互いを好きなんじゃないかと思ったことも、今言ったようになかったわけじゃないだろう。それでも、相手の本当の気持ちを分かることなど誰にもできはしない。

それは先日、恵《けい》に告白したオレ自身が身をもって経験したことだ。

「池先輩はその先輩に対して素直になれないでいるんですよね？　それ、けして悪いことじゃないと思います」

話を聞いた七瀬《ななせ》が、池に対して思ったことを答える。

「だけどさ……篠原は小宮《こみや》のヤツと組んだ。これって脈なしってやつだろ」

「それは分かりません。分かりませんが……篠原先輩は線引きを期待していたんじゃないでしょうか」

「線引き……？」

「池先輩は普段、誰にでも明るく陽気に、そして思ったことを気軽に口に出来る人なんだって分かりました。もちろん、篠原先輩もそんな池先輩を評価していると思います。でも、きっと自分だけはもっと特別でありたいと願っているんじゃないでしょうか」

気軽に口にする。それは言い換えれば軽口が過ぎるということでもある。

「好きだって思う気持ちを、もっと素直に伝えて欲しかったんじゃないかって」

確かに池は篠原に好意を持っている。

そして篠原もまた、池に少なからず好意を持っていたとオレは考えている。

だが、池は常に篠原をからかい、時にバカにして男友達のように接し続けた。

しかし七瀬が言うには、それだけではダメらしい。

「俺は……」

「池先輩は好きな女性に適当な態度を取られたら嬉《うれ》しいですか？　テレ隠しも結構ですが、それが相手に伝わらなければ意味がありません。もっと真剣に自分を見て欲しいと思ったりはしませんか？」

自分を篠原の立場に置き換えてみることで、見えてくるものがある。

少なからず想《おも》っている相手が、いつもいつも同じように軽口を叩《たた》いてきたら、と。

「……くそ」

頭を抱え込み、池が頭《こうべ》を垂《た》れる。恐らく今、これまで篠原にどう接してきたかを頭の中で思い出している。そして自分がそうされた時、それをどう受け止めるかを理解しようとしている。いや、理解し始めたからこそ頭を抱えたんだろう。

「悩むことが悪いことだとは言いません。ですが今は退学のかかった特別試験の最中です。自分が退学するだけじゃなく、須藤《すどう》先輩や本堂《ほんどう》先輩だって巻き込みかねない。篠原《しのはら》先輩を追いたい気持ちはよく分かりますが、まずは戦って生き延びることが先決です」

気が付くと、この場の全員が七瀬《ななせ》の言葉に真剣に耳を傾けていた。

親友の誰よりも真摯に池《いけ》の悩みに答えていたから、というだけじゃない。

「会えなくなってしまったら、大好きな人に会えなくなってしまったら。好きだというその想《おも》いを伝えることは二度と出来なくなるんです……！」

七瀬の声を聞いていれば顔を見なくても分かる。

「な、なんで泣いてんだよおまえ」

ずっと七瀬を警戒していた須藤が、そう言って慌てる。

「悩んでいる暇はないと思いませんか？　池先輩」

自らが泣いていることになど構わず、七瀬はそう池に問う。

「……だな。まずはこの特別試験を無事に終えないと、だよな」

後輩である七瀬の言葉は、想像以上に池の心に染みたようだ。

「悪かった、健《けん》、遼太郎《りょうたろう》。俺……多分この2日間、自分でも分かってないくらい迷惑かけてたんじゃないか？」

そんな池の後悔に須藤は——。

「いや、そんなことは……まあ、ちょっとだけな」

全くないと言い切ることは出来なかったが、逆にそれで良かったかもしれない。

「俺、正直まだ篠原のこと気になってる。けど……とりあえず特別試験は乗り越えないと意味ないよな。そうしないと、何もかも無駄になるし」

「そう、そうだぜ寛治《かんじ》！」

本堂も同意して、盛り立てるように叫んだ。

時に悪友は厄介な存在だが、時に何よりも代えがたい存在である。

オレはこの夜を通じて、そのことを学ばせてもらった気がする。

そして七瀬の涙。単なる演技や高ぶった勢いで泣いたとは思えなかった。

○相手を好きになるということ

朝6時過ぎ。暑くなり始めたテントの中で、外から声が聞こえてくる。

「あの、綾小路《あやのこうじ》先輩。起きていらっしゃいますか？」

「ちょっと待ってくれ、外に出る」

訪ねてきた七瀬《ななせ》の呼びかけに答えるように、オレはテントの外へと出た。

「朝早くに申し訳ありません」

「起きてはいたから大丈夫だ。そろそろ出発に向けて片づけもしないといけないしな。どうしたんだ？」

周囲のテントを見て、まだ誰も起きていない様子を確認してから囁《ささや》いた。

「池《いけ》先輩のことです。昨日、私は少し言いすぎてしまったんじゃないかと……」

「まあ言いすぎたというかハッキリ言った感じはしたが」

随分《ずいぶん》と踏み込むなとは思っていたが、一応本人も反省していたらしい。

「七瀬のおかげで池は立ち直った。いや、開き直ったというべきか。感謝してると思うぞ」

「そう思いますか？」

オレは即座に頷《うなず》いたが、どこか納得いってない様子。

「私はどこか、池先輩は危ういと思ってしまうんです。昨日の話し合いが逆に災いして無《む》茶《ちゃ》なことをするんじゃないかって……。だからここで離れるのに不安があるんです」

「気持ちは分からなくもないが……」

池の精神状態が気になるのは同意見だが、同行するのには大きなリスクが伴う。オレと池のグループは完全に違うテーブルで、指定エリアがどこになるのか予測もつかない。

次のエリア次第では全く別方向に進まなければならないことにもなるだろう。

七瀬のこの提案は天然によるものなのかそれとも作為的な何かがあるのか。

もしあるとするなら、単純にオレに指定エリアを目指させないため？

いや、それは仕掛ける手としてはあまりに弱すぎる。

どんな形でも妨害になればという線は捨てきれないが……。

「ダメ、ですよね……やっぱり。離れ離れになれば合流はまず不可能ですし」

「いや――そうだな」

あまり良い戦略とは言えないがやりようがないわけじゃない。

警戒しつつも、須藤《すどう》グループを気に掛ける方法。

「極端な話、合流することだけを考えるならそれほど難しいことじゃない。落ち合う場所を決めておくだけだからな。距離があっても歩く体力さえあれば実現可能な話だ」

指定エリアにしろ課題にしろ、午後5時をもって1日の課程は必ず終了する。

つまり午後5時から朝の7時まではどこで何をしていようとも自由ということだ。

「それはそうですが……」

もちろん現実的にそれが良いか悪いかというのは別の話。

翌日に目指すべきエリアが反発しあうほど、合流ポイントは厳しくなる。

「ひとまず池《いけ》たちの指定エリアがどこになるかを見た方がいいだろうな」

オレたちと全く違うルートになるようなら、早々に諦めるべきだ。

片づけを済ませ、食事を終えた頃に朝7時を迎え1回目の指定エリアが告知される。

「H7、か」

最悪——とまでは言わないが理想的なエリアとは口が裂けても言えない。

今からの2時間で辿《たど》り着《つ》けるかは微妙なラインだ。

しかしここで無視すれば2度目のスルーになる。

もし次がランダム指定で山を挟み西側に指定エリアが飛ばされると追いつけなくなる。

「9時のタイミングでランダム指定されると厄介ですね」

ここから2時間歩き続けたとして、上手《うま》く行ってもI8かI7が関の山だろう。

もちろんH7に2時間で辿り着くことも、けして出来ないわけじゃないが……。

そこまでの強硬的な行動に、七瀬《ななせ》を巻き込むには相当なリスクがつきまとう。

「無理せず2回目のスルーをする選択もあります」

ペナルティの得点減少が始まるのはスルー3回目から。

H7をスルーしても、まだ大丈夫ではあるが……。

泥沼に入れば延々と指定エリアに辿り着けず、目的地に振り回されるおそれがある。

「須藤《すどう》、そっちの指定エリアは？」

「俺たちはＩ８だし途中までは一緒だな。気合い入れて行こうぜ」

目的地こそ違えど道中は全く同じということか。

しかし、それは好都合ではなくアンラッキーだと考えるべきだろう。

これでオレが強硬手段を取るという選択肢は完全に消滅した。

こっちのペースに巻き込めば、池と本堂《ほんどう》は間違いなくついて来られない。

「オレたちも同じ方向なんだ、途中まで一緒に行かないか？」

どうせ辿り着けないのなら須藤たちと行動を共にした方がいい。

池のこともそうだし、道中でトラブルが起きても協力し合うことができる。

「もちろんいいぜ。なあ寛治《かんじ》？」

「お、おうもちろん」

夜の語らいを思い出したのか、どこか恥ずかしそうに池が答える。

思いがけない七瀬の存在に池が刺激を受けている。

アンラッキーな３日目の幕開けだが、悪い事ばかりでもなさそうだ。

いつもならふざけて可愛《かわい》いだとか言ってナンパなことをしそうだが、そんな素振りを見せない。篠原《しのはら》のことを話した翌日にそんなことをするのは論外だが。ただ、その論外なことをしそうなのが今までの池だっただけに変わろうとしているのかも知れない。

「おっしゃ。俺が先陣切るから全員ついて来てくれ」

張り切って両腕を回し、自ら先頭に立って先導を始める。須藤《すどう》たちのグループと行動を始めてから随分《ずいぶん》と賑《にぎ》やかになったな。カラ元気も元気のうち。

「綾小路《あやのこうじ》先輩、あまり楽しそうじゃないですね。硬い表情してます」

「別に普通だぞ」

「そうですか？」

確かに指定エリアに頭を悩ませてはいるが表情には一切出した覚えはない。

「気にするだけ無駄だぜ。いつもそんな顔してるからな、綾小路のヤツは」

補足するように振り返って須藤が言う。

ありがたいようなありがたくないようなフォローを受ける。

「そういうことだ」

ちょっと複雑な気もするが、乗っかる形で答えた。

須藤は意地悪そうに笑ってから先頭を行く池《いけ》に話しかけに行った。

「やっぱり綾小路先輩も、池先輩に何か思うことがあるんじゃないですか？」

「勘繰《かんぐ》りすぎだ。オレは池が成長して喜ばしいと思ってる。七瀬《ななせ》の言う危うさみたいなものは正直分からない」

「……そうですか」

この件は下手に須藤や池に聞かれてもと判断し、このあたりで話を切る。

前を歩く池は確かに昨日までよりも力強くなった。心の成長が全くなかったとも言わない。その点においては、七瀬に対しても嘘偽《うそいつわ》りなく答えたつもりだ。

しかし――そのほとんどはまだ、見せかけだけのもの。変わろうとしている最初の一歩に過ぎない。状況次第では立ち止まることも、大きく後退することも十分考えられる。自らが変わろうと思って変われるほど人は単純じゃない。七瀬もその部分に気が付いているからこそ、オレにもそれを理解させようとしている。隣を歩く七瀬は前の池を視線で追っている。果たして、どこからどこまで本気で池のことを考えているのか。

前方から、池たちが少し驚く声があがった。

森の中から羽ばたいた野鳥が、大空に向かって飛びたっていく。

こういった自然を目の当たりにできるのも、この無人島ならではだろう。

とにかく今は、少しでも七瀬と長く行動を共にすることで正体を探っていくしかない。

1

午前9時を迎える直前オレたちはＩ８の南東にいた。険しい道のりではあるが、後ろを歩く七瀬の呼吸は一切乱れておらず、まだ進行を速めても問題なくついて来られそうだ。先ほどまで行動を共にしていた須藤はＩ８に到達するや否やＩ９に出現した課題に大慌てで向かっていった。

「とりあえずＪ９まで移動する」

「9時の時点で指定エリアになる確率を下げるためですね？」

「ああ」

ここからなら数分とかからずJ9エリアに移動できる。

タブレットで確認しつつJ9エリアに辿《たど》り着《つ》いたのは締《し》め切り3分前だった。

短い3分間ではあるが、2人で地面に座り休憩。2回目の指定エリア発表を待つ。

近くに座る七瀬《ななせ》が画面を覗《のぞ》き込《こ》んできた。数秒後に訪れる9時への切り替わり。

「先輩……」

指定エリアを確認して七瀬が顔を上げる。次のエリア移動は2度目のランダム指定では
あったもののJ5。森を抜けるとなると少々厄介だが、このまま海に向かって東に行き、
あとは砂浜を北上すればよい。

同じテーブルの生徒たちがH7に達していたとしても、森を抜けるには時間がかかる。

こちらの方が距離はあるが、一気にライバルたちを出し抜ける可能性も十分あるな。

何よりランダム指定はどこに飛ばされるか分からない。

それが許容範囲内だったのは幸いと言える。

それ以上言葉を交わしあうこともなく、すぐに移動を再開する。

浜辺を目指し進路を取ることにした。

20分とかからずI8の北東から浜辺に降り立つと、そのまま砂浜を突き進む。

その道中、J6のエリアに到達した時のことだ。

慌ただしく大人たちが準備に追われているところに遭遇した。

その様子を横目に見ながら通り過ぎ、タブレットを開くと課題の出現を見つける。

「ビーチフラッグス対決、か」

実に海辺らしい課題と言える。元々ビーチフラッグスはライフセーバーの反射神経や走力などを鍛えるために考え出されたスポーツだ。

単独参加による男子8人女子8人の募集が行われるとのこと。

同一グループからは1人しか参加できないため男女別に8グループが参加する課題だ。

報酬《ほうしゅう》は1位のみで6点。それから追加報酬で数点の中から選べる景品がある。

しかも参加賞として500㎖の水が1本貰《もら》えるというおまけ付き。

課題の存在はタブレットを通じ知らされるが、こうして設営地点を通りかかれば早い段階でその存在に気づくことも出来る。誰よりも早く参加することも可能になるが、問題はその内容を知ることは出来ないことだ。もちろん、分かりやすい課題であれば何を準備しているかで推理することも出来るだろうが、何らかの学科テストであればその推測は難しい。しかし今回受付終了までは60分ある。今エントリーをしてしまうとその場で動けなくなることに加え、指定エリアで着順報酬を得られる可能性も捨てることになる。

ここはいったん課題を無視し、指定エリア到達を優先して歩みを続けた。

そしてJ5エリアに足を踏み入れたと思われる段階で腕時計に合図が送られてきた。

「やりましたね先輩」

到達に要した時間は1時間ほど。普通なら到着ボーナスだけでもおかしくない時間だが、オレは運よく1位を、七瀬《ななせ》も確実に到着ボーナス1点を獲得しそれぞれ点数を積み重ねる。着順報酬《ほうしゅう》を得られるかどうかは天沢《あまさわ》と宝泉《ほうせん》次第なので、オレには分からない部分だ。

さて、次はビーチフラッグスの課題へ参加することだな。

更に点数を重ねるため、J6エリアに引き返し課題への参加を狙うオレと七瀬。

が、ここで想定外の展開が起こる。既に多くの男女がビーチフラッグスの課題に押しかけ列を作っていたからだ。オレたちが設営中の課題を通り過ぎた段階では誰もいなかった。

僅《わず》かな間にあれだけの数が集まったのか。

「もしかしたら参加、ギリギリかも知れませんね」

「だな。他のテーブルでJ6エリアが指定されていたのかも知れない」

「ですね……」

「とりあえず向かってみよう」

「はいっ」

2

J6に入り課題の目の前にまで到達する。

参加人数の8人を上回る男子の数が存在しているようだが、まだ分からない。

グループからは1人しか参加できないためチャンスはあるはずだ。

近づいていくオレたちの姿を見つけた3年生の男子。

直前まで楽しそうに友人と雑談している様子だったが、そのうちの一人、生徒会副会長の桐山《きりやま》がこちらの存在に気が付くと態度が豹変《ひょうへん》。慌てて担当者の元に駆け寄り話しかけ始めた。

その不思議な動きを気にしつつも担当者の元に辿《たど》り着《つ》く。

受付したい旨《むね》を伝えるも、残念なことに今しがた話しかけていた3年生で最後の1人だったようで、定員に達してしまったと伝えられる。これでオレの参加は不可能な状態だった。定員の揃《そろ》った男子は早々に着替えに入ってく。

一方の女子は7人で、あと1人の空きがあった。

「綾小路《あやのこうじ》先輩が参加できないなら、私は見送ります。お待たせしてしまいますし」

「いや、少し休憩したかったところだしな。七瀬は参加した方が良い」

「しかし……」

「オレにエリア到達の着順報酬を譲っている以上、得点の開きも出来つつある。勝てるかどうかは別問題だが、勝機があると思うなら参加した方がいいだろう」

時間制限まではまだ10分あるが、七瀬がエントリーすれば定員に達する。

つまり時間のロスなく課題に挑むことも出来る。

「ありがとうございます。それじゃあ……参加、しようと思います」

他学年に得点を拾われる可能性が高いなら、積極的に取りに行くべきだ。幾《いく》ら同行を願い出ている立場でも、ここは強気に参加していかなければならない。直射日光を避けるための待機用のテントが立てられているため、オレはそこへ移動する。

男女共に水着もサイズや種類は幾つか用意されているようだ。自分に合ったものを選ぶところから勝負は始まっていると言えるかも知れない。まあ、泳ぎに特化させる必要はないため、何を選んでも大きく変わることはなさそうだが。

簡易更衣室から着替えを終えた男子生徒が1人ずつ出そろい始める。男子は基本的にオーソドックスなダボっとしたハーフパンツタイプの水着のようだ。違いがあるとすれば柄くらいなものだろう。仲間の登場に周囲から檄《げき》を飛ばすグループの生徒たち。

オレはこの場に集まっている異様なメンツに目を向けることにした。男子の参加メンバーは全員3年生たちである。対する女子も、参加メンバーのうち7人が3年生で構成されている。かろうじて滑り込んだのが1年生である七瀬《ななせ》だ。

グループから参加できる生徒は1人。つまり、ここには最低でも15組の3年生たちが集結していることになる。指定エリアにせよ課題だけのためにせよ、他学年の姿を見かけないというのは普通じゃない。

そうなると、目に留まるのは副会長の桐山《きりやま》だ。もし桐山を勝たせるために大人数が動いているんだとしたら――――。こちらの考えとは別に、程なく準備の整った男子は試合を始める。1対1で戦い勝った生徒が次戦に進み3回勝てば優勝というシンプルなトーナメント戦。もし桐山に勝たせることが決まっているのなら、熱量を見れば分かる。

本気で勝とうという意識があるかどうかでプレーに大きな影響が出るからだ。

ところが、1回戦から思わぬ熱戦を繰り広げる。桐山と対決することになった同クラスの男子。うつぶせに寝た姿勢から立ち上がり双方ほぼ同時の走り出しで、フラッグを狙い飛び込んだのも似たようなタイミング。勝敗の差を決めたのは腕の長さだったと言ってもいい。桐山がフラッグを掴《つか》み1回戦を勝ち上がる。

その試合だけじゃない、3年生全員、自分が勝つんだという強い意志を感じる試合運びをする。桐山、あるいは他の誰かに忖度《そんたく》している様子は一切ない。

オレが見ているから本気を出している、というわけでもないだろう。

そこまで桐山はオレを警戒していないし、全員の意識をそれで統一することは不可能。

なら目の前の3年生の群れをどう説明する。

何か、こちらの思惑を超えて動いているのかも知れない。

全試合盛り上がる戦いを見せる中、女子たちも着替えを終え集まり始める。

それにしても――――8人中5人の女子が普通にスクール水着を選んでいる中、七瀬の選んだ水着はなかなか大胆に攻めている気がする。

男子の戦いに決着が着くまでは自由に待機して構わないようだ。

オレは近づいて七瀬に声をかける。

「一つ聞いてもいいか」

「はい？」

ビキニ姿で準備運動を始めていた七瀬《ななせ》は、不思議そうにオレを見上げる。

「その、何というか可愛《かわい》い水着を選んだんだな。それに理由はあるのか？」

シンプルにやるならスクール水着で問題なさそうだが。

「理由ですか？　テレビで見るビーチフラッグスってこういう水着でやってるイメージだったのでスクール水着で参加するのはおかしいのではって。私間違ってました？」

いや、テレビ等のことを言っているのならきっと間違っていない。

海に来た人間が遊びのひとつとしてやることが多い種目だろうからな。

それから準備運動をしつつ試合の流れを見守っていた七瀬。

男子の決着は見事桐山《きりやま》が優勝するという展開で幕が下りる。流石《さすが》に南雲《なぐも》に挑もうとするだけあって、身体能力の方もB＋と０ＡＡ通りと言ったところか。

さて次は女子の部。七瀬が出場する。早速１試合目で七瀬の名前が呼ばれると、対決の場へ移動する。相手は３年生の富岡《とみおか》。身体能力はC＋とそれなりの相手だ。一方の七瀬は身体能力B＋と１段階上。だが、必ずしも身体能力の高さが勝利に繋《つな》がるわけじゃない。

総合力は総合力であって、それぞれの生徒に得意不得意は必ず存在する。

ビーチフラッグスの経験があるかどうかも重要だが、純粋に反射神経と走力の高さからくるものとみて間違いないだろう。果たしてどちらが上か。ピストルの合図とともに七瀬が素早く起き上がると、砂を蹴り一気にフラッグめがけて飛び込む。

3年生の富岡は接戦を演じることも許されず敗れ、唖然《あぜん》と空を見上げた。走り出すタイミングは偶然による産物もあるが、七瀬の場合は完璧なものだった。明らかに反射神経が富岡よりも数段優れていることの証明。

見学していたライバルたち6人にも、七瀬の手強《てごわ》さは伝わったことだろう。残りの3試合を終えベスト4が出揃《でそろ》うが、反射神経も走力も七瀬が頭一つ抜けている。

しかし油断は禁物だ。反射神経にしても油断や慢心、あるいは別の要因で鈍ることは十分あるし、脚力が自慢でも砂に足を取られたりつまずいて転んでしまえばそれまでだ。

が、番狂わせはそうそう起こるものでもない。

七瀬は2回戦も余裕を持っての勝利をおさめ得点奪取に王手をかけた。

「手ごわいな」

観戦していた桐山が、1年生の七瀬に対して率直な感想を口にした。

もちろんオレに対して言った言葉ではなく、グループの仲間にだ。スムーズに進み決勝戦の相手が決まる。こちらも同じく3年生の徳永《とくなが》。ここに来て身体能力がB＋と同等格の相手が出てくる。ここまでの2試合は七瀬と同じように危なげなく勝ち上がり、余裕の様子。強者同士の順当な決勝戦となり、七瀬と徳永がスタート位置につく。

これまで賑《にぎ》やかしだった外野も静かに、スタートの合図を待つ。

スタッフによるピストルの音が浜辺に響き渡ると同時に、両者似たようなタイミングで反応し起き上がりを見せる。好勝負になる出足だったが、互角だったのもここまで。

起き上がりから最初の一歩、そして砂を蹴る脚力は七瀬《ななせ》の方が遥《はる》かに上だった。そして綺麗《きれい》に砂に飛び込み、見事にフラッグをもぎ取った。

決勝まで上がってきた徳永《とくなが》は完璧なスタートを切っただけに力の差を感じたか。悔しさを浮かべることすら出来ない差を見せつけられ、どこか呆《あき》れたように苦笑いする。そして自ら握手を求め、2つ年下の1年生に敬意を払った。

砂を洗い流した七瀬が、参加賞の水を片手に戻ってくる。

この暑さの中激しい戦いを3戦したのだから、冷えた水が身体《からだ》に染み渡ることだろう。

「圧勝だったな」

決勝戦を終え一息ついている七瀬の傍《そば》に行き、オレはそう声をかけた。

「ありがとうございます。何とか勝てました」

多少肩が上下し息が乱れていたが、全力を懸けたという印象は薄い。まだ力を残したうえでの勝利だと言えそうだ。1年生と3年生では一見後輩が不利なようにも見えるが、女子は比較的早い時期に身体的なピークを迎える一般的傾向がある。15、16歳と18歳ではほぼ差がないと言っても間違いはないだろう。勝敗を大きく分けるのは競技歴だが、ビーチフラッグスともなれば未経験者が多数。

いや――――そういった分析は必要ないか。この七瀬翼《つばさ》の持つ身体能力はOAAの評価以上に高い。入学直後は中学3年生の時の成績を反映していたようだが、既に季節は夏。

それでも七瀬は変わらずB+という位置に収まっている。

　ＡーやＡの評価を得てもおかしくはなさそうに見えるが……。

「あ、あの綾小路《あやのこうじ》先輩？」

「ん？」

「傍でジッと見られると、ちょっと、落ち着かないと言いますか……」

　少し困った顔をして、七瀬はどこかへと視線を逃がした。

「っと……そうだな。悪い」

　分析するにしても七瀬が着替えた後からでも遅くないだろう。

　桐山《きりやま》たち3年生は課題を終えたことですぐに撤退の準備を始めていた。次の指定エリアや課題を求めて移動を開始するとみていいだろう。

　そんな桐山がここで初めてオレに近づいてくる。

「綾小路、余計なことは話すな？」

　そう一言だけ告げて、視線をオレの遥《はる》か後方の海へと向けた。

　釣《つ》られるように振り返ると、浅瀬で動く人の姿が複数ある。

　桐山の一言の意味を理解する。

　生徒会長である南雲《なぐも》が、いつの間にか海で遊んでいたからだ。

　南雲もこちらが見ていることに気付いたのか、軽く手招きするようにオレを呼んだ。

「もう一度だけ言う。俺の邪魔はするなよ？」

「分かってますよ」

桐山《きりやま》は次の場所に向かうため、グループの仲間を連れ砂浜から森へ向かう。

「七瀬《ななせ》、少し先輩と話してくる。ゆっくり着替えててくれ」

「ありがとうございます」

無視するわけにもいかないので、南雲《なぐも》と少し話をしておくことにしよう。

それに気になることがないわけでもない。

「その様子じゃ課題には参加できなかったようだな」

「それはお互い様では？　それとも指定エリアだけですか？　この場所に来たのは」

「さあどうだろうな」

南雲ははぐらかすように笑う。

「おまえも泳いだらどうだ？」

「そうしたいのは山々ですが、南雲生徒会長のように水着を借りるほどポイントに余裕がありませんでしたから」

南雲だけじゃない。朝比奈《あさひな》や数名の3年生は水着を借りている。

更に遊具にあたるボールまで借りているのだから優雅なものだ。

「随分《ずいぶん》と余裕そうですね。血眼《ちまなこ》になって得点を集めてると思ってました」

「息抜きも必要だろ？　それに——本番は明日からだ」

明日。つまり中盤戦に入る4日目から。

全グループの上位10組と下位10組がタブレット上で告知される日に当たる。

「もし3年以外で3位内に食い込んでるグループがあれば、俺はそこで動く。1年や2年が表彰台に立つことは不可能だぜ。それはおまえも例外じゃない」

南雲《なぐも》は負けないための戦略を立てているということだ。

もちろん、ここでの言葉が嘘《うそ》でなければだが。

「ご忠告はありがたくいただいておきます」

仮にもこの学校でトップに立つ3年Aクラスのリーダー。

しかも生徒会長ともなれば、単なる口だけということはないだろう。

「ですが俺は単独なので、上位どころか下位に名前があるかも知れません」

「だったら、早いうちに誰かとグループを組むんだな。勝手に自爆して退学なんてことになったら堀北《ほりきた》先輩ががっかりするだろうからな」

「南雲ー。ちょっと来てくれるかー？」

オレの少し後ろから3年生の益若《ますわか》が南雲を呼ぶ。

軽く手を挙げて答えると、南雲は海から上がり益若に近づいていった。

十分会話できる距離だがオレには聞かせられない話ということだろう。

そんな様子を、いつの間にか遊ぶのをやめて見ていた朝比奈《あさひな》。

南雲との距離が十分に出来たことを確認するとこちらに近づいてきた。

「やっほ。単独で頑張ってるんだって？」

「まあ。聞こえてたと思いますけど、厳しい戦いをしてます」

「そっか……。でも、今回に限ってはそれでよかったのかもね。もし雅《みやび》に目を付けられたら……多分、ヤバイことになる。だから私からアドバイス。綾小路《あやのこうじ》くんは今のうちに1人でも多いグループに――」

「時間だ、そろそろ行くぞ朝比奈」

何か耳打ちしようとしてくれた朝比奈だが、南雲が戻ってきたことで言葉を飲み込む。

「そ、それじゃ頑張って」

「どうも」

朝比奈からのアドバイスは受け取れなかったが、何となく察することは出来る。

南雲雅だからこそ取ることの出来る戦略。

確かにそれが実行されれば、この試験の特性上厳しい戦いを強いられることになる。

ただ、南雲が意味なくオレに対してその戦略を用いてくるかは別問題だ。

今のオレは上位に顔を出すことすらない、無害な存在だからな。

3

オレたちの本日3つ目の指定エリアはH5。

浜辺を歩くようにはいかないが、比較的まともなところが選ばれたとみるべきだろう。

「距離はそれなりにありますが、到達は問題なく可能ですね」

「1時間あればなんとかなるかもな」

もちろん、着順を狙うのであれば今朝以上のペースで歩く必要はある。

だが、そこまでしても得られる点は恐らく1点止まりだろう。

課題に逃げたくなるような状況だが、今のところ課題は島の西側に多く集中していて、東側にいるオレたちが目指せる場所はほとんどない。急ぎ着順の希望を捨てずに進むか、確実に到着ボーナスの1点だけを取るか。この無人島に足を踏み入れてから早3日目。

そろそろこういった決断も迫られることになる。

「七瀬《ななせ》、手持ちの水は？」

「今朝持っていた分は全て使い切りました。先ほど手に入れた1本だけです」

オレと同じような状況というわけだな。こちらも手持ちの水はあと500㎖が1本。

節水したとしても、長距離の移動を繰り返せば今日だけでマイナス。

水分不足に悩まされる展開になるという事だ。

オレがスタートした時の手持ちの水の量が3・5リットル。オレと同じように使用を控えめにしていたとしても、今日明日で多くの生徒が手持ちの水を使い切ることになるだろう。全体の何割かは不明だが、ここから苦しむ日々が続いていくことが予想される。

「最初の山場、だな」

「どうにかして水の確保は必要ですよね」

オレ1人であれば、日中は指定エリアを4か所確実に確保し、空いた時間で課題をクリア。それからスタート地点に戻り水分補給をして翌日に備える。そんな形を1つの戦略として立てていたが、七瀬が一緒の状況では難しい。このことを説明すれば必ずついて来ようとするだろうが、無茶《むちゃ》がたたって体調を崩せば七瀬はリタイアだ。

敵である後輩のことなど気に留める必要もないんだろうけどな。

今はひたすら目的地に向かって歩き続ける。

「綾小路《あやのこうじ》先輩。どうして単独で戦うことを決めたんですか？」

「友人が少ないからな。組んでくれる相手が見つからなかったんだ」

「そんな風には思えません」

「仲が良い人間が少ないのは本当だ。友人と呼べそうな人間はけして多くない」

「だとしても、組んでくれる相手は見つかったはずです」

「気になるのか？」

「気になります。だって単独行動は百害あって一利なしじゃないですか」

後ろを歩いていた七瀬は、早歩きでオレの横に追いついてきた。

そして真意を確かめるような目で見てくる。

「宝泉《ほうせん》くんを前にした綾小路先輩の動きは、普通の高校生とは違うものでした」

「それが分かるんだとしたら、七瀬も普通の高校生じゃないな」

こっちが間髪《かんはつ》容れずそう返すと、ちょっと七瀬は困ったように苦笑いを浮かべた。

それから頬《ほお》を軽くかいて、確かにそうですね、と小さく呟《つぶや》く。

こちらから色々と聞こうと思えば聞けるが、真実を話すかどうかは七瀬《ななせ》次第。

中途半端な嘘《うそ》であれば見抜けるが、七瀬は簡単に見透かせはしないだろう。

「確かに単独行動はデメリットが多い。途中で他のグループと合流するハードルは低いが、まともな得点を稼げていないと相手のグループにも迷惑をかけることになる」

「3人で稼いだ得点と1人で稼いだ得点が平均化されるんですから無理もありません」

「だが、そこに文句をつけるのは当然お門違いだろ？　学校は最初からグループを組むことを推奨していた。単独で戦うと決めた人間が四の五の言える立場じゃない」

グループを作らなかった人間も作れなかった人間も、その程度の判断しか出来ていない。だからルールで不利に追いやられて退学になっても自業自得ということだ。

「それでも全く勝ちの目がないわけじゃない。得点不足に悩むグループに入り込むことで思わぬ相乗効果を生むケースだってあるだろう」

「綾小路《あやのこうじ》先輩は、その相乗効果を生むために単独で戦われている……と？」

「さあどうかな。あくまでオレは一般的な話をしたつもりだ。七瀬の見込み違いで、オレがグループを作れなかっただけって線を消すのは早いぞ」

「ふふ、そうですね。綾小路先輩ってちょっと口下手なところはありそうですし」

遠慮がちにではあったが、七瀬はそんなことを言った。

「昔からそうなんですか？」

「この手の性格みたいなものは、大体一貫して同じじゃないのか？」

「そんなことはないと思います。暗かった人が何かを機に明るい人になることもありますし、明るかった人が暗くなることだってあるんじゃありません？」

言わんとすることは分からなくもないが、人の根幹みたいなものはどこまで変わるのか。

「もともと暗い人間が明るくなると聞いても無理してるようにしか思えないな」

「ですが、無理をしていたとしても明るく振る舞えるのはすごいことです」

「……確かに」

いきなり陽気なキャラになれと言われても、やりきる自信はない。

もちろん普段顔を合わせることのない相手になら一時的に演じられるが、この先1年半以上共に過ごすクラスメイトの前でそれが出来るかと言えばノーだ。

「オレには無理だな。七瀬は中学時代から変わったことはあるのか？」

一応。特に無理のない自然な範囲で中学時代のことについて聞いてみる。

ホワイトルーム生であればもちろん中学校には通っていない。

問いかけてみた七瀬はちょっとだけ考える仕草を見せた。

「どうでしょう。昔から変わっていないつもりですが、少しは変わったかも知れません」

少しでも自分が変わったと思う要素はある、ということだ。

「どういう風に？」

「以前は――――もっと笑っていた気がします」

変わった方向は、明るい方から暗い方へだった。

「誰かとお喋《しゃべ》りすることも、遊ぶことも、中学時代に比べると減ったと思います」

これは作り話なのか、それとも真実なのか。

「自分自身が変わってしまった、そう感じるような出来事があったので……」

その出来事とは？　そう聞くことはなんだか憚《はばか》られた。その理由は聞かない方が良いと判断した。この話のスタートは七瀬《ななせ》から。まるでこの話にまで誘導させる狙いがあったかのように感じ取れたからだ。こちらからの言葉を待っていた七瀬は、いつの間にか歩を緩《ゆる》め後ろの定位置に戻る。話を変えるべく、オレは別の話題に切り替えた。

「ところで七瀬のグループはどうなんだ？　得点は増やせてるのか？」

「はい。宝泉《ほうせん》くんと天沢《あまさわ》さんのどちらが課題で多く稼いでいるかは分かりませんが、私以上に活躍しているようです」

言っていることが事実なら、七瀬のグループはそれなりに高得点になっていそうだ。着順報酬《ほうしゅう》に限っても、見え辛《づら》いだけで宝泉と天沢次第では入っている可能性はある。

「オレは逆に危ないかもな」

ある程度積み重ねてはいるが、下位の方に沈んでいることは容易に想像できる。

3人グループが手堅く得点を積み重ねていれば、オレを抜くことは難しくない。

「その時は頑張りましょう」

「そうだな」

まずは次の指定エリアに確実に到着すること。

それを目標に、オレたちは道なき道を歩いていく。

4

午後1時55分。1時間弱でオレたちは指定エリアH5に辿《たど》り着《つ》いた。

やはり1点ではあったが、きっちりと取れたのは大切な一歩だ。

ここから1時間は空き時間のため、出来れば課題をこなしておきたい。

西側に集中していた課題だったが今は東側に集中し始めている。

「歩けるか？」

その場に座り、水分補給をしていた七瀬に声をかける。

「あ、はいっ」

遅れずに着いてきているだけ立派だが、全く疲れないというわけにはいかない。

「無理せずここで休んでおくのも必要だ」

「しかし……」

オレに置いて行かれるのではないか、という不安が七瀬によぎったようだ。

「同行に不満を感じたら直接口にする。黙っていなくなるような真似《まね》はしない。それにここで無理をして後からついていけなくなる方が七瀬にとっても辛いんじゃないか？　ランダム指定の移動は今日はもうないとは言っても着順報酬を狙うなら走ることだってある。

そうなれば待ってやることも出来ない」

悔しそうな表情を見せながらも、七瀬《ななせ》は自分の体力と相談し頷《うなず》いた。

七瀬には悪いが、これで一時的に制限なく動くことが出来る。

参加できるかどうかは分からないが、うまく回れば2か所か3か所課題にも顔を出せるだろう。同じエリア内、直近でスタートする『歴史』の学力テストに挑むべく歩を向ける。

貰《もら》える得点は1位でも5点だが勝てば食糧も手に入るため、確実に稼いでおきたい。

参加人数は8組までで、そう多くないため急いだ方がよさそうだ。

するとすぐ別の道から競い合うようにそれぞれ3人のグループが走っている姿を見つける。どうやら目的地はオレと同じ歴史の課題らしい。

幸いにもオレの姿は見られていないので、ルートを変えつつも走り出す。

悠長に歩いていれば2組に先を越されるところだった。森を駆け一気に課題のポイントへ到着する。既にそれなりの人数が揃《そろ》っているようだ。

学校の教師ではなかったが、タブレットを持っている大人へと声をかける。

「受付できますか」

「出来ます。7組目ですね」

エントリーを済ませた後で先ほど見かけた2組のグループが向かってきた。

僅《わず》かにリードしたのは2年生グループの橋本《はしもと》。

傍《そば》に立つオレに気づいたようだが、それよりも先に大人へと声をかける。

「受付は!?」

相当な距離を走ったようで、汗だくになった橋本が叫ぶ。

「君で最後ですが――――」

視線は橋本の後ろ。追いかけてきているグループの存在だ。

2番手を走る神室《かむろ》はともかく、3番手から5番手は全て1年生グループだ。

橋本の残るメンバー1人は6番手と大きく出遅れている。

この課題はグループ単位で参加できるが、人数が揃っていなければ当然受付をすることはできない。後から来るという言い訳は通用しない。たとえそれが30秒後でも。

その間に1年生3人のグループが滑り込めばそちらにエントリーを奪われる。

そこで橋本は、神室が何とか追いついたところで――――。

「参加するのは俺と彼女です」

1人を切り捨て2人でエントリーすることを選択した。

悔しそうにその場に座り込む1年生たち。労して実りがないのは精神的に来るだろう。

一方、3人での参加を逃しはしたものの、橋本は満足げだ。グループ参加可能な課題は頭数が多い方が有利だが、参加できるできないは雲泥の差。

「す、すいません、ま、まに、間に合わなくて……！」

息も絶《た》え絶《だ》えに二宮《にのみや》が謝るが、2人が責めることはもちろんない。

二宮は学力はA－と申し分ないが、身体能力はD－だ。

「にしてもやるじゃん真澄《ますみ》ちゃん」

「っさい話しかけないで……。暑いし汗かくし、最悪……！」

呼吸を整えることに精一杯の神室《かむろ》は、近づいてくる橋本《はしもと》を手で払うように遠ざけた。

「つか、試験で初めて会うな綾小路《あやのこうじ》。おまえもこっち側に来てたのか。……にしても単独で参加なんて勇気いるよな。相当得点稼いでるのか？」

「正直なところ、下位10組に入っててもおかしくない」

「冗談よせよ。勝てる自信のない奴《やつ》が単独で戦う選択肢なんて取るわけないんだからな」

実際、それほど余裕はないのだがタブレットを見せる気にはなれないしな。

「これで上位10組に入ってた日には……なあ？」

どこか試すような目を向けてくるが、そんな展開は絶対にあり得ない。

「とりあえずこれが数学じゃなくて良かったぜ。数学の天才には勝ち目がないからな」

「それではこれより課題を始めます」

「おっと、お喋《しゃべ》りは終わりか」

最後の組が揃《そろ》ったため、すぐに課題が始まる。課題に積極的に参加すれば同じ学年の生徒とこうして競い合うことも多くなる。だが、ここで中途半端に手を抜く真似《まね》だけはしない。それに、基本的にテストの問題は全て4択。

多少高い点を取ったところで山勘が当たったという言い訳は立たせやすい。

タブレットと向き合う時間も、時々橋本の様子を探るような視線がこちらを見てくる。

オレの存在に早い段階から疑問を抱いていたのだから、無理もない。

それから全20問の歴史問題に挑む。正直、歴史の問題は得意か不得意かと聞かれればオレは後者だと答える。ホワイトルームでは、あまり過去の歴史に強くこだわって教えてはいなかったからだ。とは言え常識の範囲内は記憶している。

4択ということもあって、無理なく全問正解することができた。

少しして集計が終わり全8組の成績が同時に発表される。

1位は100点を取ったオレで、2位は80点の3年生グループ。3位は70点で橋本と神室のコンビが獲得した形になった。得点と食糧が与えられると同時に、オレはすぐに歩き出す。その後を追うように橋本が追いついてきた。

「参ったねどうも。歴史問題も得意だったなんてな」

「オレも驚きだ。かなりの問題を4択の運に助けられた」

「単純に運が良かったから？　とてもじゃないが信じられないな」

「信じてもらえないなら仕方ない。悪いが先を急ぐんだ」

「次の課題はどっちを狙うんだ？」

「オレは化学の課題に行くつもりだ。そっちは？」

おそらく橋本たちのグループも同じ考えだったんだろう、後ろからついてくる神室を1度見る。

「それは残念だ。俺たちとは違う選択だな」

橋本《はしもと》は計算の出来る男だ。確実に勝ちを持っていかれる相手と同じ課題をするくらいなら、多少遠くとも勝ちの目を拾える方向へシフトする。

本当はこちらの実力を知るために、同じ課題に挑みたいところだろう。

会話が聞こえてきた神室《かむろ》は、露骨に嫌そうな顔を見せる。

もう1つの課題に向かうとなれば当然体力を多く使う。

「またな綾小路《あやのこうじ》」

橋本は神室を連れ、もう1つの課題に向けて足早に向かっていく。バックに坂柳《さかやなぎ》がついているのなら、いずれ一之瀬《いちのせ》グループと合流し6人体制になるだろう。

5

その後参加した化学のテストでも1位を取ったオレは、更に5点を積み重ねる。

これで3日目最後の指定エリアを残した時点で獲得したのは48得点。

3人グループ着順報酬《ほうしゅう》なし、指定エリアには全て到着、課題クリアなしで計算すると30得点。

順位を正確に読み解くことは今現在出来ないため、果たして48得点で何位を取れているか。

午後3時に解禁された本日最後の指定エリアはI4。

「体力は？」

「お陰様で回復しました。どんな想定も出来ています」

それなら、今日はこの先もないことだし全力で向かうとするか。

オレは方角を定め、着順報酬を狙うつもりで足早に移動を開始する。

黙々と歩き始めたオレたちだが、周囲の状況は昨日までと大きく変わっている。

「それにしても……この辺は道らしい道がないですね」

「ああ。地図で見るとDやEのエリアより楽かと思ってたが、考えが甘かった」

陽《ひ》を全て遮《さえぎ》るほど深い森ではないものの、とにかく地面が荒れている。特定の方向に進もうと思っても、右へ左へ迂回《うかい》しなければ満足に直進することは出来ない道だ。

恐らくこの辺に足を踏み入れた生徒たちは相当苦労する。

慌てて走れば足を取られて転倒、最悪怪我《けが》をすることも十分考えられるな。

「あの先輩、水の確保はどうするおつもりですか？」

歴史と化学の課題で立て続けに1位を獲得したが、水の報酬はなし。

残る飲み水は５００㎖の水１本だけだ。

「もし指定エリア到達より優先するのならH３に出ている課題を狙うのはどうでしょう」

H３にはあと50分受付けている課題が出ており、得点だけでなく、飲み水などが貰《もら》える権利も付いてくる。しかも水２リットル入りのペットボトル。

「競争率は高いだろうな」

話しながらも足を止めることはせず、進み続ける。

そろそろ、オレたちと同じように飲み水に不足し始めているグループが出る頃。

「課題で得られることがあると言っても、機会は相当限られています」

一日目に出題された島全体の課題は初日が68回。

二日目が100回。そして今日3日目の今現在が94回。

日増しに増えているとは言え、グループ数以下の課題しかない。

中には1位だけが報酬《ほうしゅう》を得るものもあるため、3位までの課題を含めるとしても、グループそれぞれが1日に1回表彰台に立てれば御の字ということになる。

当然、優秀なグループは3つも4つも1日に1位を奪っていく。

そのことを考えれば、既に飲み水が尽きているグループが存在してもおかしくない。

こうなるとスタート地点に戻り、守られたセーフティゾーンでの戦いを強いられる。

指定エリアの不到達でまともに得点は稼げず、身近に出現する課題は競争率が激化。

得点を増やすどころか、減らしていくジリ貧の戦いも色濃くなるだろう。無人島の北東にまで指定エリアが迫っている状況である以上、早急な水分補給もままならない。

「何か先輩には考えがあるんじゃないですか？」

横並びになるように追い付いて、七瀬《ななせ》がこちらに目を向けてくる。

「どうしてそう思う」

「水に対して危機感というか、あまり考えを巡らせているように思えなかったので」

「行き当たりばったりで何とかなると考えてるだけかも知れないぞ」

「そ、それだと少し困りますが……」

ちょっと慌てたように、七瀬は困惑した顔を見せた。

「オレは元々、非常時にはスタート地点に戻るプランを採用しようと思っていた」

「それは、状況次第ではとても厳しいのでは？　仮にこの場所からスタート地点である港まで戻るとなると何時間かかるか。夜間だと進みも相当遅くなります」

もちろん、この戦略はどこからでも可能なわけじゃない。

スタート地点から離れれば離れるほど、時間と体力を失うリスクに見舞われる。

「だが、オレはその戦略で戦うことも視野に入れていた」

「水は絶対に必要なものですが、そのために怪我《けが》をすることだってあります。お世辞にも賢い戦い方とは言えません」

そんな七瀬の不安は、当然と言えば当然の指摘だ。

「なのに、綾小路《あやのこうじ》先輩はその危険な作戦だけしか考えていなかったと？」

「この特別試験のルールを紐《ひも》解《と》けば、追加で確実に水を得る方法はスタート地点で2倍の値段を払って購入するか、課題をこなして手に入れるしかない」

「それは、はい。そうですね」

「そのうち確実に安全な水を手に入れられるのはポイントで購入することだけだ」

「安全な水、ですか……」

「それ以外の水はどうしても自然のモノに頼ることになる。海水だったり雨水だったり、川の水だったり。今は無人島とは言っても詳細は分からない。かつて人が住んでいたのなら水が汚染されている可能性だってある」

もちろん、そんな場所を学校側が選ぶとは考えにくいが絶対ではない。

「体調を崩せば単独のグループは一発でアウトだ。1%でもリスクを上げる真似《まね》はしたくなかった」

「夜間に強行して進むことも、十分危険なリスクです」

「失敗した場合、はな」

「……綾小路《あやのこうじ》先輩なら、問題なかったと？」

この話を続けたところで、もはや意味のないことだろう。

七瀬《ななせ》の同行を認めている限り、その戦略を使うつもりはないからだ。

「ちょっと面倒な話し方をしたが、海水や川の水を利用する手段は用意している。保険のために鍋は用意しておいた。必要時には煮沸《しゃふつ》消毒して飲み水として利用しようと思う」

それを聞いて、ホッと胸を撫《な》でおろす七瀬。

しばらく歩き続けていた七瀬が、流れる川を見て慌ててタブレットを取り出す。

「あの先輩、道を外れています。もっと東に向かう必要があると思います」

目指すべきはＩ４だが、オレたちの現在地がＨ４の中央を目指す位置にいたからだ。

最短でＩ４を目指すなら七瀬の言うようにもっと手前で東に歩き出すべきだった。

「いいんだ。今回は着順報酬《ほうしゅう》を狙ってない」

「え――――？」

そのまま歩き続けるオレに疑問を抱きながらも、七瀬は着いてくる。

やがてH４の中央付近に近づいたところで設営に勤《いそ》しむ坂上《さかがみ》先生に遭遇した。

やはりこの場所だったか。少なくとも今日までは読み通りだ。

「どうも」

「む……綾小路か」

驚いた顔を見せた坂上先生だが、こうして生徒と出くわす可能性は常にある。

課題を設置しスタートするには事前の準備が必ず必要だからだ。

「１番乗りってことでいいんですよね？」

「そうだ」

「良かったですね先輩。運よく課題が出る前に見つけることが出来ました」

「そうだな」

坂上先生はオレと話している余裕もないため、すぐに作業を再開する。

それから数分後。時刻は３時30分を迎える。

「ではこれより課題の参加を受付する」

その言葉を聞いて即座に坂上先生に参加を表明、続けて七瀬も参加を表明した。

タブレットで登録を速やかに済ませる。

「しかし、これは何の課題なんでしょう」

地図を開き確認しようとする七瀬《ななせ》に、坂上《さかがみ》先生が言う。

「着順によって水を得る課題『競争』だ。1番の綾小路《あやのこうじ》は2リットルと3点、2番の七瀬には1・5リットルと2点が与えられる」

「つまり——もう課題はクリアしたってことなんですね……驚きました」

坂上先生は報酬《ほうしゅう》である水を取り出し、オレたちにそれぞれ手渡しする。

「おまえたち、運も実力のうちだ。良かったな」

「……本当にラッキーでした」

受け取りながら、どこか照れ臭そうに七瀬は頭を下げた。

「これで少しの間だけだが、飲み水のことは考えなくても良くなったな」

「あの……1つ確認させていただけないでしょうか」

足を止め話しかけてきた七瀬に振り返る。

「なんだ？」

「私の見立て違いでなければ、綾小路先輩はもっと上を狙える人だと考えています。指定エリアにしても課題にしてももっと、得点を重ねられるんじゃないかって」

ここ2日間一緒に行動をして引っかかっていたことを確認してくる。

「元々序盤で飛ばす気はないからな。単独で行動する以上、無茶《むちゃ》をして怪我《けが》、体調を崩したら意味がない」

「ですが、このままでは得点を引き離されていくだけかと。指定エリアにしても課題にしても、時間効率があります。1日で大量に稼げるものではありません」

コツコツ積み重ねていく以外に方法はないと言う。

有力なグループは、その地道な積み重ねを当然ながらしている。

「これも戦略の1つとだけ言っておこうか」

「あえて無理せず得点を取らないことが作戦……ですか」

頷《うなず》き、オレは歩みを再開する。この続きは七瀬に話して聞かせるような話じゃない。

行動を共にしているが、学年が違う以上明確な敵であり、そして謎も多い。

「とりあえずまだ指定エリアの着順が狙える可能性はある。急ぐぞ」

「は、はいっ」

慌てて追いかけてくる七瀬と共に、オレたちはI4へと急いだ。

6

幸運も立て続けには起こらないもの。I4に到着したオレたちではあったが、着順による報酬は流石《さすが》に得ることが出来なかった。その後は課題にも恵まれず、オレたちの今日の戦いはひとまず幕を閉じた形となった。

「川辺まで歩きますか？」

「そうだな。この辺は足場も悪いし、寝るには不向きだな。移動してみよう」

「はいっ」

オレたちは道なき道をかき分けて南下。川辺を目指し進んでいく。

20分かけて森を抜けると川にまで辿《たど》り着《つ》く。

「この辺でキャンプするか」

「ですね」

2人の意見が一致したところで、遠くから声が飛んできた。

「おーい！　綾小路《あやのこうじ》ー！」

聞き覚えのある男子の声は、川の向こう側から。

そこには枯れ枝を両手に抱えた池《いけ》の姿があった。

「やっぱり綾小路と七瀬《ななせ》かー！　このあたりにいたんだなー！」

池が近づいてくると白い歯をこぼす。

「凄《すご》い偶然ですねー！　今日はこの辺でキャンプなんですかー？」

互いに川の音をかき消すように声を張り上げながら会話していたが、程なくして合流しようと合図を出してきた池に従うように、オレたちは川の上流へ向かう。

そして陸つなぎになったＨ４の南側まで行き合流を果たす。

するとそこには声を聞きつけた須藤《すどう》と本堂《ほんどう》の姿もあった。

「もしかして、今日最後の指定エリアって……」

「I4だ」

どうやら須藤たちも同じI4だったようで、互いに顔を見合わせて驚いた。

「こんな偶然があるんだな」

朝の段階で同じ島の東側エリアにいたが、最終地点も同じになるとは。元々須藤を見かけることが多かったことを考えると、テーブルは違うとしても同じような傾向があるのかも知れない。

それからオレたちは前日と同じく一緒にキャンプすることが決まる。

ここからの時間は自由時間なこともあり、それぞれが好きなことをする。

もちろん協力すべき部分は協力し合いつつ。

オレはしばらく散策すると七瀬に告げ、1人森の中に入った。特に深い意味があったわけじゃないが、強いて言うなら他の生徒たちを探すことが目的だった。七瀬以外に、まだはっきりと同じテーブルだと思えるグループを見つけられていなかったからだ。

そして30分ほどしてキャンプ地に戻ると、池が火を熾《おこ》すところだった。

「節約してるんだな」

「自分でやれることは自分でやらないとな。今回はさ、無人島で試験することが予め《あらかじ》分かってたわけじゃん？　だから、大勢が色々と調べて挑んでると思うんだよ」

火を見つめながら、池が話し出す。

「けどさ、知識と経験は別物だろ？　やろうと思って出来れば苦労しないっていうかさ」

確かに記事や動画を見ただけで完全に再現できるものばかりとは限らない。

自分で直接やってみて、出来ること出来ないことは見えてくる。

「こちらにいらしたんですね、綾小路《あやのこうじ》先輩」

「どうした」

「戻るのが遅かったので少し探しに行っていました」

七瀬《ななせ》がそう言って森の中に視線を向ける。

どうやらすれ違う形で川辺に戻ってきてしまったらしい。

「っしゃー。そろそろ飯にしようぜ」

「だな」

池《いけ》はニヤッと笑うと、バケツをテント近くから持ってくる。

そして自慢するようにその中身をオレたちに見せてきた。

「わ、凄《すご》い……！」

バケツの中には池が釣《つ》ったのか、魚が数匹。

「海に行った時に時間があったからついでに釣ってきたんだ。食べようぜ」

どこか急ぐように池が食事の支度にとりかかる。

一見元気なように振る舞っているが、明らかな空元気であることは明白。

しかし思ったよりも無人島試験と向き合えているのなら、ひとまず心配はいらないか。

「なんか良い匂いするんだけどー」

池が魚を焼いて準備していると、その匂いに釣られてか通りかかったグループと遭遇する。川辺で視界も開けているため不思議なことじゃない。

ただし誰と遭遇するか、という部分だけは完全に予測できない。

「あっ！」

2番目を歩いていた女子がオレと目が合うと思わず声を挙げる。

「どうしたの軽井沢《かるいざわ》さん」

「あ、ううん。なんていうかその、魚焼いてるって思って」

オレと会った偶然に驚いたことを、そう言って誤魔化《ごまか》す。

3日目にして恵《けい》と初遭遇したが、どうやら今のところ元気そうにやってるようだ。

恵のグループメンバーは両名とも2年Aクラス。

島崎《しまざき》いっけいと福山《ふくやま》しのぶ。どちらも学力に秀でた生徒だ。総合的に見れば体力こそ不安があるものの、筆記関連の課題なら手堅く上位に食い込める力を持っている。

「ねえ、あたしたちもここでキャンプしない？　池くんがご馳走《ちそう》してくれそうだし」

「は!?　な、なんで俺がご馳走しなきゃならないんだよ！」

「別にいいじゃない減るものじゃないんだし」

「食ったら減るし！　断る！」

元々恵のことが好きじゃない池は、露骨に拒否する。

だがそんな池の肩に腕を回し須藤《すどう》はこう呟《つぶや》く。

「まーいいんじゃねえの？　もしかしたら篠原《しのはら》のこと何か知ってるかも知れないぜ」

その言葉を聞けば、池《いけ》としては黙るしかない。

未《いま》だ無人島で出会えていない篠原。

同じクラスメイトの恵《けい》なら、目撃していれば当然記憶しているはずだ。

「しゃ、しゃーねーなあ！　こうなったら追加3人の魚も用意してやるって！」

「マジ？　ラッキー。言ってみるもんじゃん」

半分冗談だった恵の発言だったが、思わぬ形でオレたちは共にキャンプすることに。

とは言えすぐに用意できるものでもない。

追加の焼き魚が出来上がるまではしばらくかかりそうだ。

少し森に行くと告げ、恵とはバラバラに入っていく。

もちろん、迷うほど深い位置ではなくあくまでも池たちの視線や声が届かないほどの距離だ。適当な大木を見つけ、そこで落ち合うと2人で背を預け座り込む。

「順調そうだな」

恵のグループはこの3日間で37得点を獲得していた。

ひとまず下位に名前を連ねるということにはなっていない。

「あたしは助けてもらってばかりだけどね。そっちはどうなの？」

「それなりに上手《うま》くやってる」

「ま、あんたのことだから大丈夫だとは思うけどさ」

んー、と伸びをして恵《けい》が息を吐く。

「にしてもこの試験早く終わんないかな……あと11日もあるなんて信じられない」

確かに残り日数で考えると、まだまだ序盤であることは否めない。

「ところでこの数日の間に変わったことは？」

「清隆《きよたか》に言われてた『例』のヤツでしょ？　うーん、特に何もなかったかな」

特別試験が始まる前、オレは恵に対しちょっとしたことを確認するよう頼んでいた。

それはホワイトルーム生が恵に接触してくる可能性を考えてのこと。

しかし、ここまでの3日間は何もなかったようだ。

「一応タブレットに接触した人は全員メモってる」

タブレット内のメモ帳を開いて、接触したグループと生徒の一覧を見る。

主に2年生の生徒で、3年生や1年生との接触は皆無。

やはり簡単に尻尾を掴《つか》ませるようなことはしないようだ。

「と、こ、ろ、で？」

「ん？」

恵はぐっと顔を近づけてきて、オレの目を覗《のぞ》き込《こ》んできた。

「あの1年生の子……清隆と行動してるって聞いたんだけど？」

「随分《ずいぶん》と耳が早いな」

「池《いけ》くんに聞いたら秒で教えてくれたけど？　ってそれはどうでもいいのよ」

まあ、確かに1年生の女子と行動しているとなれば彼女として突っ込んでくるのは恋愛に疎いオレでも分かることだ。どんな下手な理由を並べ立てたところで、男女が行動しているることを素直に納得して受け入れるはずもない。

七瀬《ななせ》が例の退学の件に絡んでいるかいないか、ホワイトルーム関連かそうでないか。

そういったことは直接的に恵には関係のないことだ。

あくまでも女子と共に行動しているという部分に大きな不満と不安を抱いている。

オレは恵の手を少しだけ強く握り、顔を近づけた。

「不安か？　オレが他の女子と2人きりで過ごしてると」

「ちょ、な、なによ。そんなの別に不安なんか、不安なん……不安に決まってるじゃん」

気丈に振る舞おうとした恵ではあったが、すぐに素直になるとそう白状した。

「特別試験で上手《うま》く立ち回るために仕方なく七瀬と行動してるだけだ」

「……ホント？」

「ああ。それ以外の感情は言うまでもなく何もない」

「信じるけど、でも、やっぱり女の子と2人で過ごすって聞くとね……嫌だしさ」

そこに何もないとしても心配になるのは彼女として当然のことだろう。

ここでオレがどれだけ巧《たく》みな言葉を並べ立てたところで、きっと恵の心は晴れない。

「恵」

名前だけを呼ぶと、不服そうに唇をちょっとだけ尖《とが》らせていた恵がこちらを見た。

オレはそのタイミングで顔を近づけ、尖《とが》らせていた唇を押し返すように唇を重ねる。

触れていた時間は1秒足らずだろうか。

オレ自身初めて知る異性の唇の感触は、想像よりもずっと柔らかいものだった。

「え……っ？」

まだ状況が理解できていない恵《けい》が、どこか間抜けな声を漏らす。

本当なら長い間堪能していたいところではあったが、今は無人島試験の真っ最中。

他の生徒が偶然通りかかっても不思議はない。

「ちょ、え、い、今……キ、キス……え？　えっ？」

「信じて待てるな？」

そう聞き返すと、恵は人形のようにコクコクと頭を上下に繰り返し振る。

七瀬《ななせ》と行動していることで頭の中が不安でいっぱいであるなら、それよりも強烈な記憶を植え付けてやるのが一番手っ取り早い。

「あまり長い時間2人が姿を消してると怪しまれるからな。そろそろ戻った方がいい」

そう言ってオレは、呆然《ぼうぜん》としたままの恵を皆の所に戻すことにした。

○見えない敵

時刻は陽《ひ》が昇り始めたばかりの午前5時前。

まだ大半の生徒が眠っているような時間、テントの外の奇妙な音で目を覚ました。

ほんの僅《わず》かなその音は、耳鳴りと錯覚するほど小さなもの。

詳しく確かめるためテントの外に顔を出すと、やはり微《かす》かにだが音が聞こえる。

その音で同じように七瀬も目を覚ましたのか、少し遅れてテントから顔を覗《のぞ》かせた。

「何か聞こえないか？」

「はい……小さくですが、電子音のような音が聞こえます」

だが距離がかなりあるのか耳鳴りと聞き間違うほどの小ささだ。

タブレットでアラームをセットすることは出来るが、それにしては長い。

「まさか、緊急アラートでは？」

「その可能性は十分あるな」

テントを飛び出すように起きて、改めて耳を澄ませる。

真嶋《ましま》先生が説明の際に流して聞かせた音と、ほぼ同じで間違いないだろう。

だが森の奥だからなのか、反響して聞こえてくる。

「鳴りやむ気配はありませんね」

音に気が付いてから既に1分は経《た》っている。警告アラートは2度鳴るが、そのどちらも5秒で音が切れる仕組み。こうして鳴り続けるのは緊急アラートだけだ。

「確か5分経つと――」

「腕時計のGPSから現在地を割り出して、救出が来ることになってるはずだ」

音を止める余裕のない状況だとすれば、かなり危険な状態であることも考えられる。

「学校側が到着するよりも先に、私たちで見つけられないでしょうか」

「理由を聞こうか。明け方とはいえまだ視界は悪い、下手すれば二次災害だ」

「誰かを助けるのに理由が必要でしょうか」

怒った、というよりはあまりに純真すぎる瞳がオレを射抜く。

協力してくれないのなら自分1人でも行くという強い覚悟の表れが見て取れる。

「行動するなら人手は多い方が良い。須藤《すどう》たちを起こすぞ」

「はいっ」

テントで寝ている須藤と池《いけ》、そして本堂《ほんどう》を手分けして起こすことにした。

寝ぼけたままの3人をテントから連れ出し、移動しながら状況を説明する。

目の前に迫る薄暗い森の中は、まだ視界が悪くライトなしでは足場に不安が残るため、念入りに足元を照らしながら進んでいく必要がある。

懐中電灯はオレと七瀬《ななせ》が1つずつ、須藤たちは1つで合計3つ。

十分な明かりが確保できるとは言えないが、手持ちの分でやるしかない。

それから位置が分からなくならないようにタブレットを1台持っていく。

「とりあえず、俺が先導する」

状況が状況だけに、少し腰の引けた池だが先頭を買って出る。

「申し訳ありませんが、それは遠慮していただけませんか」

「え？　な、なんで？」

「まだ視界の悪い状況で、技術的に信頼できない人を先頭には出来ません。危機能力が高く適切なルートを選べる方に任せるべきだからです」

「いや、けどさ、この中じゃ多分俺が一番分かって――」

「お願いできませんか、綾小路《あやのこうじ》先輩。先輩の判断になら、私は迷わずついていけます」

池の反論を聞こうともせず、七瀬はオレにそう願い出てきた。事は一刻を争う状況だ。

ここで下手な言い訳を3人の前でしているのは時間の浪費にしかならない。

「懐中電灯を持つのはオレ、七瀬、池の3人だ。隊列は七瀬の後ろに須藤と本堂、そして池には最後尾を頼む」

それだけを説明し、先頭に立ったオレは迷わず歩き始める。

「い、え？　あ、それは、いいけど……マジで大丈夫なのかよ綾小路？」

状況が呑《の》み込《こ》めないままオレが先頭になったことに、置いてけぼりを食う池。

「いいから早くついて来いよ。綾小路なら多分大丈夫だ」

強引に池の腕を引いた須藤がそう発言し、5人で出発する。

「こんな状況で進めば、確かに怪我《けが》をするおそれはありますね」

「なんだってこんな時間に移動なんてすんだよー」

眠い目を擦りながら不満を漏らす本堂《ほんどう》。

「それほど不思議なことじゃない。次の指定エリアが遠いのなら、この時間から距離を詰めておく必要があるからな」

学校側も時間に配慮した指定エリアの指示をしているが、ランダム要素が絡めばこういった早朝や深夜の強行が必要になる場面は少なからず出てくる。

少しずつ近づいてくる緊急アラートの音は、未《いま》だに強く反響している。

いや、これは……。

「誰かいるなら返事しろ――――！」

少しずつ大きくなっていく緊急アラート。

緊急アラートの音がする方角に向かって須藤《すどう》が叫ぶが、声も動きも感じられない。

「なんで返事しねえんだよ……。ゆ、幽霊の仕業ってことはないよな？」

このアラートが不気味な音に聞こえてきたのか、本堂が身を震わせる。

「叫ぶことも出来ない状況にいる、ということではないでしょうか」

「だとしたらマジでヤベえのかもな」

とにかく直接発信源まで近づいて、この目で確かめるしかない。

急ぎたい気持ちを抑えつつ、足場を照らしながら森の奥へ進んでいく。

「皆さん、音が少し奇妙だと思いませんか？」

オレの後ろを歩く七瀬《ななせ》が、音の違和感に気が付いた。

「奇妙？　ま、確かに暗い森の中のせいか不気味には感じるけどよ……」

「いえそうではなく――」

「聞こえてくる音の数、だな？」

オレが振り向いて答えると、七瀬は力強く1度頷《うなず》いた。

「最初は森の奥から聞こえてくることが原因で、単純に音が反響しているのかと思いました。でも、近づいて違うと分かったんです。これは2つ音が鳴っているんだ、と」

緊急アラートが鳴るケースは極めて危険な状況に陥《おちい》った時。

それが複数同時になるというのは、あまり頭の中では想定していなかった。

しかし、ここまで来ればハッキリする。

一定のリズム音である緊急アラートが同じような場所からほぼ同時に鳴っている。

少しタイミングがずれていることから、反響したように聞こえてきたということだ。

「怖《こ》ぇえ……この先、進んで俺たち大丈夫かよ……？」

少しずつ傾斜がきつくなり始めた山道で、本堂が弱音を吐く。

立て続けに2人が危険な状態に陥るような場所だとすれば、怯《おび》えるのも無理はない。

そして、大音量のアラートが聞こえるような距離まで近づいた。

オレたちは1度立ち止まり手あたり次第にライトを照らしてアラートの発信源を探す。

程なくして明かりの先、そこに倒れ込む1人の影を見つける。

「アレは……小宮《こみや》!?」

真っ先にその影の正体に気が付いたのは須藤《すどう》だった。

間違いない、確かに2年Bクラスの小宮だ。

「お、おいなんだよコレ……し、しっかりしろよ小宮！」

同じバスケ部であるためか、須藤は倒れている小宮に慌てて駆け寄っていく。

「先輩……」

「ああ」

やはり鳴っている腕時計は1つではなく2つだった。

小宮から数メートル離れた位置で、もう1つのアラートが鳴り響いている。同じくBクラスの木下美野里《きのしたみのり》だ。異様な光景に七瀬《ななせ》も一瞬戸惑ったようだが、小宮からやや離れたところで倒れている木下に駆けよっていった。オレは状況の理解を進めるため、2人の安否確認を任せ周囲を見渡す。小宮と同じグループであるはずの篠原《しのはら》の姿がないこと、それに2人のバックパックが見当たらないことが気にかかる。

「おい小宮！　篠原はどうしたんだよ！」

「ダメだ、小宮のヤツ全然起きる気配がない……」

そんな須藤と池《いけ》のやり取りが聞こえてくる。

双方の緊急アラートを手動でオフにすると、静寂な森が戻って来る。

「木下さんも意識が戻りません。ジャージの汚れや傷具合を見るに、恐らく……」

傍《そば》の数メートル高い崖《がけ》、急斜面を見て七瀬が言う。

須藤も同じように小宮の状態を確認してから頷《うなず》いた。どちらかが急な斜面に足元を取られ転げ落ちた。それを助けようとした側も巻き込まれた……か。

斜面の方に近づいていくと、確かに人が転がってきたような跡が残されていた。

つまり小宮と木下の両名が急斜面で足を滑らせたのだと思われる。

この視界の悪さだ、道を踏み外してしまうということは十分に考えられる。湿度が高く地面も若干湿っているため滑りやすい。オレは自分の足元を照らす。ややぬかるみのある地面は、踏む場所によっては少しだけ足跡が残る。

小宮と木下に近づいたオレたち5人の足跡も、道筋をライトで照らせば僅《わず》かにだが見つけることが出来た。そして、オレたち以外にも人の足跡と思われる痕跡《こんせき》がうっすらと残されていた。その足跡は2人の傍まで寄ってはいるものの、すぐに引き返している。

関連性は不明だが、この場に小宮と木下以外の誰かがいた可能性もあるということだ。

篠原か？　しかし、救護することなく立ち去ったとは考えにくい。

誰かを呼びに行くにしても、近くまで駆け寄り安否を確認しているはずだ。

靴のサイズを自らの足と比較してみると少し小さいことが分かった。オレのシューズのサイズは26㎝。一方で残った足跡の大きさは1・5㎝から2センチほど小さいように見える。男子である可能性は排除しきれないが、女子の確率の方が高そうだ。

オレはふと気配を感じて、ライトをそのままに顔だけを北西の方へと向ける。

だが、視界の先は太い木々と暗い世界に覆われていて人を見つけることは出来ない。

こちらに近づいて来ないのには何か後ろめたい理由でもあるのだろうか。

ひとまずその気配を無視して、オレは木下《きのした》の足元を確かめる。

もしかすると意識を失う前の木下が歩いた可能性もあると考えたからだ。

しかし、木下は倒れている周辺を歩き回った形跡が一切残っていない。

やはりあの足跡は第三者が残した痕跡《こんせき》と考えていいだろう。

木下の顔や服は小宮《こみや》同様少し傷つき汚れてはいるが、大きな外傷はなさそうだ。

「それよりも問題なのは先生たちが到着した後にありますね……」

怪我《けが》の程度は不明だが、メディカルチェックは間違いなく避けられない。斜面から転げ落ち意識を失うともなれば、精密検査を必要としリタイアを宣告される展開を避けるのは難しい。目を覚まして嘘《うそ》で取り繕う余裕も、恐らく2人にはないだろう。

もし篠原《しのはら》もどこかで似たようなことになっているのなら、小宮グループは一気に3人がリタイアすることになる。

3人とも保険のカードは持っていないので、そうなると退学は避けられない。

「篠原ー!!」

薄暗い森の中で声を張り上げる池《いけ》。

もし周辺にいるのなら、こちらに声を出して合図を送ってきても不思議じゃない。

それが出来ないということは、やはり小宮たち同様に何らかのアクシデントに巻き込まれたか。探しに行こうと駆け出そうとする池をオレは急ぎ捕まえる。

「タブレットも持たず無暗《むやみ》に突っ込むと迷うおそれがある」

「そ、それはそうだけど！」

「焦る気持ちはわかる。大声で呼んでも返事がないというのは変な話だからな」

「あ、ああ。だから急いで探さないと！」

「だが大怪我をしているとしたら、小宮たち同様に緊急アラートが鳴っていても不思議じゃない。そうだろ？」

しかし2つの緊急アラート以外に鳴っていた音はひとつもない。

「それは……それはまあ、確かに……」

「現状篠原は近くにいないだけで、大怪我をしている可能性は低いとみるべきだ」

「つまり迷子、とか……？」

もちろん、その線も十分に考えられる。

「う……ぐ……！」

状況の把握もままならず全員が困惑していると、うめき声が漏れるのが聞こえた。

「小宮、聞こえるか小宮！」

須藤《すどう》の呼びかけに答えるように、小宮の腕が須藤の上着を掴《つか》む。

どうやら小宮の意識が戻ったようだ。

一安心かというところで、悪いニュースを同時に知ることになる。

「い、いてぇ……足が……！」

右足は動いているが、左足は全く動いておらず小宮《こみや》が苦悶《くもん》の表情を浮かべる。

「おまえこれ、左足……！」

須藤《すどう》の動揺で、どんな状況であるかは見えずとも伝わってきた。

七瀬《ななせ》も状況を確認すべく木下《きのした》を詳しく調べる。

「小宮くんだけじゃなく、木下さんの方も左足の状態が酷《ひど》いです。最悪、折れているかも知れません」

2人は斜面を滑り落ちただけじゃなく、どちらも左足を負傷するというアクシデント。直接触って怪我《けが》の具合を確かめても良かったが、それはもはや些細《ささい》なことだ。

「もし深い打撲《だぼく》か骨折ということになれば問答無用で失格だ」

4日目早朝時点では当然誰もリタイアしていないと思われるため、小宮グループの敗退はかなり濃厚なものになる。篠原《しのはら》が無事だとしても1人で高得点を重ねていくのは難しいだろう。しかもその肝心の篠原も今は行方知れずだ。

それにしてもこの偶然は――――。

何より北西の方角からは、未《いま》だに異様な気配がこちらを監視している。

あえて何もせず様子を窺《うかが》っているが、付かず離れずを維持しているようだ。最初は本当に僅《わず》かに微弱な気配だった。だが、こちらが気づかないフリを続けていると少しずつ大胆になってくる。まるで自分の存在に気が付いてみろ、そう言っているようだ。

ふと……まだ意識の戻らない木下から離れ、七瀬がオレに耳打ちをしてくる。

「少し不可解だと思いませんか」

須藤たちは分かっていないだろうが、確かにこの状況には不可解な点がある。

「そうだな。もしかしたら2人は何かしらの事件に巻き込まれたのかも知れない」

どちらか片方ならまだわかるが、両名が全く同じ状態というのは気がかりだ。

「小宮。事故にあった時のことをちゃんと覚えてるか？」

こちらで勝手に推理を進めても進展はないため、意識のある小宮に聞く。

学校側が駆け付ければ悠長に話を聞いている時間はないだろう。

「わ、分からない……何の前触れもなく、急にふくらはぎに衝撃が走って……それで転げるように斜面を——っ……」

自らの左足を動かそうとして、苦痛に顔を歪《ゆが》める。

「ふくらはぎに衝撃？」

「た、多分。よく覚えてないんだよ……悪い」

その点を責めることは出来ないが、どうやら事故瞬間の記憶は曖昧《あいまい》なようだ。

「傍《そば》に木下も倒れてるんだが、そのことについては？」

「え……い、いや分からない。どうして木下まで……確か、あの時は……」

この小宮の反応を見るに、木下から先に落ちたという感じじゃない。

少なくとも小宮《こみや》から先にこの斜面を転げ落ちたとみるべきか。

「そうだ……！　さつき、さつきは？　さつきも落ちたのか!?」

記憶が少しずつ鮮明になってきたのか、小宮は痛みを堪《こら》えて叫んだ。さつき、と呼んだ小宮を見て池《いけ》の顔は暗くなりかけたが、些細《ささい》なことで落ち込んでいる暇はない。

篠原《しのはら》は行方知れずだ。一緒に行動していなかったのか？」

「さつきは――っっ……!!」

余程左足が痛むのか、まともに話を続けることも簡単ではないようだった。

「無理しなくていい」

「い、いや、さつきのことが心配だっ……。悪い須藤《すどう》、起こしてくれるか……」

「あ、ああ。けど無理すんなよ」

須藤が支えるようにゆっくりと小宮の上半身を起こす。

「小宮、篠原はどこだよっ！」

当然、誰よりもこのグループのことを気にかけていた池が叫ぶ。

居ても立っても居られない、そんな気迫は小宮にも伝わっただろう。

「……分からない……俺たち、先を急ごうとしてて……」

時折苦悶《くもん》の表情を浮かべながらも小宮は状況の説明を続ける。

「それで、待ってたんだ……さつきが戻って来るのを……」

「待ってたってなんだよ、意味わかんねえよ！」

前後の説明が上手《うま》くできないのか、小宮は首を2度左右に振った。

慎重に思い出しながら、時系列を整えていく。

「1から説明させてくれ。俺たち、昨日2回連続で指定エリアに辿《たど》り着《つ》けなくて焦ってたんだ。それで夜中の内に話し合って早朝に距離を縮めておく計画を立てた……。で、薄暗い中で気を付け合いながら移動を始めたんだが、さつきがトイレって言いだして、俺と木下《きのした》が少し離れたところで待ってたんだ。もちろん、明かりで互いの位置が分かるようにはしてさ……」

先ほどと違って落ち着いている。痛みと戦いながらも、篠原を心配しているであろうことが強く伝わってきた。

「さつきが戻って来るのを待ってる間に、2人で斜面を覗《のぞ》き込《こ》みながら話をしてた。ここをショートカット出来ないかって。で、これは難しいなって思ってたところで――」

「ふくらはぎに衝撃が走ったんですね？」

先回りするように七瀬《ななせ》が言うと、小宮はゆっくりと頷《うなず》いた。

「すげー痛みだったのは覚えてる……。でもそんな痛みを一瞬忘れるくらい、一気に斜面を転がった感じがして……それで、気が付いたら須藤やおまえたちが傍《そば》にいたって感じだ」

人間の手足はけして万能じゃない。ふとした瞬間に痛めてしまうことはままある。

その痛みに足を取られ、覗き込んでいた斜面を転げ落ちた。

これが1人の出来事ならそれである程度説明もつく。

しかし木下《きのした》まで同じようなことになっているというのは、やはり腑《ふ》に落ちない。

滑り落ちた小宮《こみや》を見て動転し、助けようとして自らも落ちた……？

だが、こちらを見ている視線と正体不明の足跡も引っかかる。

ガサッ。考えていると傾斜面の上から、何かが動くような音が聞こえた。

オレたちはいっせいにその方角へ明かりを向けるが、人の姿は見つからない。

小動物とも思えるような微《かす》かな音ではあったが……。

「篠原《しのはら》!?」

落ち着きを取り戻し始めていた池《いけ》だが、音を聞いて斜面に向かい駆け出す。

「おい寛治《かんじ》！　危ねぇから待てよ！」

親友の叫びも虚《むな》しく暗い森に響くだけ。

「先輩、池先輩を1人で行かせてしまうのは危ないかと！」

「分かってる、タブレットはおまえに預けておくからここで待っててくれ」

急いで追いかけたくなる状況だが、池は急な斜面を登ろうとしている。

多少の時間差は大した誤差にならない。

「しかしタブレットがないと先輩が困るのでは？」

「この斜面を登るのには邪魔だからな」

それに、登るだけでは済まなくなるおそれがある。万が一の時に落としたりしてしまうことの方がリスクだ。七瀬《ななせ》にタブレットを預けておけば、こちらが遭難した時に見つけに来てもらうことも不可能じゃない。オレはすぐに池の後を追う。

池は両手を懸命に駆使しながら音のした方へと登っているが、危なっかしい動きに見ていられず追い付き追い抜くと、先行して道を切り開くことにした。下手に連れ戻そうとしても抵抗を見せるだけなのは火を見るよりも明らかだ。

「あ、綾小路《あやのこうじ》っ？」

抜かれたことに対する驚きと止めに来たと思ったのか慌てて追い付こうとする。

焦りが生じ、意識していた足元が疎《おろそ》かになると、池は足を滑らせそうになった。

「お、あ……!?」

後方へ滑り落ちそうになった池の腕を掴《つか》み、起こすように引き上げる。

「落ち着いてオレについて来れるな？　それが出来ないなら力ずくで下に連れ戻す」

「……わ、分かった。綾小路についてく……だから連れ戻さないでくれ……」

オレは頷《うなず》き、誘導するように斜面を登っていく。

視界が悪いとは言っても、少しずつだが太陽の陽《ひ》によって道が開け始めている。

時間をかけ慎重に傾斜をのぼり、小宮たちが滑り落ちたと思われる細い道に出た。

池は両手を地面につきながら息を整えつつも、その目は周囲を見渡す。

軽く見渡す限りでは人の姿は見当たらない。

「篠原ー!!」

今度こそ自身の声が届いて欲しいと、篠原の名前を腹の底から呼ぶ。

道らしい道は少なく、これなら確かに落ちる可能性が全くないとは言えない。

と、ここで小宮《こみや》、木下《きのした》、篠原《しのはら》3名分のものと思われるバックパックを見つけた。

外から見た限り荒らされたような形跡はない。

恐らく篠原がトイレから戻るまでの間ここに荷物を置いていたんだろう。

そして斜面の下に降りられないか話し合う姿も、イメージすることが出来た。

「くそっ、いないのかよっ！」

返事がない中、池《いけ》は悔しそうに地面を叩《たた》いた。と、その時。

「……池、なの？」

遠く離れた茂みの中から、しゃがんでいた篠原がゆっくりと姿を見せる。

「篠原？　篠原っ！」

篠原は池とオレの姿をしっかりと視認すると、足をもつれさせながらも駆けてくる。

池の胸元に飛び込む篠原は、明らかに動揺し泣いているようだった。

「ず、ずっとここにいたのか？」

「う……うん」

「それならもっと早く声かけろよ！　どんだけ心配したと思ってんだ！」

「だ、だって……」

篠原は何かを思い出したのか、強く震えだす。

単に意地悪で隠れていたわけじゃないことを池も悟っただろう。

「こ、小宮くんと木下さんは⁉」

「2人とも斜面の下で大怪我《おおけが》してる、一体何があったんだよ」

仲間が斜面を転げ落ちただけなら、篠原はもっと助けようと必死なはず。

それすらせず、ひたすら茂みに身を隠していたのだとしたら普通じゃない。

大怪我と聞いて青ざめながらも篠原は震える唇を開く。

「わ、私動けなかった……怖くて、怖くて……そ、その……み、見たの……」

「見た？　何をだよ」

「……小宮くんと木下さんが、誰かに……誰かに突き落とされるところ……」

2人が落ちたのは、単なる事故ではないと篠原が言う。

「誰か？　誰かって誰だよ！」

「そ、そんなのわかんない！　わかんないけど！　……なんでこんなことに！」

泣き崩れるように、その場に座り込む篠原を見て、池が悔しさを噛《か》み締《し》める。

つまり篠原はその誰かに見つかるのを恐れ、気配を殺し潜伏していた。

それならすぐに仲間の元に駆け付けようとしなかったのも、池の呼びかけに応えなかったのも頷《うなず》ける。決定的な証拠があるわけじゃないが、架空の人物をでっち上げるような真《ま》似《ね》が出来る生徒でもない。

しかし、一切気付かれることなく背後の相手に近づくのは相当至難の業《わざ》だ。

懐中電灯のような明かりを使えば相手に存在を悟られるため、当然視界は悪い。

「昨日の夜から今までの間に誰か見なかったか？　もし犯人がいるのなら、近くでキャンプしていたグループが怪しいことになる」

オレは少し方向性を変えて篠原《しのはら》に聞いてみた。

「暗くなった夜の8時半過ぎかな……えと1年生……そう、1年生のグループがキャンプしてるところに出くわして……そことはすれ違ったかな」

そう言って北の方を指差した。

「その1年生の名前は？　1人分かればいい」

「ごめん、1年生のことはまだよくわかんなくて。女子3人と男子1人ってことしか」

それだけではあまり有力な情報とは言えそうにないな。

だが、もし悪ふざけで小宮《こみや》たちを襲ったのなら、犯人はすぐに見つかるはずだ。

「ひとまず下に降りて須藤《すどう》たちと合流しよう。そろそろ先生たちが来てもおかしくない」

「だ、だな」

来た道を戻るのは篠原にとっても池《いけ》にとってもリスクなため、少し迂回《うかい》しよう。

1

綾小路《あやのこうじ》先輩が池先輩を追って斜面を駆け上がって行って5分ほど経《た》った頃。

私は抱き抱えていた木下《きのした》先輩をそっと地面に寝かせました。

そして立ち上がり、後ろの深い森を静かに見つめた。
「おいどうした？」
私を不審に思った須藤先輩には申し訳ありませんが、答える余裕はありませんでした。
誰かが明らかにこちら側を挑発している。
気配を感じさせながらも姿を見せず、一部始終を見ている人がいる。
あからさまでありながらも、当然普通の人には気づけるはずもない僅《わず》かな空気の違い。
いつから？　そう、綾小路先輩が斜面を駆け上がって行ってからだ。
ずっと粘り気を感じるほどねっとりとしたものを発し続けている。
理由、詳細は分かりませんが、いいでしょう。
誰にせよ、この状況から考えて話を聞くだけの価値は十分にありそうですから。
タブレットをそっと地面に置き、呼吸を整えます。
相手は私が気が付いたことに気付いても、動こうとしない。
脚に自信があるのかも知れませんが、それはこちらも同じこと。
「須藤先輩――お二人をお願いします！」
「え？　あ、おい！」
誰かがこちらの状況を窺《うかが》っていたことだけは確かだ。
私は地を蹴り、一気に気配のする方角へと走り出す。
向こうが慌てて逃げたとしても、その逃げ出した背中を捉えることが出来るはず。

僅《わず》かでも何かに足を取られたなら強引に捕まえてでも話を聞く。

距離は精々10メートルから20メートル。朝日が昇り始めたことで視界は少しずつ開けているし、足場が悪くても追い付くまでそう時間はかからない。

けれど……！

「速い――――！」

森の先で僅かにジャージの袖口を一瞬捉えるも、その動きは俊敏《しゅんびん》。

木々を上手《うま》く利用し、姿全体をこちらに見せることなく巧《たく》みに逃げていく。

全速力で追いかけても、距離を詰めるどころか徐々に差が開いていくばかり。

「くっ！」

単純な脚力に、そこまで大きな差があるとは思えない。

だけど相手は完全に地の利を理解した上で、適切に最短距離を走っているんだ。

どうしてそんなことが出来るの？

理解が追い付かないまま、それでも私は懸命に食らいつこうとした。

「待ってください！　私は話を聞かせてもらいたいだけなんです！」

森の中、颯爽《さっそう》と逃げていく人物に声を投げかけるも、止まる気配を見せない。

聞こえていないというよりも、無視している。

こうなると浮上してくるのは逃げている人物が怪しいということ。

「あの2人が大怪我《おおけが》したのは、あなたが何かしたからなんですか!?」

あえて、私は厳しい言葉をかけることで動揺させる作戦に切り替える。

こちらがミスをする前に相手がミスをしてくれれば、一瞬で追い付けるからだ。

たとえ見当違いのことだったとしても、転んだり躓《つまず》いてくれるだけでいい。

なのに相手は動揺を見せるどころか、更に加速して行く。

少なくともこの学校で、私は他の誰にも負けないだけの鍛錬《たんれん》を積んできたつもりだ。

なのに、距離は縮まるどころかどんどん開き始めている。それでいて、時折妙なところで距離が詰まることも。それは明らかな相手の優位性を示している。

追い付けるものなら追い付いてみろという、挑発行為。

それでも最後まで諦めず食らいついてみせる。

ミスをしてもらえないのなら——スタミナ勝負で勝つ。そんな決意をした私でしたが、

「アレは!?」

前を走る人物の髪が風に揺れ、一瞬だけ視界に飛び込んで来た。

その特徴的な髪色と髪型が、強烈に目の奥へと焼き付けられる。

ハッキリと見覚えがある。

「くっ……！」

森の中の追いかけっこは、私が木の根に足を取られたことで呆気《あっけ》なく終わりを迎える。

「はあ、はあっ……！」

思わぬ事実に気が付いたことで、意識がブレてしまったことが原因だ。

溜《た》まった疲れが急激に押し寄せてきて、私は呼吸を乱す。

「はぁっ、はぁっ……はあっ、はぁっ……！」

激しい心拍数を落ち着けるため、目を閉じる。

満足に姿を見ることも出来なかったが、間違いない。

「まさか、あの人が小宮《こみや》先輩と木下《きのした》先輩を……？　でも、どうして……」

森の奥に消えていった人物の背中を探すように、私の視線はしばらく彷徨《さまよ》い続けた。

2

篠原《しのはら》を連れて迂回《うかい》すること15分ほど。

何とか下に降りる道を見つけたところで、１人歩く七瀬《ななせ》と合流することに成功した。

「どうして七瀬がここにいる」

須藤《すどう》たちのいる場所からはまだ離れているはず。

「それは――――その、綾小路《あやのこうじ》先輩たちの姿が見えなくなったので探しに……」

そう答えた七瀬は呼吸こそ落ち着いていたが額に汗を浮かべていた。

随分《ずいぶん》と慌てて探しに来たようだが、視線はオレたちを見ていない。

「何か探してるのか？」

「いえ、気になさらないでください」

固い表情で1点を見つめ続ける七瀬《ななせ》だが深く話そうとはしなかった。

ここで七瀬も何かを切り替えるように、篠原《しのはら》へと視線を向ける。

「篠原先輩が無事に見つかってよかったです」

池《いけ》に付き添われている篠原を見て、七瀬は本当に安堵《あんど》したように息を吐《つ》いた。

オレと七瀬を先頭に、少し離れて池と篠原が着いてくる。

「須藤《すどう》先輩たちはこちらです」

元に戻る道はしっかり把握していると、七瀬が先だって案内する。

その間、オレは七瀬に先ほど篠原から聞いたことを話すことにした。

篠原が誰かに突き落とされるところを見たが、男か女かも分からなかったこと。

篠原はそいつに見つかることを恐れて息を潜めていたことを。

そしてもう1つ、重要になりうる情報。

「篠原は昨日の夜1年生のグループとすれ違ったらしい」

「1年生、ですか」

「近くでキャンプしたと思われるが、すれ違っただけで犯人とは断定できない」

「そうですね。ですが周辺にいたという1年生グループは誰なんでしょうか。それが分かれば、聞き込みをすることで何かヒントを得られるかも知れませんね」

たとえ周辺にいるとしても、この鬱蒼《うっそう》と生い茂る森の中から見つけ出すのは困難だ。一定の位置に留《とど》まり続けてくれているなら話も少しは変わってくるかも知れないが、目的地を目指して常に動いているとみるべきだ。こうしている間にも、遠ざかってしまっていると考えた方が良いだろう。

だが1年生というのは、やはり引っかかる。

当然、ホワイトルーム生ならば、迷いなく突き落とすくらいの芸当はしてくる。

しばらく沈黙を続けていた七瀬が、やがて口を開く。

「先輩。もし仮に……本当に大怪我《おおけが》を負わせるような人物がいたとして、小宮《こみや》先輩が相手を認識していないというのは変ですよね」

「ああ。普通に絡まれたんだとしたら、会話を交わし誰か認識したはず」

名前を知らない上級生や下級生でも、そのことをオレたちに言ったに違いない。

しかしどちらも記憶が曖昧《あいまい》な上襲われた確証もない口ぶりだった。

本当に単なるアクシデントだったのか――――。

あるいは、2人に気取られることなく大怪我を負わせることが出来たのか。

今よりもまだ暗い視界だっただろうから、当然手には明かりを持っていたはずだ。

「綾小路《あやのこうじ》先輩なら、2人に気付かれることなく同じ目に遭《あ》わせられますか？」

「オレが？　無茶《むちゃ》を言うなよ」

そう濁したが、やろうと思えば不可能じゃない。

小宮の証言では最初にふくらはぎに強い衝撃を受けたと答えていた。

背後から音もなく近づき、先手でふくらはぎを蹴る。そうすれば振り返る暇もなく苦痛に顔を歪《ゆが》ませながら斜面を転がっていくだろう。

「私は……もし私が小宮《こみや》先輩たちを襲うとしたら……タイミング次第では不可能ではないと思います。もちろん、相当シビアでしょうけど」

そう結論付けた。やはり篠原《しのはら》の狂言ではなく襲った人物がいると七瀬《ななせ》も見ている。

だが犯人がいるとしても、怪我《けが》を負わせる目的とメリットは全く不明だ。

遠回しなオレへの警告？　いや、だとしたらリスクが大きすぎる。

それとも、大きなリスクを背負うことも厭《いと》わないというアピールなのか。

あるいは予期せぬアクシデントで、そうせざるを得なかったということか。しかしどの説も現状は説得力に欠ける。ホワイトルーム生以外であることだって、十分に考えられることだし、そもそも犯人のようなものはいない可能性もある。

「でも襲う理由が分からないんですよね」

ほぼ時間を同じくして七瀬もオレと同じ思考に辿《たど》り着《つ》く。

襲う理由。これがもっとも答えに近づく上で難解だ。

程なくして、須藤《すどう》たちのところに戻ってきたが状況は何も変わっていなかった。

「問題はいつ先生たちが到着するかだな」

島の北東である場所に、船なりヘリなりを使うにしてもそれなりの時間がかかる。

既に緊急アラートが鳴って30分ほど経《た》つが、まだ到着の気配はない。

「あの～……どうかしたんですか？」

状況の変化を知らせるように、この場所に新しく数人の生徒が姿を見せた。

オレと七瀬は一瞬顔を見合わせる。声をかけてきたのは1年生のグループ。Aクラスの三井《みつい》あゆみ、Bクラスの堂上《どうがみ》美津子《みつこ》、Cクラスの椿桜子《つばきさくらこ》、1年Dクラスの巻田《まきた》高茂《たかしげ》。先ほど言っていた篠原の証言と一致する男子1女子3の組み合わせ。

篠原の話を耳にしている池《いけ》は、どこか警戒するような目で4人を見る。

「ちょっとしたトラブルだ。生徒が斜面に足を取られて大怪我をした」

それを聞き顔を見合わせる1年生たち。

「私たち、この近くでキャンプをしていたんです。そしたらアラートの音と、誰か叫ぶような声が聞こえてきて……。少し明るくなるのを待ってから、念のため状況を確認しようとここに足を運んだんです」

けたたましいアラートの音だったからな。周辺にいれば耳にも届くか。

「それで怪我をされた人たちは大丈夫なんですか？」

率先して1人話している堂上は、巻田と共におろおろとした様子を見せている。

対照的に落ち着いているのは椿だ。

先輩に囲まれ、しかも大怪我をした2人を前にうろたえる様子もない。

「大丈夫には見えないが素人判断は出来ない。今は先生たちの到着を待ってるところだ」

1年生たちが姿を見せてから更に30分。

緊急アラートが鳴って1時間ほど経ったところで、ついに学校関係者が到着する。

最初に姿を見せたのは2年Bクラス担任の坂上《さかがみ》先生とウチの担任である茶柱《ちゃばしら》。更に医療《いりょう》従事者と思われる大人が3人の計5人だ。

「早速ですが状況を聞かせてもらいましょうか」

座り込んでいる小宮《こみや》と意識を失ったままの木下《きのした》に近づきながら、坂上先生が言う。

現場検証を行うように生徒たちがその場に集まり始めた。

オレはそれを見てから少し距離を取り、こちらを見ていた茶柱に近づく。

「軽く見たところ小宮と木下の続行は難しそうだな」

「ええ。まずリタイアは避けられないかと」

受け持つクラスの生徒が所属するグループだけに、隣に立った茶柱の表情も暗い。

「単なる事故か？」

「そのことについてなら今から聞けると思いますよ」

坂上先生は手当てを受け始めた2人を見て、同じグループの篠原《しのはら》に状況説明を求める。

しかし篠原は2人の状態を改めて見て再び泣き出してしまった。

「泣いていては状況の把握が進みませんよ」

厳しい口調で注意されると、池《いけ》がそれを庇《かば》う形で一歩前に出た。

「あの、俺から説明してもいいですか。篠原から話は聞いたんで」

どうやら代弁者として坂上先生へと状況を説明するつもりらしい。

「……まあいいでしょう。話してください」

「篠原は、2人は突き落とされたって言っています」

2人が転がってきた傾斜を見ながら説明を聞くも、俄《にわ》かには信じがたいようだった。

「突き落とされた？……なんとも物騒な話ですね」

「こんなのでリタイアになったりしませんよね？　そうですよね？」

「もちろん、それが事実であればそうです」

「事実であればって、篠原がそう言ってるんすよ！」

「では、何か証拠となるものがあるのですか？」

そう言われてしまっては、池にしても篠原にしても言葉を詰まらせるしかない。

「ん、んなこと言ってもここは学校じゃないんですから、監視カメラとかないし！」

「しかし突き落とされたのなら顔くらいは見ているでしょう」

「それは――」

「どうなんですか篠原さん。泣いてばかりいないで答えてもらえませんか」

今ある証拠は同じグループである篠原の証言だけ。

足跡について説明しようにも、既に付近一帯は大勢に踏み荒らされた。

誰がどの足跡だと言い出しても解決することはない。

「く、暗くて……っ」

「暗くて？　暗くて相手の顔は見えなかった、と？」

立て続けに首を縦に振るも、坂上先生は深いため息をつくだけ。

「顔が見えないほど暗かったのに突き落とすのはハッキリ見たと……こういってはなんですが都合の良い話ではありますねぇ」

坂上《さかがみ》先生は泣き続ける篠原《しのはら》に近づき、本当のことを聞こうとする。

泣いていて満足に話せない篠原ではあったが、何度も頷《うなず》き事実だと訴える。

「篠原は嘘《うそ》なんてつかないですよ！」

「君は彼女と同じクラスメイトです。当然、そう言うしかないでしょうね」

「信じてくれてないじゃないですか！」

「本当なら由々《ゆゆ》しき事態ですが、証言だけでは証拠にはなりませんよ」

「そんな！　じゃあ小宮《こみや》と木下《きのした》はどうなるんですか！」

「どうなるも何もリタイア以外の選択肢はないでしょう。担任の私としても2人の離脱は喜ばしいことだとは思えない。ですが、この足を見るに続行は不可能です」

坂上先生も意地悪をしようとしているわけではないだろう。

だが2人の足は1日や2日で歩けるようになるほど軽い怪我《けが》じゃない。

「現状では、これはアクシデントによる負傷を誤魔化《ごまか》すための嘘、方便であると判断するしかない状態ですね」

「ふざけんなよ！　納得いくかよそんなの！」

篠原の肩を抱きながら懸命に説明する池《いけ》に対し、坂上先生の対応は冷たい。

「今の暴言、1度だけ聞き逃します。いいですね？」

「ッ……！」

教師に対して行きすぎた言動だったことに池《いけ》が下唇を噛《か》みしめる。ここまで必死に訴えている池と篠原《しのはら》に対し、坂上《さかがみ》先生の対応を見ていれば分かって来ることがある。

「もうすでに色々と把握は済んでるみたいですね、茶柱《ちゃばしら》先生」

隣に立つ茶柱にそう聞くと、静かに頷《うなず》いた。

「我々はここまで来るのに、小宮《こみや》と木下《きのした》のGPSを頼りに向かってきた。小宮の緊急アラートが鳴った時刻は午前4時56分24秒。ついでその7秒後に木下のアラートが鳴っている。その時間に重なるように存在していたGPSの反応は篠原だけしかいない」

茶柱はタブレットを見ながらそう答えた。

やはりそういうことだ。

坂上先生もその情報を同様に持っている。

怪しげな反応が1つでもあれば疑う余地もあっただろう。だがGPSでは疑わしき『犯人』の存在は確認することが出来ない。こうなるとリタイアしたくないがために、第三者がいると仕立て上げて何らかの救済措置《そち》を期待しているとしか見られない。

「緊急アラートが鳴ってから小宮たちの元にいち早く辿《たど》り着《つ》いたのは、綾小路《あやのこうじ》を始めとした5人。そしてその後に1年生4人グループ。最後に我々ということになる」

誰かが先行して小宮たちに接触した記録は一切ない。

これはある程度信じるに足る情報だと考えていいだろう。

なら犯人が生徒ではない……という可能性もあるのか？

教師たちは腕時計を身に着けていないためＧＰＳの反応が出ることはない。

いや――そういうことではないのか。

ひとつの仮説を立てるが、坂上先生たちが把握していないことなど引っかかる点は多い。

「茶柱先生。この後は小宮たちを連れてスタート地点に戻りますよね？」

「ああ。船内で２人の怪我《けが》の詳細を確認することになるだろう」

「ついでに調べておいて頂きたいことがあります。それも秘密裏に」

オレが茶柱に小声でそのことを伝えると、驚きつつも１度だけ頷いて承諾した。

だがそれはそれ、これはこれだ。

小宮と木下のリタイアは決定的で、残されたのは篠原１人だけになってしまう。

今日明日を１人で乗り切る、それだけでも篠原にとってみれば絶望的なものだろう。

「もうダメ……私、もうダメだっ……１人じゃとてもじゃないけど……ッ！」

崩れ落ちる篠原を見て、池は声をかけられないでいた。

呆然《ぼうぜん》と立ち尽くし、どうしていいか分からないといった様子。

そんな池を見ていたのはオレだけじゃない。

今まさに大人たちによって運び出されようとしている小宮もその１人だった。

「池……こっちに来てくれ」

「な、なんだよ」

小宮《こみや》は池《いけ》を自らの手が届く位置にまで呼びつける。

そして痛む身体《からだ》にムチ打ち、腕を池の首に回し強引にその顔を口元に近づけた。

「男を見せろ」

そう短く答え、小宮は担架に倒れ込むように横になった。

小宮はこの無人島試験で篠原《しのはら》に告白しようと画策していた。

だが今のところ告白した様子はない。

もしかしたら逆に、篠原から池のことで相談を受けていたかも知れないな。

だとするなら篠原が池を気にかけていたことも分かったはず。

自らの手で守ると決めた篠原を、恋のライバルである池に託す。

「簡単じゃねえよな……」

須藤《すどう》も、そんな小宮を見ていて全てを悟ったのだろう。成長しているのはクラスメイトだけじゃない。須藤のように小宮もまた、日々成長している。

この厳しい状況を打開するための策を七瀬《ななせ》が口にする。

「最低限の荷物を持って拠点近くに居を構えるという手もあります。指定エリアによる得点は一切貯《た》められませんが、リタイアだけは絶対に避けるという方法です」

確かに、篠原1人に取れる最善の戦略はそれで間違いないだろう。

残り約10日間の無人島生活で、他のグループが脱落するのを期待する。

もちろん、グループがどこもリタイアしなければ篠原の退学は免れないが。

「篠原。退学しろと言いたいわけじゃないが――どうする。1人で無人島試験を続けることは困難だ」

「は、はい……」

「それなら、今七瀬の言ったようにせめて港に戻って残りの期間耐えるという方法がある。それに周辺に出現する課題を拾うことは不可能ではないだろう」

両名の提案は残酷なものではあるが、単独の篠原に取れる最善の手でもある。1人で行動すれば十中八九途中で力尽きる。体力か食料が尽きてリタイアすることになるだろう。

しかし港で耐え忍びつつ、立ち寄ったグループに少しずつ援助してもらうなどの方向に舵《かじ》を切れば、ひとまず最後まで乗り切ることは出来るかも知れない。

今ここで退学を決定づけるより遥《はる》かに良いだろう。

篠原は涙を拭い1度だけゆっくりと頷《うなず》いた。

「スタート地点までは、何とか自力で来るように」

「はい……分かりました」

学校側はタッチできないので、篠原はここから1人で港に向かわなければならない。

自分の荷物を持ち上げようと歩き出す篠原の腕を、池は慌てて掴《つか》んだ。

「……なに？」

「な、なにって……おまえ、スタート地点に戻って待つだけでいいのかよ」

「仕方ないじゃない。小宮くんも木下《きのした》さんももういないんだから……私1人で、この特別試験を勝ち残るなんて絶対無理だし」

「けど、けどさ」

「どうせ私は退学なんだから、放っておいてよ」

掴《つか》まれた池《いけ》の腕を振りほどき篠原《しのはら》は早々にここを離れようとする。

「っ……」

その場で固まり歯を食いしばる池。

今までの池なら、ここから先に進むことは出来なかっただろう。

見えない小宮《こみや》の手が、池の背中を押す。

「俺が……俺が何とかする！」

小さく丸まった篠原の背中に、池がそう叫ぶ。

「やめてよ。無理に決まってるじゃない」

だが池の言葉を聞こうとせず篠原は歩き出してしまう。

「無理じゃねえって！」

その場に立っていてもダメだと、池は駆け寄り歩き出す篠原の腕を掴んだ。

「離してよ……」

「離さねえし。こんなところで、おまえを退学にさせてたまるかよ」

「なんでよ。別に、池には関係ないじゃない。むしろ私が退学したらその分池が退学になる可能性は下がるんだからさ……喜んだら？」

「喜べ？　……ふざけんなよ、喜べるわけないだろ！」

「はあ……？」

「だって、おまえが退学したらクラスポイントがごっそり減るだろ……それは、その、阻《そ》止《し》しなきゃなんねーだろ。だからそうならないために手を貸してやるからさ！」

「まあ、そうだけど……。だからって、それで私を手伝って池のグループまで下位に沈んだらどうするつもり？　それに須藤《すどう》くんたちに迷惑かかるじゃん」

「それは――――」

「池っていつも考えナシなのよね。そんなんじゃ遅かれ早かれ退学するんだから」

どこか呆《あき》れたように笑い、篠原は軽く手を振った。

「一応、最後まで諦めずに残ってるからさ。池も頑張ってよ」

池の手を借りる必要はない、と篠原は手伝いを断る。

「ま、待てよ……」

先ほどまでの強気だった池の態度は見る影もなくしぼんでいく。

遠ざかっていく篠原を、引き留めきれない。

「寛治《かんじ》」

そんな池を呼んだ須藤。須藤は不敵に笑いながら心配すんなよと自らの胸を叩《たた》く。

親友の後押しを受け池は一歩を踏み出そうとする。

「待てよ……待てよ篠原……。俺は、俺はただ……っ……だから……その……」

必死に声を絞り出そうとするも、池《いけ》から肝心の言葉が出てこず届かない。

出そうと喉元まで引っ張ってくるも、出てこないのだろう。

最後の一押し。その僅《わず》かが遠い。

しかしその言葉を引き出すことが出来るのは須藤《すどう》でもオレでも七瀬《ななせ》でもない。

池が池自身で絞り出すしかないのだ。

結果を恐れ、怯《おび》えるその心を押さえつけて前に踏み出すしかない。

「待てって、言ってるだろ！」

「び、びっくりしたぁ。聞こえてるって……まだ何かあるわけ？」

「ある！　大ありだ！　俺はおまえを退学にさせたくない、だから助けるんだよ！」

愛の告白……なんて綺麗《きれい》なものじゃない。

それでも池なりの精いっぱいの感情を込めた言葉だったことに違いはない。

「おーし、そうと決まったら作戦会議だぜ遼太郎《りようたろう》！」

「お、おうっ」

池を支えるように後ろに回り込んだ須藤と本堂《ほんどう》の2人が、手招きして篠原《しのはら》を呼び寄せる。

「はあ……？　なにそれ、バッカじゃないの？　私なんて放っておけばいいのに……」

戻って来ない篠原を待っていられず、池は駆け寄り腕を掴《つか》んだ。

絶対に離さないという強い決意。

その光景を見て、いつもは淡々《たんたん》とした様子の茶柱《ちゃばしら》が少しだけ笑っていた。

もう大丈夫だろうと判断したのか、坂上《さかがみ》先生たちを追いかけるように森を去っていく。

とは言え楽観視は出来ない。篠原を救うということはそう簡単なことじゃないからだ。

「篠原を確実に救うためには、最大上限3枠を持ったグループとの合流が必要不可欠だ」

4人が集まったところで、オレはそう声をかける。

須藤や池たちだけで、その3枠を勝ち取れるかは定かじゃない。

「同じクラスのヤツらに頼るのが現実的、だよな？」

「それは間違いないと思いますが、この特別試験のルールではどのグループが人数制限を超える権利を得たかを間接的に知ることは不可能ですし、既に2人リタイアしている篠原先輩のグループを簡単に受け入れてくれるでしょうか。合流の影響で確実に得点は下がりますし、リスクしかありませんよ。それならグループ作りに奔走するよりも、得点を積み重ねていく方が現実的かも知れません。着実にエリア得点を重ねつつ、空いた時間で課題に挑んでいくべきではないでしょうか」

合流は諦め、篠原単独で得点を取っていくことを七瀬が推奨する。

「だが篠原単独で上位を取れる課題はほとんど無いと見た方が良い。参加者が揃《そろ》わないとかの思わぬ偶然や幸運に期待することになる」

「何とかスムーズに他グループと合流する手はないのかよ、綾小路《あやのこうじ》」

この厳しい状況を打開するための案を須藤に求められる。

「無いわけじゃない、高確率で実現できるプランはある」

「そ、そうなのか？　どんな手だよ！」

オレはプランを口にしようかとも一瞬考えたが思い留まった。

ここで戦略を話せば絶望の中に確かな希望が生まれるだろう。

しかし同時に、篠原《しのはら》を救うための決意に緩《ゆる》みが生じる。それは得策とは言い難《がた》い。

池《いけ》たちには、最後まで強い緊張感を持って特別試験を戦ってもらうことが大切だ。

それに戦略を実現するためには幾《いく》つかやらなければならないこともある。

オレは荷物の方へと歩き出す。そして七瀬《ななせ》にも準備をするよう指示を出した。

「お、おい綾小路《あやのこうじ》？　作戦は？」

「今出来ることは、池が中心となって篠原を守ること。そして1得点でも多く集めておくことだ。それからチャンスがあればグループの最大上限を増やす課題は当然受けること」

「おまえはどうするんだよ」

「オレは万が一の事態に備えて準備を始める」

そのためには、ここに留《とど》まって池たちと過ごしている時間はない。

「だが、さっき言ったように確実性はない。それに他の生徒が同じように下位5組に落ちてきた時は……その中で救う生徒を選別する必要が出てくるかも知れない」

篠原を切り捨てる可能性があることを予《あらかじ》め伝えておく。

この特別試験は必ず5組がペナルティを受けるという性質を持っている以上、救われない生徒が出てくることは避けようがない。

「それを忘れるなよ、池」

「……分かった」

騒動から約2時間半。篠原を連れオレたちはキャンプしていたところにまで戻ってきた。近くでキャンプしていた恵《けい》たちは次の指定エリアに向け既に出発してしまったようだ。

小宮《こみや》と木下《きのした》が残したバックパックは須藤《すどう》と池が手分けして運び込む。

「須藤、池たちを頼む。この中で一番冷静な判断が出来るのはおまえだ」

「お、おう任せとけ」

既に指定エリアは発表されているため、戻ってきたタブレットを受けとりつつ支度する。

「朝から相当体力を使ったと思うが……」

「ご心配なく。ついていく体力は残っています」

この4日目からは上位10組下位10組が公表される。そして大グループ解禁の課題が追加される日でもある。もし課題にこの報酬《ほうしゅう》が出現すれば、即定員に達し厳しい戦いになるだろう。

が、まずは指定エリアを確認しなければならない。

指定されていたエリアはG3、ここに来て島の北へと向かう形だ。

既に出遅れは30分。着順報酬を得るのはまず無理だろう。

軽く1時間はかかりそうな道のりだが、気になるランキングも見てみることにした。

上位も気になるところだが、何よりも重要なのは下位の5組。退学のペナルティを受ける可能性のあるグループがどこなのかを知ること。一言断りを入れて、七瀬《ななせ》もオレのタブレットを覗《のぞ》き込《こ》んできた。ずらっと並ぶ下位10組のリスト。誰が所属しているグループであるかや得点はもちろんのこと、その内訳までもが赤裸々になる。

「これは――――」

下位7組は、全て3年Bクラスから Dクラス生徒で構成されたグループたち。最下位である3年Dクラスの3人で結成されたグループは総得点が21得点。課題による5点と指定エリア到達による16点の報酬《ほうしゅう》だけ。ただこの3人に関しては特別試験開当日にリタイアした生徒が所属するグループ。多少同情する余地はある。

残る3組は2年生が1組と1年生が2組。

2年生唯一の下位はオレのクラスメイト、明人《あきと》たち3人グループ。

「先輩のクラスの人たち、危ない位置にいますね」

現状は下から9番目で28得点。思ったよりも伸び悩んでいる。指定エリアを追い続けるにも相当な体力が必要になるからな。特にスタミナ面で不安のある愛里《あいり》を抱えた状態では、満足に到着ボーナスを得ていくことも難しいだろう。

一方で1年生も2組下位にいるが、それは2人グループの1年生たち。スタート時点で4人組が組めている1年生たちは、やはりある程度得点を重ねていると思われる。

「それにしても意外でした。3年生がこんなにも下位に沈んでいるなんて……」

確かに驚きだが、単に能力不足で下位に沈んでいるだけとは思えなかった。

上位を確認するのは後回しにして、七瀬に伝えておくべきことを口にする。

「ひとまずG3については着順報酬を狙うつもりで進む。だが、次の指定エリアからしばらくスルーするかも知れない」

「指定エリアを無視してでも、行きたい場所があるんですね？」

「ああ。もし指定エリアを狙うなら七瀬とはそこまでになる」

「いえ、お供します。私の場合は天沢《あまさわ》さんか宝泉《ほうせん》くんが辿《たど》り着《つ》いてくれればスルーにはなりませんし……それに、篠原《しのはら》先輩を救う方法を思いつかれているんですよね？」

軽く頷《うなず》き、オレは歩き出す。G3の後に目指すのはスタート地点。

出来れば明日のうちには辿り着きたい。

○2年Dクラス孤高の麒麟児《きりんじ》

翌日、試験5日目の朝7時前。オレたちはD4からD5へと川沿いに進んでいた。前日4日目はG3の指定エリアを踏んだ後は、次の指定エリアだったH4を無視して西からスタート地点を目指すことを決めた。結果的にその後のH6、I7を含め3連続スルー。ランダム指定で偶然進行方向に出現でもしない限り4回連続スルーをすることは決定的だ。結局理想の展開になるわけもなく、7時を迎えた今日1回目の指定エリアはI8。

まあここまで遠くに出てくれている方が、足掻《あが》きようもなく精神的には楽だが。

しかし早朝ということもあってか川のせせらぎが心地よい。

悪いニュースを幾《いく》つか抱えていなければ文句のない朝だったな。

「それにしても……やっぱり篠原《しのはら》先輩厳しいですね」

小宮《こみや》と木下《きのした》がリタイアし孤立してしまった篠原のグループ。池《いけ》や須藤《すどう》たちがフォローに入っていると言っても、やはり1人では集められる得点は限られる。

昨日の段階では下位10組に名前は入っていなかったが、今朝になって下位8位にまで降下してきた。それ以下のグループも少なからず得点を重ねていくことを思えば、明日か明後日には最下位にまで沈むだろう。そのお陰というのも皮肉な話だが、明人《あきと》たちのグループはひとまず下位10組から名前を消した。

一方昨日確認しなかった上位陣。1位は3年Aクラスで結成された南雲《なぐも》のグループ。2位は3年Bクラスの桐山《きりやま》グループ。どちらも3年を代表する顔ぶれが揃《そろ》う。

「あ、先輩。釣《つ》りしてる方がいますよ」

視界が遠方で捉えた生徒。1人の人物が岩場に腰を下ろし、ゆったりと釣りに興じている。外見に特徴のある人物のため、誰であるかはすぐに分かった。オレが今誰よりも会いたいと思っていたグループの1つだ。まさかこんなにも簡単にそのチャンスが巡って来るとは。本来探している相手と出会うのは相当難しく、明日から解禁されるGPS機能を使うことを検討していただけに、何が何でも声をかけておきたいところ。

「七瀬《ななせ》、寄り道してもいいか？」

周囲には幾つかおいしい課題も出ているが、恐らくそれらは捨てることになる。

「私は綾小路《あやのこうじ》先輩のお供をさせてもらってるだけなので、どうぞ気になさらず」

七瀬のありがたい言葉を受け、オレはその人物に近づくことにした。

こちらには気づいていないようだが釣りの邪魔をしないよう、声は出さない。

砂利を踏み、静かに近づく。

やがてその人物もオレたちの存在に気が付き、ゆるりと視線を向けてきた。

「単独でスタートしたようだが、下位10組には入っていないようだな」

2年Bクラスの葛城《かつらぎ》が、そう言ってオレを拒否することなく迎え入れる。

「何とかな。だが1日でも休めば下位にまっしぐらだ」

騒がしさを感じテントから出てきた龍園《りゅうえん》が、どこか呆《あき》れたような目を向けてきた。

「女連れで悠々と無人島試験か。軽井沢《かるいざわ》のヤツは飽きて捨てたのか？」

「軽井沢？　何故《なぜ》そこで軽井沢の名前が出てくる」

不思議そうに葛城《かつらぎ》が龍園へと振り返る。

「クク、何でもねえよ」

「そっちは随分《ずいぶん》と順調みたいだな」

タブレットを見れば上位ランカー組を確認することが出来る。オレの今朝の時点での総合点は52点、順位は74位。単独であることを踏まえれば十分高い位置だ。

とはいえ目の前の龍園、葛城グループの順位は総得点92点で10位。

指定エリア到着ボーナスで29点、着順報酬《ほうしゅう》で41点、課題22点の振り分けだ。

「うるせえよ。テメェのところには頭のネジがぶっ飛んだヤツがいるだろ」

「ま、確かにな」

龍園の言う頭のネジがぶっ飛んだヤツとは、高円寺《こうえんじ》のことだ。

オレと同じ単独にもかかわらず、現在高円寺は上位4位。着順報酬の1位獲得数は上位10組の中でもトップで、課題でも膨大な得点を稼ぎ続けていて、総合点は126点。付け入るスキを見せない優秀な成績だ。

しかし試験はまだ今日を入れて10日残されている。疲労の蓄積や怪我《けが》などのアクシデントが起これば一気に順位は落ちる。

この無人島試験の２週間には、身体《からだ》を満足に休めることの出来る日は１日たりとも存在しない。どんな人間であれ連日身体を酷使すればダメージが蓄積していく。最初は筋肉痛という分かりやすい形から始まり、だんだんと足が重たくなり歩くペースが落ちる。そして必要最低限の栄養と水分しか補給できないことで、倦怠感《けんたいかん》や脱力感にも襲われるようになるだろう。

「次の指定エリアは？」

「あ？」

「もう朝の７時を過ぎてる。随分と悠長だと思ってな」

「俺が止めた」

ぴゅっと釣《つ》り竿《ざお》を川に向かい放ちながら、葛城が口を開いた。

「この４日間ペースを上げ指定エリアの基本移動と課題に挑み続けた。さっき発表された指定エリアはランダム指定によるＥ10。時間内に到着するためには相当な無理をしなければならない。１点を拾うために使う体力はないと判断した」

肩を竦《すく》めながら、龍園は薄く笑う。どこまでも限界まで強行するつもりだった龍園だが、葛城によって止められたか。これが石崎《いしざき》や金田《かねだ》であれば龍園を止めさせることは無理だったはず。早くも２年Ｂクラスの中で、葛城は重要な役割を果たしつつあるな。

「釣れますか？」

七瀬《ななせ》が川の浮きを見つめながら葛城に聞く。

「残念ながら収穫はイマイチだ。大量に釣《つ》るなら海に限る」

あくまでも時間つぶしのために竿《さお》を垂《た》らしている、ということか。

「食料問題には悩まされてないようだな」

どこまで答えてくれるかは分からないが、聞いてみる。

「海と川、それに森を行き来すれば食料問題は解決できる。水にしてもそうだ。川の水を煮沸《しゃふつ》させるだけでいいからな」

「しかし川の水を飲用するのはリスクもあるのでは？」

「そうだな。いくら煮沸させることが前提とは言っても絶対ではない。だからこそ川の水を飲むのは俺の役目。スタート時点で購入した水や課題で手に入れた水は龍園《りゅうえん》が飲む」

リスクに関する管理も完璧だな。そろそろ身動きが取れなくなるグループも出てくる頃だが、この2人はまだしばらく安定した生活を送りそうだな。

「ちょうどおまえを探していたんだ龍園」

「俺をだと？」

「当然、今グループの下位10組のことは把握しているよな？」

「まぁな。ウチのバカどもが8位ってのはどういうことだ」

2人がリタイアしたことで急激に点数を落とし、下位グループでの優劣が出始めた。

「小宮《こみや》と木下《きのした》がリタイアした」

笑っていた龍園の笑みが止まり、真剣な表情へと変わる。

釣《つ》りをしていた葛城《かつらぎ》も中断しこちらに向かってきた。

「リタイア？　何があった」

今や2年Bクラスの生徒となった葛城にとって、小宮《こみや》も木下《きのした》も守るべき仲間だ。

「どちらも大怪我《おおけが》をしたんです。２人ともしばらくは歩くことも出来ないと思われます」

「事故か」

「いえ、それは――――」

「グループ最後の1人、篠原《しのはら》の証言では何者かに襲われたと言っていた」

「だったらその何者かはとっくに同じリタイアになったんだろうな？」

「残念だが、誰かが襲ったという証言は篠原だけ。小宮も木下も本当に襲われたかどうかすら自覚していないようだ。学校側が調べてくれているとは思うが当てにはならないな」

「リタイアしたくないための篠原先輩の嘘《うそ》という方向で処理されています」

「どうする龍園《りゅうえん》。俺たちが3位内を取ったとしても小宮たちが退学すれば意味がない」

最下位になればオレたちも龍園のクラスも大ダメージを受ける。

「俺を探してたってことだったな？　篠原はおまえのクラスメイトだ。退学させないプランがあると思っていいのか？」

流石《さすが》は龍園。作戦内容までは見えてこずとも、こちらに手があることを直感した。

「七瀬《ななせ》には悪いがこの話は聞かせられない。2年生の生き残りを賭けた戦いだからな」

「分かりました」

距離を取るように七瀬が離れ、オレは龍園に近づき作戦内容を口にする。

葛城には後で龍園から直接伝えてもらえばいいだろう。

「クク、なるほどな。確かにそれなら篠原が生き残る道はある。が……上手《うま》く行くか？」

「おまえが協力してくれるだけでも確率は上がる。残りは地道に行くさ」

「状況は変わりやがるからな。このことに気付けば他の連中も動き出す」

オレは小さく頷《うなず》く。七瀬に聞かせなかった理由。それは1年生がこの話を知れば2年生VS他学年という対決の構図になるおそれが十分にあるからだ。

「1年生には勘の良い生徒もいる。こっちが思ってる以上に早く気づく可能性もある」

この状況を受けて3年生がどう出てくるかも読み切れない。

「雑魚を切り捨てる分には迷わねぇが、小宮と木下にはまだ使い道があるからな」

「手を組む……ってことでいいんだな？」

「利害が一致してるんだ、その戦略を利用しない手はないだろ」

どちらも自クラスの生徒が絡んだグループだからな。

ここで手を取り合えないようじゃ、篠原も小宮も木下も救えるはずがない。

「もし一之瀬《いちのせ》に会ったら、同じ話を頼めるか？」

「一之瀬のお人よしはともかく、坂柳《さかやなぎ》が簡単に手を貸すとは思えねぇがな」

「1年にいいようにやられることを受け入れるタイプでもない」

「クク、まあな」

思わぬ出会いに別れを告げ、オレたちはすぐに出発することにした。

1

程なくオレたちは南下してスタート地点に向かう予定だったが、C5の山頂付近に課題が出現したため進路を変更した。課題の内容は1対1による綱引き。出現時間は40分と短く、更に参加人数が男女別に2人までと一見条件は厳しそうだが参加するだけで5点貰《もら》える上、勝てば追加で10点与えられるため合計15点。短時間で山頂を目指さなければならないとあって、周辺以外のライバルはまず到達できない。スルーが間もなく4回目を迎え2点が引かれることを踏まえても狙っておきたいと判断した。不戦勝で15点が転がり込んでくる可能性も大いにある。

標高のある山だが足早に歩を進め、残り5分ほどを残して課題へと辿《たど》り着《つ》く。

まず一番乗りかと思ったが、どうやら先客がいるようだ。

その男はこちらの存在に気付いていたようだが、視線を向けてくる気配はない。

「あの人随分《ずいぶん》早い到着ですね。相当近くにいたんでしょうか」

「どうだろうな」

仮にC5の南側にいたとしてもここまで到達するにはそれなりの時間を有する。

「見て参考になるかは分からないが、アレが高円寺六助《こうえんじろくすけ》だ」

「高円寺って……今4位につけてる綾小路《あやのこうじ》先輩のクラスの方ですよね？　……確かになんだか凄《すご》いオーラがある気がします」

オレたちよりも早い到着であることもそうだが、不思議なのはどこにも荷物が見当たらないことだ。手に1本のミネラルウォーターを持っているのみ。

身軽な状態なら、確かにオレたちより早く登頂したのも頷《うなず》けるが……。

ここまでタブレットもなしに動き回るとは、流石《さすが》高円寺だな。

登頂を終え満足していたところだったのか、高円寺は一口だけ水を飲むと残りを一気に頭から被《かぶ》るようにして水を浴びる。

「あぁ……水も滴《したた》る良い男。1年前よりも更に私自身パワーアップしているようだ」

「なんか喋《しゃべ》っていますが、私たちにでしょうか……？」

「いや、間違いなく独り言だ。自分自身に酔いしれてるんだろう」

「は、はあ……」

よく分からないと、七瀬《ななせ》が高円寺の行動に首を傾《かし》げる。

他のライバルは来ないと思うが受付の残り時間は少ない。ともかくエントリーを済ませてしまおう。2人で申請し課題への参加が決定する。ただし、1対1のためオレと高円寺の一騎打ちになることは避けられない。一方の女子である七瀬はライバルとなる存在が現れることがなかったため不戦勝が確定する。

「私の相手は、どうやら君のようだねぇ綾小路ボーイ」

「そうだな」

ここまでの課題で、集団に紛《まぎ》れて間接的にクラスメイトと競い合うことはあった。だがこうして１対１で直接対決という経験は今回が初めて。その初戦の相手が高円寺《こうえんじ》とは。これが奇妙な縁の始まりでないことを祈りたい。

この課題を担当するスタッフが綱を用意しそれぞれの身体《からだ》に巻き付けるよう指示を出す。まだスルー回数が増えることを思えば、１点でも多く集めておきたい状況だが……。

現時点で上位10組に入っていないオレよりも、４位を取っている高円寺に得点を譲っておく方が最終的な勝率は高いと判断するべきだ。上位２位である桐山《きりやま》のグループの１３５点を一時的にだが上回り単独２位に浮上する。

どうせ勝ちを譲るのなら、無駄な体力を使うことなく不戦敗した方がいい。時間も無駄にせず５点を獲得し下山、スタート地点である港へと向かえる。

「そろそろ始めるので早く準備するように」

「どうしたんですか先輩」

「いや、オレは……」

「フフ、君は効率的に物事を考える男だねぇ」

高円寺は、当たり前のようにオレの考えを瞬時に見抜く。

「確かに４位の私に得点を譲っておく方がクラスのためになる。時間の無駄もない。わざわざ私と対決せずとも不参加にしておく方が良いと考えたんだろう？」

「そう、なんですか？」

「こっちとしては高円寺《こうえんじ》に活躍してもらえれば文句はないからな」

「しかしそれでは堀北《ほりきた》ガールは納得しないんじゃないかな？　彼女としては私が1位を取るよりも2位3位を取ってくれる方が好都合だと考えてもおかしくはない」

こちらの話を聞いていたかのように、高円寺はそのことを突いてくる。

「それはDクラスの生徒が上位グループと競っている場合だ。今上位10組に2年Dクラスのみで構成されたグループは単独の高円寺だけ。下手に得点を奪い合えば足を引っ張りあうことにもなる」

「無論理解しているさ、だがナンセンスだよ。そもそも君は私にこの課題で勝てる可能性を抱いているからそのように無駄なことを考える。誰が参加して来ようともこの勝負で勝つのは私さ」

ここまで高円寺は幾《いく》つもの課題にチャレンジし、全てで入賞を勝ち取ってきている。全課題を確実にものにしているのは全学年様々グループはあれど高円寺だけだ。

1位や2位を譲った課題もあるが、こと体力や運動に関するものはオール1位。

この課題に関しても、当然1位を取れると絶対の自信を持っている。

「頭の中での能書きはその辺にして来たまえ綾小路《あやのこうじ》ボーイ。やる気を出している私と戦える機会など早々あることではないのだから」

どこまでも自分の力を信じているのが高円寺最大の魅力だろう。

オレはゆっくりと足元の縄を手に取ってそれを腰に巻き付ける。

「では10カウントする。私が0と言ったタイミングで引き始めるように」

形式だけ戦い高円寺に敗北しておけば無駄な体力を消耗《しょうもう》することもない。

「やる気が感じられないねぇ」

こちらの思惑は高円寺にとってみれば透けて見えていることだろう。

「まぁ試しにやってみたまえ。どう足掻《あが》こうとも君に勝利がスマイルすることはない」

互いに綱をしっかりと握ったところで、10カウントが始まった。

「――――3、2、1……0！」

カウント0が叫ばれると同時にオレは綱を軽く引く。

高円寺が本気を出したなら、1秒で引きずり込まれてしまうだろう。

ところが、綱はミリも相手に向かって行く気配がない。

正面で対峙《たいじ》する高円寺は不敵に笑いながら、オレが本気で参加するのを待っている。

更々《さらさら》本気でやるつもりはなかったが、時間を無駄にしたくない。

それなら少し反撃して高円寺を脅かした方が勝負の決着は早くなるかも知れないな。

相手が想像している以上の力で引き込めば、高円寺も慌てるしかなくなる。

綱引きで勝つには単純に力を後ろにやればいいというわけではない。

手が綱から受ける摩擦力、足が地面から受ける摩擦力と垂直抗力。

更に細かく言うなら重力も関係してくる。

握力を最大限に発揮し綱を握り、足を伸ばす。身体《からだ》は曲げず後方へ傾ける。

そして膝《ひざ》を曲げ腰に近い位置で綱を引けば――。

僅《わず》かに中央がズレ綱がこちらへと引き寄せられる。ここまでは計算通り。

しかし、想定よりもズレ幅が少ない。

引いた綱を引き戻そうとする凶悪な力が、オレの反撃を一瞬で封じてきた。

「綱引きで勝つために必要なのはテクニックではなく、純粋なパワーさ」

けして手を抜いているわけじゃないが、高円寺《こうえんじ》が引き付ける力によってこちらに寄っていた綱は再び中央に戻されイーブンに戻される。

この状況から察するに、オレと高円寺の腕の力はほぼ互角なようだ。

相手にはオレよりもウェイトがある。綱引きにおいて最も重要なウェイトで負けている以上、その他の要因でアドバンテージを取れないとなると勝つことは難しい。体力の限りを使えば熱戦を演じ、高円寺が足を滑らせるなどのミスを待つことも出来るが時間と体力の無駄でしかない。オレが勝ち上がるための戦略はまだ先にある。

痛いほどに縄が指に食い込み、腕の力が互角であるという事実について改めて考える。

高円寺という男の身体能力はやはり桁違いだ。高校生の中では群を抜く須藤《すどう》やアルベルトでも、この男の前では遥《はる》かに見劣りする。超高校生級という肩書すら生ぬるいだろう。

こちらが再度力を込め引き込む動きを見せると、高円寺も同様の力を込める。

その瞬間を逃さず、オレは一気に手の力を緩《ゆる》めた。

当然、綱は高円寺に引き込まれ勝負は呆気《あっけ》なく決する。

「どこまでも効率重視だねぇ」

少しだけ呆《あき》れた様子を見せた高円寺だが、そこでオレに対する興味は失《う》せたのかそれ以上話しかけてくることはなかった。

「残念でしたね、先輩」

「いや、オレが高円寺と戦ってもまともな勝負にならないからな。当然の結果だ」

結果的にはこれで２年Ｄクラスが属するグループに20点入ったことになる。

それだけでもここまで足を運んだことに大きな意味があった。

「体力の方は大丈夫か？」

「正直に言えば、少し足に来ている部分はあります」

そう言って太ももを少しだけさする。

「でも同行する時に言ったように、綾小路《あやのこうじ》先輩の好きに行動されてください」

あくまでも七瀬《ななせ》は食らいつく姿勢を崩そうとしない。

「なら、全力で行くぞ」

「はいっ」

高円寺はいつの間にか別のルートから降り始めたのか、既に姿はなかった。

2

それから2時間ほどかけてついにスタート地点のD9の港へと戻ってきた。

1分ほど遅れて、息を切らせた七瀬《ななせ》も追い付いてきたようだ。

「ふう……何とか追い付けました」

汗をタオルで拭きながら、呼吸を整える。

「とても高校1年生の女子とは思えないな。これだけの体力があるとは思わなかった」

ここまでの同行で何度も感心させられてはいたが、今回が群を抜いて一番だ。

「いえ、綾小路《あやのこうじ》先輩は息ひとつ乱れてなくて……やっぱりすごい人です」

「無理して平静を装ってるだけだ。それより見てみろ」

「わ——凄《すご》い、ですね」

息を整えた七瀬は忙しなく行き交う人の数の多さに驚いた。

ここでは物資が追加購入できるだけではなく、無料で手当てを受けたりシャワーを浴びることも出来るし、綺麗《きれい》に管理されたトイレを利用することも出来る。

言わば生徒たちにとってのオアシスであり、唯一安心して身を委ねられる拠点。

指定エリアのついでに立ち寄る者、あるいは思い切って1、2回飛ばすつもりで休息を求めに来る者。様々な思いでこの場に身を寄せているのだろう。

そしてそれを管理する学校関係者も慌ただしく働いている。

「それで……スタート地点を目指した理由は何なのですか？」

「その前に課題だ」

「あ、そういえばそうでした」

高円寺《こうえんじ》と綱引きをしたC5から移動しC8のエリアに足を踏み入れた頃、スタート地点であるD9に課題が出現していた。

課題・オープンウォータースイミング
スタート地点からゴール地点までの約2㎞を泳ぐ競技。

これまでの課題の中でも、身体能力が問われるものの中ではトップクラスにハードルが高い。そのためか得られる得点は20点と一番の高さを誇っている。

エリアとしては到達しやすいため参加上限にすぐ達しそうだが、内容が内容だけに参加してくる生徒の数は必然限られる。

それにしても、今日の海は結構荒れているな。

海で泳ぐのはプールで泳ぐのとわけが違う。危険も伴うからこそ、このスタート地点付近でのみ開催可能な課題と言えるだろう。

万が一の時はライフセーバーが駆け付けるようにスタンバイしているはずだ。

登録の受付は港の方で行っているようなので、そちらに足を向ける。

遠目にも、それなりの人数が揃《そろ》っているようにも見えるが、果たして。

2人でエントリーするため港に着く。

「申し訳ありません。男子の方はつい数分前に最後の枠が埋まりまして」

ビーチフラッグスを思い出すような、女子の1枠だけが残っている状態だった。

けしてキャパシティの大きな課題じゃないが、見送る生徒は多いと思っていた。

しかし何より驚いたのは――――。

「先輩……アレ、高円寺《こうえんじ》先輩ですよね？」

先に見えるのは間違いなく高円寺の背中だ。

まさか課題が発表されてからこっちに来たわけじゃないだろうが……驚きだ。

「えっと……」

「競技に参加する気があるなら行った方がいい。ただ、体力の方は大丈夫か？」

ここまでの道のりはけして簡単なものではなかった。

既に七瀬《ななせ》の体力は底を尽きかけていると言っても過言じゃない。

着替えや課題開始までの僅《わず》かな時間で体力回復を行わなければならない。

「万全とは言い難《がた》いですが……折角《せっかく》の機会なので頑張りたいと思います」

意気込みは十分なようだな。

「向こうの方で待ってる。終わったら来てくれ」

「はいっ」

オレは七瀬を見送ってから1度その場を後にする。

それから、このスタート地点に立ち寄った一番の目的を果たすためある人物へ接触を試みる。目的の人物は砂浜にパラソルを立て、ビーチチェアに優雅に腰をかけていた。

「こんにちは綾小路《あやのこうじ》くん。今日もとても暑い1日になりそうですね」

「調子は？」

「それなり、というところでしょうか。一之瀬《いちのせ》さんと柴田《しばた》くんには頑張っていただいておりますし贅沢《ぜいたく》は言えません」

坂柳《さかやなぎ》のグループメンバーは一之瀬と柴田。坂柳は足が悪いため半リタイアという形で試験に参加している。当然人数が少ない分到達ボーナスは1度に2点しか入らない。

「ひとつ聞きたかったんだが、着順報酬《ほうしゅう》は貰《もら》えるのか？」

リタイアした生徒がいると着順報酬は消えるが、坂柳の立ち位置は特殊だ。

「ありがたいことに認めていただいております。意図的なリタイアではありませんしね」

今は上位10組には顔を出せずとも、それなりの成果は残しているとみていいだろう。

「ところで今日はどのような用件でスタート地点に？」

「用件の1つは、無駄足に終わった」

オレはこれから始まるであろうオープンウォータースイミングの方へ視線を向ける。

「惜しくも最後の1枠を高円寺に持っていかれた」

「今朝の時点で4位でしたが、現時点で2位ですか。彼は2年Ｄクラスの麒麟児《きりんじ》ですね」

「それには同意見だ」

上位陣の多くは僅差で競い合っている。もしこのスイミングで高円寺が課題で1位を取

れば、一時的に総合でも1位に躍り出る。

「課題が終わって七瀬《ななせ》さんが戻るまで30分はかかると思いますし、どうぞこちらへ。日陰になっていて涼しいですよ」

坂柳《さかやなぎ》はパラソルの下、空いたスペースを使って構わないとオレに勧めてきた。

「どうして七瀬のことを？」

「無人島での情報は定期的に私の元に届きますので」

2年Aクラスの生徒が所属するグループともすれ違う機会は少なくない。その中の誰かがスタート地点にいる坂柳に報告していたとしても不思議じゃないか。後輩の女子と2人きりで行動するのは悪い意味で目立つからな。

「でもいいのか？　オレは敵だぞ」

たった30分、と楽観視できるような気温じゃない。

日陰のないこの場所で立ち尽くせば相応の体力を消耗《しょうもう》することは避けられない。

「フフ、どうぞ遠慮なく」

上位10位内に入っていないオレを敵と見なすまでもないってことか。

課題に参加する生徒たちが浜辺から歩いて入水し準備につく。

それから間もなくして、男子のスイミングが始まった。

「圧倒的ですね」

高円寺《こうえんじ》は開幕からトップスタートを決めると、そのまま後続を突き放すようにゴールに突き進んでいく。エリアからエリアへと移動してきた体力の消耗《しょうもう》を差し引いて、まだ体力が有り余っているということか。

「今回の特別試験、随分《ずいぶん》と高円寺《こうえんじ》くんはやる気に満ちている様子。他グループにしてみれば驚威的な存在です」

確かにこの無人島に限っては、今のところ頼もしい味方と言える。

「実は坂柳《さかやなぎ》に、ひとつ頼みたいことがある」

「綾小路《あやのこうじ》くんが私にですか？　とても興味のあるお話ですね、ぜひ聞かせてください」

普通敵からの頼み事など聞きたくもないはずだが、坂柳は目を輝かせる。

「特別試験が始まってから5日経《た》つが、リタイアしたのはまだ2人」

「小宮《こみや》くんと木下《きのした》さんですね。よくご存じですね」

「オレはその2人がリタイアすることになった現場に偶然居合わせた」

そう説明すると、坂柳は興味深そうに1度頷《うなず》く。

「残った篠原《しのはら》さんがまだ奮闘しているところを見ると……どなたかと協力して耐えているといったところでしょうか」

「正解だ」

「ですが彼女の能力では後半戦も1人で戦うとなると相当厳しい。早い段階でどこかのグループに吸収させたいと考える……なるほど」

オレが説明せずとも、何を頼みにきたか推理する坂柳。そのまま話を続ける。

「それで私の協力を得たいということですね。龍園《りゅうえん》くんにはお会い出来ましたか？」

「小宮と木下のことは結構買ってるみたいだからな、オレの案に乗った」

「そうですか」

面白そうに微笑《ほほえ》む坂柳だが、確認するように視線を向けてきた。

「龍園くんが手を貸すのは自然な話ですが、私にはメリットがありません。強いて言えば２年生のクラスポイントが他学年に流れることを防ぐというところですが、正直Ａクラスに損害がないのなら気にするほどではないと考えています」

素直に話を聞いてはくれたものの、それとこれとは別ということだ。

「ですが、同じ条件での協力を飲んでいただけるのなら話は別です」

その提案は至極《しごく》当然のものだ。察しの良い坂柳のお陰で最短で話がまとまる方向へ進む。

「条件を飲もう。と即答したいところだが、どうしても人手が必要になる」

「もちろんお待ちさせていただきます。ただこの戦略には時間と労力が必要になりますし、動くなら急いだ方がよろしいかと」

「そうだな」

それに、似たようなことを早い段階から南雲《なぐも》は実行しているとみるべきだ。

恐らく中盤から後半にかけて、この戦略を用いた戦いが繰り広げられる。

「また連絡する」

「伝達役はお任せいたします。堀北《ほりきた》さんでも龍園くんでも」

オレは頷《うなず》き、長居しないよう坂柳《さかやなぎ》の元を離れる。

ここは悪い意味で目立ちすぎる場所だからな。

その後、改めて港の中心に戻ってくる。

目に飛び込んできたのは数名の生徒。1年生たちが真嶋《ましま》先生から商品を受け取っているところだった。どうやら真嶋先生は売買を担当しているらしい。

オレはポイントをほぼ持っていないが、立ち寄ってみる。

「どうも」

「綾小路《あやのこうじ》か。……ちょうどよかった。商品を見ながらでいい、話を聞いてくれ」

真嶋の提案に乗り、オレは適当な商品に視線を落としつつ近づいた。

「この無人島試験が始まってからも、月城《つきしろ》理事長代理の方に目立った動きはない。おまえに対して何かを計画しているといった動きも見受けられない」

「つまり何もしてくる心配はないと」

「……そうだ。と言いたいところだが妙な動きが全くないわけじゃない」

「と言いますと？」

ゆっくりと移動しながら、商品を時折手に取ったりする。

「この試験では、いつ誰がどこで危険な目にあうとも限らない。特に緊急を要する怪我《けが》をした際には小型船かヘリを使って救出に向かう準備も整えている」

「当然でしょうね」

島の反対側で助けを待つ場合や天候次第では船、一刻一秒を争う時にはヘリ、使い分けのためにスタンバイしているのは不思議なことじゃない。

「ヘリは一機、小型船も１隻用意するとなっていたはずが、何故《なぜ》か船は２隻用意されていた。調べると、月城理事長代理が念のため用意させたことが分かった」

この試験中も真嶋先生は監視をすると共に情報を集めることも怠らなかったようだ。

「救護が重なるケースを見越して、とも考えられますよね」

「もちろんそうだ。あくまでも１つ引っかかるとすれば、という話だ」

本来１隻だけ用意するはずだった小型船が、２隻か。

しかし、幾《いく》ら小型とはいえ船を動かすとなれば目立つことは避けられない。生徒からのＳＯＳもなしに小型船を動かすことはまず難しいだろう。何より、船を引っ張り出したとしてもオレとどう繋《つな》げるのかという問題もある。

「理事長代理は普段どこに？」

「基本的には設置してあるテント内の、モニター室に待機されて、生徒たちの腕時計に異常がないかをチェックされている。もちろん、他のスタッフたちと一緒にな。それから日に何度か無人島内の見回りを数時間されているようだ」

「理事長代理がわざわざ自分の足で、ですか」

「そうだ」

何をしているかは分からないが観測不能な時間が１日の内に数時間あるということ。

「どうにも嫌な予感がする。気を付けろ綾小路《あやのこうじ》」

「わざわざご忠告ありがとうございます」

もちろん、最大限警戒するつもりでいるが試験を無視することは出来ない。どうしても基本移動という強制的な問題に縛り続けられるからな。

3

スタート地点で行われているオープンウォータースイミング。

その結果、七瀬《ななせ》は1位を逃したものの3位に滑り込み得点をゲットする。

過酷な長距離を短時間で駆け抜けたことを思えば上出来だろう。

戻ってきたところで労《ねぎら》いの言葉をかけるも、七瀬の顔に喜びは少ない。

「1位を取ったのはウチのクラスの小野寺《おのでら》。こと水泳においては強敵だ、あまり負けたことを気にしない方が良い」

水泳部の小野寺を相手によく食らいついていた。

「はい。確かに小野寺先輩は凄《すご》かったです。でも私が気にしたのは——」

振り返った七瀬が見つめる1人の人物。

それは男子の部で圧倒的な実力を見せつけて1位をもぎ取った高円寺《こうえんじ》だ。

「私たち以上の速さでスタート地点に戻った上に、驚異的なタイムで1位でした」

しかも高円寺は呼吸ひとつ乱さず優雅に海を眺めている。

「変人かつ超人だ。それこそ気にするだけ無駄なことだぞ」

そう言いつつも、クラスメイトであるオレも高円寺に関しては、特別試験で２度も３度も評価を書き換え直している。先ほどの綱引き１つ取ってもそうだ。

つくづく底の見えないポテンシャルを持っている。

天然でやってのけているのだとしたら、まさに紛《まぎ》れもない麒麟児《きりんじ》だと言えるだろう。

報酬《ほうしゅう》の20点を加えて、高円寺が一時的に１位へと浮上する。

しかしこれで南雲《なぐも》が不利になったわけじゃない。

むしろ南雲の方が圧倒的に優位な立場にいることは揺るぎないだろう。

今後、南雲は間違いなく最大人数にまでグループ人数を増やす。

６人となった南雲グループは加速度的に得点を増やし独走を始めるだろう。

ここまで単独で戦っている高円寺が凄《すさ》まじくとも、物量には勝てない特別試験だ。

果たしてその時、高円寺はどう立ち向かうのか。

それからオレたちは次のエリアが発表されるまで休息することに。

無料で飲める水分を取りつつ、横になって一時の安息を得る。

それから午後１時、３回目のエリアが発表された。

Ｈ９だった指定エリアから一気にランダムで飛んで、Ｂ６。

ここまでで合計５回連続でスルーしたオレは得点を幾《いく》つか失っている。

何としてもここで指定エリアを踏んでおきたいところだ。

「距離としてはそれなりにありますが……先輩」

B6を見た七瀬《ななせ》が、輝いた目でこちらを見てきた。

「森を抜けるとなると一苦労だ。だが、D8C8を浜辺から抜けてB8の浜辺に出る。そこから北上すれば迷うことなくB6エリアだ」

同じルートを思い描いた七瀬が頷《うなず》き、立ち上がる。

「ありがたいことに体力も回復しましたし水分補給も出来ました。問題なく行けます」

名残惜しくはあるが、スタート地点を離れ再び無人島の森へと歩き出す。

しばらくの間は多くの生徒を見ることが出来たが、1度森の中に足を踏み入れると途端に孤独との戦いに再突入する。

直射日光の強かった浜辺と違い、ジメジメとした蒸し暑さが身体《からだ》を蝕《むしば》み始める。

「もう喉が渇いてきましたね」

「スタート地点で水分補給出来るのはありがたいが、水が恋しくなるからな」

好きなだけ飲める分、また節水を強いられるとその反動がどうしても大きくなる。だからこそ得点を稼がないといけない中、スタート地点周辺に留《とど》まろうとするグループも必然的に出てくる。

「私が思っていたよりも多くのグループがスタート地点に固まっていたのは、やっぱり4日も5日も無人島で生活していると辛《つら》く苦しくなってくるからでしょうか」

「それもあると思うが、それだけじゃない。一番の要素は下位10組の可視化だ」

「……そうか。退学のリスクがあるのは最下位を含めて5組まで。４日目からはタブレットで逐一状況が分かるからこそ、余裕が生まれる……」

３日目終了時点までは、恐らくほぼ全ての生徒が全力で戦っていただろう。右も左も分からない無人島で走り回り、指定エリアと課題に振り回されながら1点でも多く積み上げる必要があったからだ。根底にある『退学』から逃れるために。

しかし、４日目でそれは大きく変化した。自分の持ち点と下位の点数を比較し、一日に稼げる得点がどれほどなのかを、３日という浅い経験から生んだ正確でない物差しで測り有利か不利かを判断する。

「ですが仮に10点20点のリードがあっても、絶対の保証はありませんよね？　私なら頑張って30点でも40点でも多く集めてリードしておきたいです」

「もちろん頭では誰だってそうすべきだと分かってる。最初から最後まで全力で戦うつもりでこの特別試験に臨んでいるからだ。だが現実はそう甘くない。今オレたちが水を飲みたいと強く思うように、1度甘い思いをすると引き締《し》めた心は緩《ゆる》むように出来ている」

「なるほど……言われてみたら分かったかも知れません。筆記試験の前日に徹夜しようと覚悟を決めても、5分だけ寝たいなとか、10分だけ寝たいなって思って、それでつい布団の中に入ると朝まで寝ちゃったりして……」

そんな経験が七瀬にあるのか、過去を思い出して恥ずかしそうにする。

「4日目からは食料も水も手持ちが尽きてくるし疲労も蓄積している。スタート地点に立ち寄ったからこそ分かると思うが、あの場所で他のグループが休んでいるのを見たら、自分たちも少しくらい休むべきだと考えるのは自然の流れだ」

もし仮にスタート地点で誰も休んでいなかったなら、多くのグループは頑張るしかないと頭を切り替えて再出発に踏み切れたはず。

「スタート地点で休みながら相談しあってるはずだ。ひとまず得点はリードしているのだから、水と安全が確保できるここで休息を取りながら無理せず課題を拾おう。そしてある程度食料や水を確保できたら再出発だ、と」

話を聞きながら七瀬《ななせ》が頷《うなず》く。しかしふと新しい疑問が湧いてきたようだ。

「じゃあ、そのその甘えを捨てて強行することが正解……でいいんでしょうか？」

「七瀬は多く得点を集めるためにリードしたいと言ったが、疲れは溜《た》まってきてるんじゃないのか？　オレよりも体を動かす課題に挑んでるわけだしな」

「は、はい。さっきは頑張ると答えましたが、実際ペースは初日と比べると落ちていると思います。明日、明後日になればもっとペースが下がっている気がします」

口には出さないが、肉体的なダメージは想像以上に深いだろう。

課題だけでなく、この5日間で果たして何十キロの道のりを歩いてきたか。

「休むことは大切だし、時にはムチ打ってでも得点を集めなければならない時がある。要はどのタイミングでそれを行うか、という部分が重要になる。絶対に避けなきゃならないのは、多くの生徒と同じ行動をしないことだ」

大勢が休む選択をしたのなら動き、大勢が動いている時こそ休む。

「私はこの数日間、綾小路《あやのこうじ》先輩が手を抜いて特別試験をしていると考えてました。でもそれは前半にピークを持ってこないように立ち回るため、だったんですね？」

「基本的な方針はそうだ。もちろんチャンスだと思う場面があれば無茶《むちゃ》もするが、競争率の高い課題に必死に食らいついても得られる点数は限られる」

参加できれば勝てると思う課題はこれまで幾《いく》つもあったが、その多くは先客がエントリーしていたため挑戦権すら与えられなかったからな。

「あの……どうして私にそんな話を聞かせてくれたんですか？　ここまで先輩は、何となくそういったこともはぐらかすというか誤魔化《ごまか》してこられたと思っています」

どうして、か。確かにその通りだ。オレは普段こんな話を人に聞かせたりしない。

何故《なぜ》隠そうともせず、オレは戦略の『一部』を口にしたのか――。

２人で無人島を巡るのも数日経《た》つと相手のことがよく分かってくる。

七瀬翼《つばさ》という生徒が、どんな性格をしていてどんな考え方を持っているのか。勉強も運動も人並み以上に出来る真面目な優等生。指示されたことには文句なく従うが、間違っていることや疑問を感じたことには相手が誰であれ迷いなく指摘する。何より芯の部分が太く厚いため簡単に折れることはない。それは長所であると同時に短所でもあり、不器用な生き方だとも言える。そんな七瀬だからこそ、宝泉《ほうせん》と手を組んだことに違和感を感じずにはいられない。ホワイトルーム生としてオレを退学にしようとしていたからなのか。

それとも何らかの別の理由を抱えているからなのか。

無人島でオレに同行したいと言い出したのは、その隙を突くためだと考えていた。

だからこそ、オレは様々な場面で気を抜いたように見せてきたつもりだ。

暗い森の中であれば、何が起ころうとも監視の目は行き届かない。

だが結局七瀬《ななせ》は1度もそんな素振りを見せることはなかった。池《いけ》の悩みも、篠原《しのはら》たちが困っているときも全力で助けようと協力してくれていた。

「分かりやすく言えば、七瀬は明確な敵だ。それは他学年と競い合う特別試験であることもそうだし、オレを退学にすれば2000万ポイント貰《もら》えるという例の件もあるからな」

「……はい。私は先輩を騙《だま》し討《う》ちしようとしました」

「だが、どうにも敵と思えない部分がある」

「明らかな敵対行動を取っているのに、ですか……？」

「不思議だな。それからもう1つは、オレが話さなくてもある程度はこっちの戦略を分かっていると思ったからだ」

ここで驚いた様子を繰り返し見せてはいるが、本心では気が付いている。

気が付いていないながら気づかないフリをして、オレから何かを引き出そうとしている。

「これはあくまで、オレの勘でしかないけどな」

そこまで話すと七瀬は黙り込んでしまった。

オレも深くは追及しないようにし、２人で森の中を静かに歩いていく。

まずは今日、指定エリアに追い付くことを最優先に考える。

４

「ふーっ。なんとか最後のエリアにも無事辿《たど》り着《つ》きましたね」

全身の疲れを逃がすように、七瀬は息を吐きながらその場に座り込んだ。

本日４回目の指定エリアはＢ６真上のＢ５。

この距離を移動するだけでも七瀬にはかなりの負担だったはずだ。

「相当無理してたみたいだからな」

スタート地点から歩き出してしばらくは良かったが、だんだんと七瀬の歩くペースは遅くなっていた。場合によっては七瀬を残し、オレだけが指定エリアに行くことも視野に入れていたが、結局最後まで根性でついてきた。

「正直に言うと、スイミングの課題はかなりきつかったです」

あれで残していた余力をごっそりと削られたことは間違いないだろう。

「今日はこれで終わりだ。どこかテントを張る場所をゆっくり探せばいいだろう」

しばらく休憩して七瀬が歩けるようになるのを待ってから、適切な場所を探す。

周辺でしばらく探していると、開けた場所に出る。そこで１組のグループに出くわした。

これから夕食を食べるところだったのか、様々な調理器具がテント前に並んでいる。

「やあ」

十分スペースのある良い場所だったが、特別親しくない間柄でテントを設置するのはハードルが高い。横目に通り過ぎようとしていると、グループの1人に声をかけられる。2年Cクラスの浜口哲也《はまぐちてつや》だ。軽く手を挙げて答えると、それに釣《つ》られ七瀬《ななせ》も会釈《えしやく》した。

「急いでる？」

「いや、ちょっと海の方に行こうかと思ってたが、ここが今日の目的地だ」

「それならちょっと寄り道して行かない？」

浜口と話すのは昨年の無人島、その帰り道に行われた船上試験以来だ。

あの場で少し時間を共有しただけで、普段の学校生活では接点が皆無。

友人と呼べる間柄とは程遠いんだが……。

一体どういうつもりで声をかけてきたんだろうか。

「迷惑だったら無理しなくてもいいんだけど」

沈黙の長かったこちらを見て、少し申し訳なさそうに付け加えた。

文句のひとつも言わずついてきている七瀬だが、疲労はピークに達している。

「じゃあ、ちょっと休憩させてもらおうか」

「どうぞどうぞ」

まるで親しい友人を部屋に招き入れるかのように浜口は拠点へと通してくれる。

この雰囲気が出せるのは一之瀬《いちのせ》のクラスメイトならではだろうな。

しかし気になるのは浜口ではなく残りの２人。

話し声が聞こえたことで、テント内から２人がほぼ同時に顔を出した。

安藤紗代《あんどうさよ》と南方《みなみかた》こずえだ。

時折オレの方に視線を向けながら、互いに耳打ちをして何かを話しあっている。

「無理して誘っているのならすぐに立ち去る」

他クラスの生徒が傍《そば》にいることで居心地が悪いなら立ち去る方が良いだろう。

そう思ったのだが、安藤と南方は慌てて止めに来た。

「違うの違うの。ちょっと違うこと話してて。綾小路《あやのこうじ》くんとは話もしてみたかったから、今日はここでキャンプして行きなよ。ねえこずえ？」

そう言って安藤が南方に同意を求めると、同調するように立て続けに首を縦に振る。

「休憩して行くのが決まったのなら、歓迎会を開かないとね」

浜口はそう言うとテント内に置いてあるバックパックを持ち出してくる。

隠すこともなく広げるようにチャックを開けると、大量の缶詰が顔を覗《のぞ》かせた。

「凄《すご》い量だな」

目に見える食料だけで、１週間は楽に乗り切れそうなほどだ。

「僕らは、実は３人ともが１・５倍のポイントでスタートしてるんだ。だから他のグループよりも食料に回す余裕があるんだよ」

そのことは調べがついているが、この場では素直に感心した素振りを見せておく。通常なら3人で15000ポイント。しかし浜口《はまぐち》たちは22500ポイント。豊富な肉やバーベキューコンロを買ったとしても十分にお釣《つ》りは来る。もちろん、この手のアイテムは移動に不向きだ。重量もかさむ。

2年Cクラスの強みは、生徒の個人プレーが少ない点が挙げられる。にもかかわらず一見すると余剰ポイントで無駄な買い物をしているようにも見えるがそうじゃないだろう。おそらくは一之瀬《いちのせ》の考え。大量の食料を持って移動するのは極めて大変だ。特にコンロなどの道具は基本的に邪魔にしかならない。だが、誰かが持っていると話は変わってくる。肉や魚を調理する上で便利なアイテムを共有するという考え方。

今回の特別試験では食べ物を分け与えることは正式な形で認められている。この3人が2年Cクラスにとっての台所番と考えるとしっくりくる話だ。

浜口はバックパックから串の束を取り出す。

「とても面白い戦略ですね」

七瀬《ななせ》もオレと似たようなことを考えていたのだろうか、そう呟《つぶや》く。

「そうかも知れないな」

「私たち1年生は団結力が大きく欠けています。誰かのために、という気持ちを持てている生徒はそう多くないでしょう」

しかし、そうなると浮上してくるのが別の問題だ。

食料を守る役目を持っているのは重要だが、そうなると得点の問題が発生する。

エリアの指定移動によるペナルティは、最悪１人がカバーすればいいが、それでも周囲のライバルたちには徐々に引き離されていく。そうなれば、必然的に退学への入り口に立たされることは避けられない。

「２人とも焼き肉でいいかな？」

「え、どういうことでしょうか？」

「今日の夕飯くらいはご馳走《ちそう》させてもらうよ。ねえ２人とも？」

同意を求めた浜口に対し、女子２人は嫌がる素振り１つ見せず即答して頷《うなず》く。

「いや待ってくれ。気持ちは嬉《うれ》しいがいただくわけにはいかない」

「そうですよ。貴重な食料なんですから」

オレと七瀬は３人の好意をありがたく感じながらも断りを申し出るが、浜口は聞き入れようとせず食事の準備を続ける。なんともお人好《ひとよ》し過ぎる。困っているクラスメイトをサポートするために使うべきで、他クラスや他学年を助けるために消費するものじゃない。

浜口はお構いなしにクーラーボックスからバックパック詰めされた肉の塊を取り出す。

「本当に気にしないでいいよ。今日、たまたま課題の報酬《ほうしゅう》で牛肉が手に入ってね。どの道長くは持たないから僕らで消費しなきゃいけなかったんだ」

どうやら串にカットした肉を刺して本格的な料理を振る舞ってくれるようだ。

更に居心地の良い空間を作るためか、蚊除《かよ》けまで持ち出してくれる。

「本当にいいんでしょうか……私なんかがご馳走《ちそう》になっても」

「遠慮しないで」

いくら世話焼きが好きなクラスの傾向があるといっても、どうしてオレなのか。

通り行く生徒全員を招いているわけではないだろうしな。

「どうして僕が声をかけたかが気になる？」

「ご馳走まで用意してくれるっていうんだからな。気にもなるさ」

少しだけ考えたあと、浜口《はまぐち》はその理由を少し言葉にする。

「綾小路《あやのこうじ》くんの話は最近よく耳にするから。僕らも話したくなったんだ。ね？」

「うんうん」

説明に合わせるように南方《みなみかた》と安藤《あんどう》も同意する。

「というと？」

「だって──ねえ？」

分かってるでしょ？　と安藤がこちらに確認をしてくる。

オレが何も答えずにいると、だんだんと安藤と南方は驚きの表情に変わっていく。

「え、じゃあやっぱりまだ何も進展してないの？」

「うそー。友達以上恋人未満くらいにはなってると思ってたのに」

「もう、ねえ？　ここ最近帆波《ほなみ》ちゃんの口からよく綾小路くんの名前が出るんだから」

「そうなのか？」

「こんなこと私たちが言えたことじゃないけど……付き合わない理由なくない？」

女子はこの手の話が好きだとは聞いていたが、よく本人の前で話せるものだ。

七瀬《ななせ》もようやく状況を理解したのか、何故《なぜ》だか興味津々な瞳を向けてくる。

「……よく分からないが、付き合うことはないと思うぞ」

「いやいやいや、ないってないって。もう1回言うけどあの帆波ちゃんだよ？」

「男子は誰も口にしないけど、多分2年生の8割9割は帆波ちゃんが好きだよねー？」

「それは間違いないと思う」

確かに一之瀬《いちのせ》がモテるであろう要素を否定する材料はどこにもないが、9割は言いすぎだ。実際須藤《すどう》は堀北《ほりきた》を、池《いけ》は篠原《しのはら》を。それ以外にも多くの恋愛模様がある。

「確かにクラスは別だけど、恋愛は気にしないでいいんじゃないかなって。クラスや学年に関係なく付き合ってるカップルって結構いるよね」

「大前提として、一之瀬はオレになんか興味ないんじゃないか」

「うわ、謙遜《けんそん》？　綾小路くんって入学当初から女子の間では結構話題だったんだよ？」

振り返ってみると、櫛田《くしだ》にもそんな話をされたことがあったな。

あまり真に受けなかったというか、深くは考えなかったが。

「綾小路先輩ってモテるんですね」

「いや、まったくモテない。女子にそれらしいことを言われたこともない」

「ほんとに〜？　あーでも、確かに話題は1回すぐに消えたよね」

「それも仕方ないって。相手を好きになるかならないかって、ちゃんと向き合って話してみないと分かんないしさ。1年前の綾小路《あやのこうじ》くんって人と話すタイプじゃなかったし」

「それ今もあんまり変わってない気がするんだけど～」

女子2人、オレの話題で面白おかしく盛り上がって笑う。

「じゃあ今の綾小路先輩は結構変わったってことなんですね」

話を聞いていた七瀬《ななせ》が、2人に対して質問するように言った。

「何となく柔らかい印象を持つようになったかな？」

ちょうどトイレを済ませて戻ってきた浜口《はまぐち》が、七瀬に対してそう答えた。安藤《あんどう》と南方《みなみかた》とは話したこともなかったが、浜口は船上試験で同じ時間を過ごしたからな。

ちょうど1年前の印象と比べることが出来る人物と言える。

それにしても……この3人には、自分たちが退学するかも知れないという恐れを感じない。具体的な得点はもちろん不明だが、けして上位にいることはないだろう。

だとするなら……。

その後もオレたちは手厚いもてなしを受け、一晩共にこの場所で過ごすことになった。

○動き出す1年生たち

特別試験『6日目』。１回目の移動先はＢ６。一直線に南下して1位を獲得。その後の2回目がＡ５。こちらも近くではあったが残念ながら到着ボーナスのみ。

そして午後1時に発表された3回目はランダム指定で、Ｃ３への移動を求められた。Ａ５にいるオレたちが指定エリアであるＣ３に向かうコースは幾《いく》つかある。１つはＡ４やＢ４にそびえ立つ険しい山を突き抜けて最短距離で進む方法。地図上でははっきりとしないものの、崖《がけ》を登る必要性も出てくるだろう。もう１つは多少リスクを避けてＣ４を越えるというもの。そして最後の１つがＤ５まで移動して川辺を通り大きく迂回《うかい》するルート。

「恐らく他のグループはＣ４越えか迂回を選ぶと思います」

「そうだな」

Ａ４、Ｂ４を上手《うま》く越えれば着順報酬《ほうしゅう》1位も現実的だろう。

「疲れは抜けきってないと思うが、少し無茶《むちゃ》な道を通る」

「最短で抜けるんですね？」

ここまでは何とかオレについてきた七瀬だが、果たしてこの先越えられるかどうか。

それを覚悟したうえで、七瀬は意思がブレることなく後を追ってくる。

そんな七瀬の前に、程なくして大きな試練が立ちふさがった。

ここまでは急な斜面でしかなかったが、目の前に大きな崖《がけ》が顔を見せる。

左右見渡す限り崖一色で、簡単に迂回《うかい》することは出来ないだろう。

となると、引き返すか崖を登るかの2択。

「い、行けますっ」

何を言うでもなく自発的に発した七瀬《ななせ》に対し、先に行かせ様子を見ることにした。

七瀬はバックパックからリボンを取り出すと、長い髪を束ねて登りやすくする。

「ッ……！」

登り始めた矢先、七瀬は足を踏み外し落下する。

「いたた……！」

お尻を撫《な》でながらも立ち上がる。幸い大した高さではなかったが、あと2メートルも上に登ったところから落ちていたらその程度では済まなかっただろう。

難度はそれほど高くないとは言っても、高さ10メートル近くあるこの崖を七瀬1人で登りきることは難しい。

「ここまでだな」

目の前の現実の壁は思っているよりも大きい。

この6日間よく着いてきたが、ここから先はオレ1人で進んでいくべきだ。

「の、登れます！」

「もし登れたとしても、そこで体力を使い果たしたら意味がない。この登頂はリスクを背負って時間を短縮するためにやっている。必ずしも全員が迂回してくるとは限らない以上一分一秒が惜しい」

　無駄話をしているのが何より時間の浪費であると、七瀬もよく分かっているはず。

「オレは行く、もしそれでも登るというなら好きにすればいい。自己責任だ」

　悔しさを隠そうともしない七瀬を置いて、オレは崖に手をかけ登っていく。

　七瀬なら冷静な判断が出来るはず。そう思い振り返るつもりはなかったが、背後から追ってくる気配を感じ振り返った。

「何してる」

「気に……しないでください。私は私で、綾小路《あやのこうじ》先輩を追いかけますから……！」

　そう言い、落ちることを恐れず腕を伸ばす。

　抜けきっていない疲労から満足な力が腕に入らず、掴《つか》んだ先の岩で震えている。

「下手したらリタイアだけで済まなくなるぞ」

　そう改めて忠告するも、七瀬は諦めることなく追いかける様子。

　どうしてそこまでしてオレに同行しようとするのか。

　もし、足手まといになることで妨害しようと考えているのなら、ある意味正解だ。

　オレは中間地点まで登っていたところから、しっかり足元を確認しつつ下へ降りる。

　それから七瀬に対し、手を差し伸べた。

「掴まれ」

「い、いえそういうわけにはいきません。手を借りない条件でお供させていただいていますから……。どうぞ私のことは気にせず先に行ってください」

「先に行って怪我《けが》をされると後味が悪い。七瀬《ななせ》に頼まれてのことなら話は別だが、これはオレの勝手な親切だ。気にすることはない」

「しかし……！」

「こんな話をしてる間にも時間を無駄にする。違うか？」

もう1度同じ事を説明すると、七瀬は反論することも出来なくなる。

「……はい」

七瀬は少し悔しそうにしながらも、オレの手を掴《つか》んできた。彼女の体力低下ももちろんだが、万全だとしてもクライミングが出来るかは別問題だ。

「先輩……クライミングの経験があるんですか？」

「いや、こんな風に登るのは初めてだ」

何事も手探りにやらなければならない試験。本来こうして手を差し伸べ助けることも、リスクを考えれば正しいやり方とは言えないだろう。

「そうなんですね……」

手を引き上げながら、掴むべき場所へと導く。

非効率なことを繰り返しながらも、オレたちは何とか崖《がけ》を登り切った。

だがそこでゴールじゃない。このやり取りだけで10分以上時間をロスしている。休む間

もなく、オレは歩き出す。ここからなら最悪七瀬《ななせ》1人でも、時間をかければ降りられる。

歩き出し、出遅れる七瀬だったが懸命に食らいついてくる姿勢はこれまでと変わらない。

何となく犬みたいだなと思いつつ、オレは先を急ぐことにした。

何とか辿《たど》り着《つ》いたC3。時間は要したが他のライバルたちはおらず1位を獲得する。

「よ、良かったぁ……！」

自分が2位の着順報酬《ほうしゅう》を得られるわけでもないのに、嬉《うれ》しそうに胸を撫《な》でおろす七瀬。

次の指定エリアまでは時間もあるし、少しだけ休憩に付き合ってやるか。

山の上ともあって、時折吹く風が心地よい。

「昨日までは殆《ほとん》ど無風だったのに、今日は風が強いな」

快晴だった空も厚い雲が目立ち始め曇り空が目立ち始める。

「高校生になっていきなり無人島生活させられるのは、流石《さすが》に驚いたか？」

「それはもちろんです。凄《すご》い学校だなって思いました」

苦笑いしながらはにかむ七瀬。

「先輩、この学校は楽しいですか？」

「そうだな。大変なことも多いが、この学校が楽しくないと思ったことはない」

日々、学校は同じような姿だが、何かが違う。

だから毎日違う姿を見せる学校を飽きることなく、楽しく通い続けられている。

「卒業までは長いようできっと早い。だから悔いのないように過ごせれば最高だ」

「……卒業……」

「どうした」

「い、いえ。何でもありません」

どこか距離が近かったここまでの数日とは異なる雰囲気を見せる七瀬。

それは入学して間もない頃、オレが見ていた彼女の姿だ。

ただそれは微弱なもの。気のせいだと言われれば気のせいで済むような話。

何か思うことがあるなら後で話して聞かせてくるのを待つしかない。

1

試験６日目午後９時。１年生を代表する数名がＦ９に集結することになっていた。

Ａクラス高橋修《たかはしおさむ》、Ｂクラス八神拓也《やがみたくや》、Ｃクラス宇都宮陸《うとみやりく》、同じくＣクラス椿桜子《つばきさくらこ》。１年Ｄクラス宝泉和臣《ほうせんかずおみ》。通常、バラバラに散っていった生徒たちが出会うことは困難だが、特別試験開始前に予《あらかじ》め落ち合う場所を決めていればその限りではない。

更に浜辺であるこの場所なら、焚火《たきび》１つで確実な目印になる。

それを主導したのは――――これまで目立った功績のない椿だった。

約束の時間は過ぎているが、宝泉はまだ到着していない。

「椿さん、宝泉くんはまだ到着していないようですね」

「ま、時間通りに来るタイプには見えないしね。あるいは来ないってこともあるかも」

しばらく待つ方向で話が進むも、高橋《たかはし》が腹部を押さえて挙手をする。

「悪い皆……ちょっとお腹《なか》痛いからトイレ。結構時間かかるかも」

そう言って慌ただしく高橋は森の方へ向かって駆け出した。

そんな高橋を見つめながら、八神《やがみ》は椿《つばき》を見る。

「全員揃《そろ》ってからの方がこちらとしては好都合ではありますが……」

少しだけ何かを考えた八神だったが、早々に話を切り出す。

「まだ宝泉《ほうせん》くんは来ていませんが、少しよろしいですか」

火を見つめていた椿が静かに振り向いた。

「何……？」

「そろそろ具体的な案を聞かせてくれてもいいんじゃないかな、と思いまして」

「どういう意味？」

「何か大きなことを企《たくら》んでいますよね？　でなければ後半戦が近いこのタイミングで、全クラスの代表者を集めようとは提案しません。単なる中間報告ではないでしょう？」

椿は視線だけを八神に向ける。

「あなたのOAAは一見すると中の下。けして注目すべき点はありません。でも、これまで1年生の戦いの中であなたは時折核心を突く発言をしていました。それに……」

「それに？」

「綾小路《あやのこうじ》先輩の退学に動いていないように見えたＣクラスですが、その実水面下で君は動いていたと僕は睨《にら》んでいます。宇都宮《うとみや》くん主導と見せておいて、その実裏ではあなたが糸を引いているんじゃありませんか？」

「ふうん。面白いこと言うんだね八神くんって。私が何か考えてると分かっていたからこそ、この集合の提案を後押ししてくれたってわけ？」

椿１人が集合を訴えたところで各クラスの大物たちはけして動かない。

目立った活躍のない椿に従う生徒は、いないからだ。

だが今回難なく集合をかけられたのは八神が強く後押ししたからだった。

「僕は１年生全体が協力し合うべきだと当初から一貫しています。仮に椿さんに深い考えがなかったとしても、状況を確認出来るだけでも有意義と考えていましたから」

「あのさ八神くん。１つ面白い話教えてあげようか？」

「面白い話ですか。とても興味があります」

「だけどその面白いことを聞いたら……何も保証できなくなるけどね」

「……まさに面白い話ですね」

少しだけ警戒した八神だが、後には引かず椿の言葉を待つ。

「八神くんさ、今私と宇都宮くんが裏では綾小路先輩を退学させようと企んでたって言ったよね？」

「ええ。一見例の試験に参加しているのは宝泉くんや天沢《あまさわ》さんだけと思えますが、椿さんたちも狙っていたと考えています」

「退学させたら貰《もら》える報酬《ほうしゅう》は2000万ポイント。誰だって魅力的に感じるでしょ」

「そうかも知れませんが、僕は違います」

きっぱりと否定する八神《やがみ》を見て、椿《つばき》は目を細める。

「違う？　悪いけどとてもそうは思えない。無害そうな顔してるけど、本当は綾小路《あやのこうじ》先輩の退学を狙ってるんじゃないの？　下手したら宝泉《ほうせん》くんや天沢《あまさわ》さん以上に」

「どうしてそう思うんです？　僕はこれまで何もしていませんよ」

「何となく見れば分かるんだよね。洞察力にはちょっとした自信があるから、さ」

八神は笑顔を崩さなかったが、その表情は明らかに固まっている。

「上手《うま》く味方のフリをして近づいておいて、後ろから刺す。普段の八神くんからは想像も出来ないような展開だけど……それを企《たくら》んでた。違う？」

どこまでも瞳の奥を覗《のぞ》き込《こ》むような椿の目を見て、八神は思わず視線をそらした。

椿が単なる生徒ではないことを感じつつ、想定以上だったことを肌で感じ取る。

「あなたは……」

「まあ、それはともかくとして。今、ちょっと不味《まず》い状況なのよね」

「不味い状況、ですか」

「今綾小路先輩には七瀬《ななせ》さんがずっと張り付いてるみたいなの。しかも本人から同行の許可を得てついて回ってるって。一応GPSサーチで確認してみたけど、2人ともC3のエリアにいるし間違いない」

「なるほど。宝泉くんは次の手を虎視眈々《こしたんたん》と準備しているということですね」

「早いうちにこっちも何か手を打たないと。もし宝泉くんが綾小路先輩を退学させたら勝ち上がり確定が決まっちゃうし。出来れば八神くんがどんな手を使って退学させようとしてるのか、参考までに聞かせてもらいたいのよね」

「ですから僕には何も……」

椿は確信めいた何かを抱いた様子で八神に近づいてくる。

「協力する姿勢を見せてもらわないと、色々損することになるよ？」

「損……？」

「大切な人の身に危険が迫るとか、さ」

「ま、まさか櫛田《くしだ》先輩に何かするつもりじゃ——！」

櫛田という名前を聞き、椿の無表情に初めて薄く笑みが浮かび上がる。

既に八神が櫛田と繋《つな》がっていること。

そして、更にその奥にあるものにまで気が付いていることを悟る。

「櫛田先輩が、何？」

「い、いえ……すみませんが、僕からお話しすることは何もありませ——っ!?」

背後に立った宇都宮《うとみや》に、突如として捕まった八神。

逃れようと抵抗するも、その力強い拘束を解くことは出来ない。

「どういう、つもりかな……。宇都宮《うとみや》くん」

「悪いな八神《やがみ》。俺はおまえのことは嫌いじゃないが……仕方がない」

宇都宮の背後に潜む椿《つばき》の存在に気付いたことであることは明白だった。

「ぼ、僕は1年生は全員味方だと考えています。不用意に争うことはやめませんか」

「持ってる情報を素直に話すか、この場でリタイアするか。2つに1つだ」

この場に集まっているのは主要メンバーだけで、助けを求めることも出来ない。

「君は、八神くんは櫛田《くしだ》先輩が綾小路《あやのこうじ》先輩を退学にするためのピースだと判断してる。それはどうして？　どんな風に生かすつもりだったの？」

「言えません……」

答えることを拒否すると、宇都宮の羽交い絞めは強くなる。

「言えないってことは、やっぱり関係あるんだ。白状する気にならない？」

「僕は――僕は櫛田先輩をただ……」

宇都宮は1度拘束を解くとすぐに八神の首に腕を回す。

「あぐっ！」

「どの道もう詰んでるよ、八神くん。ここで話さないなら直接櫛田先輩に聞くだけ」

単なる脅しではなく、椿は実行に移す強い意志を示す。

現に宇都宮を使って暴力と脅迫まがいの行動を起こしているのが証拠だった。

「最後の問いかけ。話す？　話さない？」

その１つしかない選択肢を迫られ、八神は覚悟を決めるしかなかった。

「……分かりました。全て、お話しします」

頭《こうべ》を垂《た》れながら、八神は櫛田桔梗《ききょう》の過去と、その事実を知った綾小路清隆《きよたか》のことを全て話し始めた。

全てを話し終えた頃に高橋《たかはし》が戻るも、結局最後まで宝泉《ほうせん》が姿を見せることはなかった。

○明かされる正体

7日目の朝が来た。ここまでオレが貯《た》めた得点は全部で67点。

仮に4人グループの課題参加数が0回でも、指定エリアを全て拾うだけで92点。それだけ見ると67点のオレは苦しい状況にも思えるが、それほどこの試験は甘くない。現時点でオレの総順位は51位と着実に順位を上げてきている。如何《いか》にスルーなしで移動し続けることが困難であるかを暗に示している。

グループ全体の約半数はスタート時の食料と水が尽きるまでの3、4日間、全力ペースで戦い5日目頃から停滞、港を中心に立て直しを図り始めたと思われる。しかしグループが万全な状態に戻ることは簡単じゃない。そして溜《た》まり続けるストレスと疲れは抜けきらず、長距離を移動するとなると精神的なダメージを負うことは避けられない。指定エリアのスルーは何とか阻止《そし》しなければならないため、話し合いをし誰かが単独でエリアを踏みに行くなどの手を打つところも出るだろう。スルーを止めることが出来たとしても、着順報酬《ほうしゅう》は得られず到着ボーナスの1点止まり。

一方、オレ自身の体力は、予定通り初日と変わらずキープ出来ている。

この先の後半戦に向けてギアを上げていく。

そんな中、終始衰える様子を見せず快進撃を続けているのは高円寺《こうえんじ》だ。

現時点で2位をキープし、首位である南雲《なぐも》との点差は8点と射程圏に押さえている。

更にもう1つ、2年生からは龍園《りゅうえん》、葛城《かつらぎ》グループが順位を1つ上げ9位につけている。

それにしても――――川で顔を洗っていたオレは、後方のテントを振り返る。

この数日間、行動を共に行動している七瀬《ななせ》は常に早起きを続けてきた。

だが今日に限っては、間もなく6時50分になろうかという時刻になっても姿を見せることがなかった。まだ寝ているのか、それとも体調に変化でも現れ始めたか。

連日の厳しい移動と激しい課題への参加で相当な負担を受けているだろうからな。

タオルで顔を拭きテント近くまで戻ったオレはタブレットを取り出す。

その音を聞いて、やっと七瀬はテントの中から姿を見せた。

「……おはようございます、綾小路《あやのこうじ》先輩」

「ああ、おはよう。体調は大丈夫か？」

「え？　あ、はい。それは全く問題ありません」

疲れを見せるかと思ったが、言葉や動きにキレの悪さは感じられない。

だが寝つきは悪かったのか、目の下に少しだけ影が見えた。

「今順位を確認していた。公表されてから今日まで健闘してる1年生グループがあるな」

上位10組のグループは3年生が6組、2年生が3組、1年生はたった1組。

現状、最上級生の強さを見せつけてられている形だ。

「その健闘してる1組って、宇都宮《うとみや》くんや八神《やがみ》くんのグループですよね」

昨日の時点で7位、今朝の時点で6位と高順位につけている。

「そうですね。1年生の中でも——はい、特に精鋭グループですから」

精鋭と答えた割に、七瀬《ななせ》の言葉は歯切れが悪かった。メンバーは1年Aクラス高橋修《たかはしおさむ》、1年Bクラス八神拓也《やがみたくや》、1年Cクラス宇都宮陸《うとみやりく》の男子3人組。

「Dクラスの私としては彼らの頑張りを素直に応援できない部分はあります」

「なるほどな。確かに」

こういうケースだと、高橋たちが3位内に入るよりも他学年に頑張ってもらった方が1年Dクラスとしてはありがたい展開だな。

「それにしても3年生はやっぱりすごいですよね。AクラスからDクラスまで満遍なく上位10組に顔を覗《のぞ》かせているんですから」

その点に関しては、オレも感心しているところだ。

3年生のグループは今や6組にまで増えている。それを牽引しているのは間違いなく首位の南雲《なぐも》グループだろう。

課題に挑んだ数もトップだが、そこで残している成績も1位が圧倒的に多い。

3年生の意地を見せろ、そんな気迫が伝わって来るようだ。

「でも綾小路《あやのこうじ》先輩も凄《すご》いです。単独なのにしっかり得点を稼がれてるんですから」

「と言っても、ここから上位に食い込んでいくのは楽じゃない。結局のところ3位内に入らなければ大きな報酬《ほうしゅう》は得られないからな」

退学を回避し、上位50％の報酬を得るだけでは実入りは少ない。

堀北《ほりきた》に借りている金を返すこともままならないだろう。

「楽じゃないと言いつつ、先輩に焦りはありませんね」

「棚ぼたを期待してるんだ。そろそろグループのリタイア者が増えてもおかしくない」

「……そうですね」

お互いに話すことがなくなったタイミングで、ほぼ同時に空を見上げた。

昨日までの6日間は天候に恵まれたが、今日からは状況が大きく変わってくる。

灰色の厚い雲が空を覆い今にも泣きだしそうだ。確認した予報では午前中には降り出すってことだったが、持ってあと2時間か3時間か。

少なくともオレは雨具関連にポイントを割いていない。衣類や靴が水浸しになれば重さと寒さで体力を奪われる。足元がぬかるめば移動速度も落ちる。

タブレットでは上位10組下位10組以外のグループの詳細を知ることは出来ない。

単独で行動している堀北は大丈夫だろうか。この試験が始まる時に会話してから、ここまで1度も顔を合わせていない。怪我《けが》、あるいは体調を崩せば一発でアウトだ。

ともかく天候が崩れてしまう前に1回目の指定エリアはモノにしておきたい。

身支度を済ませ、オレたちは朝7時のエリア指定を受けて移動を開始する。

朝1度目の指定エリアはありがたいことにC3と近場だ。

ここからならそう多くの時間を必要としないだろう。

と、タブレットを閉じようとしたところでメッセージが届いていることに気付く。

確か学校側から全生徒に連絡が入ることがある、って話だったな。

『天候の状況次第では基本移動、課題を休止する可能性が出て参りました。定期的にタブレットを確認するようにしてください』

どうやらこの天候に学校側も判断を迫られることになりそうだな。

点数を得る機会の喪失は、下位の生徒たちにとって命運を分ける可能性がある。

ギリギリまでは決行すると思われるが、頭の片隅にはおいておこう。

「よし、行くか」

数歩踏みだしたところで七瀬《ななせ》がついて来ていないことに気が付く。振り返ると、ぼーっとした様子で立ち尽くしており、歩き出したことにすら気が付いていないようだった。

「七瀬？」

こちらが名前を呼んで初めて、自分が出遅れていることに気付く。

「すみません、今行きますっ」

謝りながら慌てて追い付いてくる。

体調に問題がないのであれば、精神的な問題か。

昨日と今日で明らかに変化が起きていることだけは確かだ。

オレとのやり取りで特に変わったことはなかったはず。

かと言って、第三者とのやり取りがあったとも思えないが……。

1

着順報酬《ほうしゅう》の1位を獲得したオレは、近場の課題が出現するのを待っていたが、天候の兼ね合いもあってか昨日よりも出現する数が少なく参加できそうな場所はなかった。

結局余った1時間半ほどの時間をのんびりしながら潰《つぶ》す。

そして午前9時を迎え、本日2度目の移動となる新しいランダム指定エリアはE2。

ランダム指定であることを思えばかなり近いエリアが選ばれたと言える。

是非ともここは拾っておきたいところだが……。

「ここからの移動はちょっと考える必要がありますね」

「だな」

目的地までを最短で目指すならD2D3の山越えをする方が早い。

昨日までの状態なら迷わずそのルートを選択していただろう。

だが、何とか保ってきた天気はそろそろ限界だ。

一度雨が降り出してしまえば、普段は通れる道も困難なものに変わる。

「どうしますか」

「そうだな……。迂回《うかい》してE2を目指すのが無難だろうな」

万が一降り出して危険だと判断すれば、途中で諦めることも簡単だ。

「それは分かります。この後の天気次第では歩くこともままならなくなりますし」

分かるといいつつ七瀬《ななせ》の顔は納得がいっていない。

「私としては山越えをしたいです」

「降り出すと足元は一気に崩れる。かなり危険だぞ」

滑落《かつらく》する恐れも、絶対にないとは言い切れない。

「ライバルの多くが天候を見越して迂回《うかい》をすると思います。降り出す前に走破しましょう」

それは、同行を願い出る人間としての最低限のマナーのようなもの。

この数日間1度としてこちらの決定に不服を申し出ることはなかった。

位の得点を重ねておくべきではないでしょうか。しかし、だからこそここで1
もちろん七瀬は、そのことを分かって切り出したはずだ。

単にこちらの意思を捻《ね》じ曲《ま》げて欲しくて言い出したとは思えない。

「オレが山越えを選択しなかったらどうする？」

それを確かめるため、この質問をぶつけることにした。

少しだけ答えるべきか迷う仕草を見せたが、すぐに真《ま》っ直《す》ぐ見つめてくる。

「……その場合は、私1人で山越えにチャレンジします」

「非効率にも程がある。宝泉《ほうせん》や天沢《あまさわ》がE2に来るとは限らない」

七瀬が最速で指定エリアに辿《たど》り着《つ》いても、着順報酬《ほうしゅう》が得られる保証はどこにもない。

仮に天気が崩れる前に山越えを果たせても、グループの2人も似たようなタイムでなければ何の価値もない。何故《なぜ》今回に限って無意味に近い山越えにこだわるのか。
こちらとしては行かせてもいいが、女子1人での山越えはかなり危険だ。
責任があるわけじゃないが、せめて安全なところまで見送りたいところ。
それにまだ、七瀬が同行を求めてきた理由は判明していない。
ここで別れることを選択すれば、その答えを知ることはこの先なくなるだろう。
「分かった。七瀬がその覚悟ならオレも山越えに付き合おう」
「ありがとうございます」
そう答えた七瀬の顔を見て、ひとつ分かったことがある。
七瀬はオレが山越えに付き合うことを確信していたということだ。
「ルートが決まったなら、即行動だ」
決死の思いで山越えを果たして1点でしたじゃ、笑えないからな。
しばらく東に歩き、傾斜のキツイ道に足を踏み入れた辺りで風が強くなってきた。
空の色もより濃いねずみ色に変わり、いつ雨が降り出してもおかしくない。
タブレットで位置を確認すると、GPSは間もなくD3マスに到達しようとしていた。
指定エリアに辿り着くまで保ってほしいが――――。
後ろからは僅《わず》かに早くなった七瀬の呼吸音が聞こえてくる。
今日はまだ特に難しい道を通っていない。息が上がるには早すぎる。
先日までの疲れが蓄積している影響か？

もし体調の不調があるのなら、ここでテントを設置して雨雲が去るのを待つのが賢い選択だ。万が一風邪を引けば、腕時計から学校側へその症状が分かるデータが送られる。悟られないよう露骨にではなく、僅《わず》かにだけペースを落とす。少しでも七瀬《ななせ》が音《ね》を上げればそこで足を止めるつもりだったが、そう簡単に音を上げるタイプでないことも確か。今のペースから更に落ちるようなら強制的に止めるしかない。

無言で傾斜面を一歩一歩踏みしめて進んでいく。気温がぐっと下がったことで湿度も増しているようだ。オレも七瀬も、履いているのはごく普通のランニングシューズ。この手の道を歩くのに適しているとはお世辞にも言い難《がた》い。実際、歩けば歩くほど七瀬のペースは確実に落ちていた。そろそろ決断の時が近い。一度立ち止まる。

「あの……私まだ――――！」

「バックパックを貸してくれ」

「え？」

「荷物を背負ったままじゃ、今のペースは維持できない」

「そんな……先輩に持たせることなんて出来ませんっ」

「それはペースを守れてるヤツの言えるセリフだ。このままじゃオレも順位による得点を捨てなきゃいけなくなる。それなら荷物を持ってでも早く歩いてもらう方がいい」

見栄《みえ》と実、どちらを取るか、という話。

その話を持ち出されては、七瀬に拒否する権利などあるはずもなかった。

「しかし荷物は相当な重量です。いくら先輩でも厳しくなると思います」

「それは持ってから考える」

「……分かりました」

渋々従い、七瀬は背中のバックパックを降ろす。それからオレに申し訳なさそうに両手で手渡した。中身の違いはあるだろうが、オレとそう変わらない重さのバックパック。

これなら最初のペースで歩くことにも支障は出ないだろう。

通常は腰で支えて負担を軽くするものだが、この場合は仕方がない。

オレは両手に抱え改めて歩き出す。

「ほ、本当に大丈夫ですか？」

「口よりもまずは足だ」

七瀬はオレの忠告を受け止め、口をしっかりと結ぶ。

それから背後2メートルほどにぴったりと張り付いて七瀬が歩き始めた。

2

ますます周囲は薄暗く視界もかなり悪くなり始めていた。

風もより強くなり、時折猛烈な風も吹き荒れている。

悪条件が重なりつつある中、朗報なのは斜面をほぼほぼ登り終えたことだろう。

あとは少し平坦《へいたん》な道を進み下っていくだけ。

もちろん下りにも足を取られないよう注意しなければならないため油断は出来ないが。

「ここまで来れば大丈夫です。荷物……私が持ちます」

「本当に大丈夫か？　また受け渡しを繰り返して時間のロスは避けたい」

「はい、大丈夫です。助けていただきありがとうございました」

自分の状態を確認した上で行けると答えたので荷物を返す。

それを両手で抱えた後、七瀬《ななせ》はバックパックを背負うでもなくジッと見つめた。

「いいか？　歩き始めても」

そう聞いても、何も答えようとしない。１秒でも早く目的地を目指す動きではない。

「綾小路《あやのこうじ》先輩。先輩に聞かせて欲しいことがあります」

「今日は朝からずっと、何か考えているような顔をしてたな」

いや、正確には同行を求めてきた時から何かを知りたがっているようだった。

「やはり……バレていましたか」

強く驚くこともなく、七瀬はこちらの返しに対して素直に頷《うなず》いてみせる。

「私がこの数日間、ずっと綾小路先輩の傍《そば》についていたのには理由があります」

足を止めたままの七瀬が、そう言って理由を説明し始める。

単に同じテーブルだったから、という話じゃないことは分かり切っていたこと。

ようやくその答えを教えてもらえるということだろう。

「ですがその前にひとつ謝らせてください」

背を向けると、バックパックを傍の大きな木に立てかける七瀬。

「今日、先輩は次の指定エリアであるE２に辿《たど》り着《つ》くことはありません」

「それはおかしな話だな。オレたちは急ぎそこに向かってるんじゃなかったのか？」

「私が山越えを希望したのは、先輩をこの場所に導くためでした」

つまり、七瀬の目的地は指定エリアのE２ではなく、ここD３北部だったということ。

「このエリアにいるのは、下手したらオレたちだけだろうな」

「そうですね。私もそう思います」

荷物から離れ、七瀬がこちらに戻って来る。

「今日を入れて６日間、綾小路先輩の傍で色々と見させていただきました。先輩はこの学校で沢山の友達を作り、多くの信頼関係を得て、そしてゆっくりとですが確実に実力を発揮されている」

無人島生活の前半を振り返るように、七瀬は総括を口にし始める。

「そして時折見せた洞察力と身体能力の高さには敬意を表したいです」

「特別なことをした覚えはない」

「だとしたら、それはもっと凄《すご》いことではないでしょうか」

こちらをべた褒《ぼ》めした七瀬だが、表情には一切の笑みなどは含まれていない。

「ですが綾小路先輩。あなたはこの学校にいるべき人じゃありません」

ここで空気が変わる。明らかに今までの穏やかな七瀬《ななせ》とは異なるものだ。

「いるべきじゃない？　その理由を聞かせてもらおうか」

1度頷《うなず》くと、七瀬はゆっくりと立ち上がりこちらに振り返った。

「それは、あなたがホワイトルームの人間だからです」

ここに来てついに第三者から『ホワイトルーム』という単語が飛び出した。

この言葉を知る人間は極めて限られている。

普通ならこの段階で、月城《つきしろ》の送り込んだ刺客だと断定していいくらいだ。

「もうお祭しのことと思いますが、私は月城理事長代理に命じられこの学校に入学して来ました。そしてその命令の内容は――綾小路《あやのこうじ》先輩を退学させること」

ここまで水面下で動いてきたとは思えないほど大胆に、その全てを語る。

「この数日どこでも仕掛けることは出来たが、あえてこの場所を選んだのは？　人目を避ける以外にも理由があるんだな？」

「ここで私が綾小路先輩を倒して負傷させ、緊急アラートを作動させます。そして到着した先生によって小宮《こみや》たちと同じ手法、というリタイアを命じられ退学となる。そういう流れです」

「要は小宮たちと同じ手法、ということか。まさかあの2人のリタイアは七瀬が？」

「さあ……。どう思いますか？」

「とてもあの短時間で往復できたとは思えないが、ホワイトルーム生なら出来ると言い切られると自信がなくなりそうだ」

それに、今そのことは些細《ささい》なこと。

「もしオレがおまえにやられたとして、そのことを駆け付けた教員に伝えたらどうなる」

「弁明することは出来ないと思います。何故《なぜ》ならここに向かってくるのは月城理事長代理と決まっているからです」

それは弁明の余地がないな。何を訴えても月城は七瀬の味方をする。

「なるほどな。つまりここでの敗北はイコール退学というわけか」

オレは背負っていたバックパックをゆっくりと下ろす。

そして、適当な木の傍《そば》に置き改めて七瀬に向き直る。

「月城理事長代理がオレを倒せると見込んで七瀬を送り込んだのなら、厳しい戦いになることは避けられない。かと言って、女子に手を上げるとなるとそれはそれで大ごとだ」

子供のような可愛《かわい》い喧嘩《けんか》で済むことはないだろう。

殴り殴られのような展開になれば、それだけでも相応のペナルティの対象。

月城が強引に両成敗でリタイア、退学の決定を下さない保証はどこにもない。

引き分けはこちらの負け。

「先輩が取れる手段があるとすれば、荷物を捨て逃げることだけです」

「だな」

「それも無駄だとは思いますが」

タブレットやテントなしに無人島で試験を続けるのは自殺行為。

七瀬《ななせ》にしてみれば、どの選択肢でも対応できるということだ。

「どうしますか？」

「こうなった以上、ここでオレが取れる選択は——1つしかない」

七瀬と相対し、戦う決意を固める。

「私と戦い倒すということですね。ですがそれで望みを繋《つな》げると？　卑怯《ひきょう》と取られるかも知れませんが、私の負けは綾小路《あやのこうじ》先輩の負けでもあります」

「そうかもな」

話の途中、オレはいつでも仕掛けやすいように隙を作る。

しかし明らかに生まれた隙を警戒し、七瀬はすぐに飛び込んでこない。

向こう見ずな戦い方をするタイプじゃなく、堅実に相手を追い詰める正統派。

相手のペースに乗らないのは正しい選択だ。

「行きます」

わざわざ口に出す辺り、裏をかくことを苦手としている証明でもある。

無論、それすらフェイクということもあるわけだが。

地面は柔らかいが、だからこそ十分に土台としての役割は果たしてくれそうだ。

「ハッ!!」

土を蹴り七瀬が一気に距離を詰めてきた。

腕が主体か脚が主体か。

もしくはその両方なのか。
通常なら七瀬の戦い方を見極めるところから始める。
迂闊《うかつ》に殴り返せば、七瀬は大きな傷を負う可能性がある。
先ほども言ったがそれはこちらの不利にしかならない。
ならば、力ずくで取り押さえ拘束してしまうという手を次に考える。
恐らくは七瀬もそれを頭の片隅に入れているはず。
が――――それも賢い選択肢ではない。
七瀬の証言だけでは弱いとしても、今日はずっと後方から人の気配を感じている。
かなりの距離を保ちつつ、こちらの様子を窺《うかが》っている人間がいることは明らか。
もし戦うための援軍でないのなら、タブレット等で決定的な証拠を録画する役目を担っ
ていると考えておく方がいい。
だからオレがこの場で取れる唯一の選択は――――。
七瀬が左にフェイントを入れ、真っ直《ま す》ぐにオレへと手を伸ばしてきた。
その手は拳《こぶし》ではなく、柔らかく開かれたパー。初手掴《つか》み技。
それを見きったところで、オレは遅れた初動で七瀬の伸ばした腕の速度を上回る。
こちらの腕が七瀬の腕をクロスするように追い抜き、眼前へ。
強く握られた拳が、七瀬の瞳に触れる僅《わず》か1センチ手前で止まる。
「っ！」

人並以上に動体視力が優れているからこそ、迫る衝撃に身体《からだ》は無意識に硬直する。

「まず一発」

仮に本気で叩《たた》き込《こ》んでいれば、今の一撃で完全に決着はついている。

意識は一瞬にして吹き飛び七瀬《ななせ》はその場に倒れるしかなかった。

「疲れか？　あるいは躊躇《ちゆうちよ》か？　おまえのポテンシャルはもっと高いだろ、七瀬」

この数日間見せてきた七瀬のキレは、まだ一枚も二枚も上だった。

こちらを本気で狩りにくるという決意が弱い。

「慌てて反撃しなくても私を倒せる、と……？」

答えず、オレはその拳《こぶし》を引く。それと同時に七瀬は一度2メートルほど後退した。そしてすぐに再び地を蹴り、今度は先ほどよりも僅《わず》かに早く踏み込んでくる。上体を落としての打撃による攻撃を狙う。今度は左腕が力強く握られていた。

それを寸前のところでいなし、今度は七瀬の頬《ほお》を狙う形でオレの拳が炸裂《さくれつ》する。

無論、先ほどと同じ1センチほどの距離を残して。

「これで二発。今度も、直撃していればノックダウンだったたな」

「ですが、直撃はしていません」

目の前で止まった拳を見ても怯《おび》える様子はない。

「確かに」

「優位を語るのは自由ですが、反撃しなければ勝ち目はありません」

「反撃しても勝ち目はないんだろ？」

「そうですね。ではどうしますか」

まだ七瀬も本気を出しているわけではないようだ。

オレの出方を窺《うかが》っていて、回避するための余裕を持ちつつ攻めている。

「思案中だ」

「無事に立っていられる間に答えが出るといいですね」

七瀬の目の前で止めたままの右腕の拳。

動きを見せた七瀬はオレのその腕を掴《つか》んできた。ここで初めて本気を出した七瀬。そのまま地面に押し倒す腹積もりのようだが、力の流れをこちらに引き込む。

「動かない―――!?」

動揺が焦りとなって七瀬に襲い掛かる。

体術は性別や体格差はあれど、柔で剛を制することが出来る優れた技術だ。

ただしそれは、対する剛が柔に敵《かな》わない場合に限り。

行き場をなくした七瀬の力は分散し、その隙を突き拳を振り上げる。下あご1センチのところまで振り上げられた左手のアッパーが空を裂き七瀬の髪を空へ舞い上げた。

「ッ!!」

大きく見開いた目が、拳を見た後にオレへと向けられた。

「一応言っておくと、これで三発目だ」

こちらを見た七瀬《ななせ》の瞳が初めて揺らぐ。

「噂《うわさ》に違《たが》わぬ実力をお持ちのようですね、綾小路《あやのこうじ》先輩……」

反撃すら許されない、今のオレに唯一取れる手段は『傷つけず七瀬の心を折る』こと。

絶対に勝てない相手であることを悟らせることにある。

「先輩の狙いが分かりました……」

どうやら七瀬にもこちらの狙いが分かったらしい。

「確かに、このまま普通に戦っても敵《かな》う相手ではなさそうです。それは認めます」

早くも心が折れた……？　いや、そんなわけがない。

彼女のこちらを見る目には確かな熱量と、そして憎悪がある。

「『私』では——勝てないでしょうね」

ここまでこちらの手玉に取られていた七瀬だが、僅《わず》かに見せた焦りが消えていく。いや、そもそも持っている気配が変わり始める。精神的統一を図っているのか？

僅かな沈黙の後に音も無く地を蹴る七瀬、そこから繰り出される高速の一撃。

オレは冷静に様子を見ている暇もなく、緊急回避行動を取らされる。先程よりも二回りは速い動きに、十分避ける距離を取れてきたこれまでのようにはいかない。

彼女の、人を射殺すような鋭い眼光がこちらを直視してくる。

とても同一人物とは思えないほどの変わりようだ。まともに一撃を受けたらこちらも相応のダメージを受ける。柔よく剛を制す状況にもなりかねない場面。

それだけ先ほどまでと明らかにキレが違う。

「『ボク』がここで、あなたを止める」


『私』と『ボク』


単なる一人称の変化で、動きが変わるはずがない。

それほどまでに、直前と直後では攻撃に対するレベルが違った。

「おまえは誰だ」

オレは、この状況を受けてそう聞き返さざるを得なかった。

「ボクはあなたを止めるために、あの場所からここに戻ってきたんですよ」

あの場所？　一瞬ホワイトルームのことかと思ったが、そうじゃない。

「あの暗い場所から……戻ってきたんだ」

一体何のことを言っているのかは理解できないが、油断も出来ない。

ボクと言った七瀬が先ほどまでの柔術主体の攻撃から、空手へとシフトする。踏み込んで繰り出す素早い突きは、直撃すれば男でも悶絶するほどの威力だろう。

その突きを落ち着いてさばきながら、一人称の変化による謎について考えを巡らせる。

「いつまでも避け続けられますかっ！」
10、20と攻撃を延々と繰り返せばいつかは命中する。

きっと七瀬《ななせ》の中にはその確信があるからこそ、迷いを捨て連打を打ち出している。

恐らくこの戦いを目撃した生徒がいれば同じように思ったことだろう。

無限に避け続けることなど出来ない。

だから、身を守るためには反撃に転じるほかないと。

「は、は────っ!!」

猛攻を続ける七瀬の息が少しずつ上がる。

もちろん、高速の打ち込みなど延々と続けられるはずもない。

それでも反撃さえ受けなければ、いつでも体力を回復させられる。

「ふぅ、っ……」

こちらが思った通り息が上がった七瀬は距離を取り、呼吸を整える。

「絶対……絶対にボクはあなたを倒す……絶対に倒す……」

念仏のように唱えながら、まるで人殺しを見るような目を向けてくる。

「ボクは、ボクはあなたを倒すために戻ってきたんです……」

「戻ってきた？　何の話だ」

先程から七瀬の言っていることはオレには理解できない。

「無理もありませんよね。ボクはあなたとの面識は直接はないんですから」

面識がないとしたら、余計にこの憎悪には納得がいかない。

ホワイトルーム生がオレを恨むのなら、面識はなくとも想像は出来る。

しかし、本当に七瀬はホワイトルーム生なのか？

普段接している七瀬とは声のトーンも若干だが違う。

まるで外見は女のままだが、中身が男になってしまったかのように。

「反撃しないのなら好きにすればいい。倒すまで繰り返すだけ――――」

20秒足らずの間の回復だが、再びキレを取り戻すのには十分な時間だったらしい。

「ハァッ!!」

憎悪の感情はますます七瀬を奮い立たせるのか、今日一番の高速の突き。

白く細い腕が目の前に迫り、拳《こぶし》がオレの前髪を僅《わず》かにかすめた。

外見は七瀬だが、中身が誰かと入れ替わった？

そこから思い当たる1つの事柄。

多重人格、正式名称は解離性同一性障害。

簡単に言えば自己の中に2つ以上の人格が備わってしまっている状態を指す。

もし七瀬がこの解離性同一性障害であるなら、話の説明は簡単だ。

この障害は単に人格が変わるだけじゃない。人格の1つに持病があったとして、別の人格に変わるとその病気が一時的に喪失するといったレアなケースもあると言う。

つまり、七瀬の中にある別人格の『ボク』は本来の七瀬よりも優れた身体能力を持っていることも十二分にあるということだ。

そして人格が男であれば、男子と変わらぬ力を発揮することもある。

「七瀬《ななせ》じゃないみたいだな」

言葉を挟むと、苛立《いらだ》ちを見せるように七瀬は足を止めた。

「まだ分からないんですか」

拳《こぶし》と声を振るわせ、拳を突きだして睨《にら》みつけてくる。

「ボクは七瀬じゃない。今ここに立っているのは……松雄栄一郎《まつおえいいちろう》だ」

「松雄栄一郎？」

少なくとも苗字《みようじ》は聞いたことがある。それもけして古い記憶じゃない。高度育成高等学校に姿を見せた、あの男の口から聞かされた名前だ。そこから、推測できることがある。

「あなたの父親に殺された男の息子ですよ」

こちらが理解を示さないでいると、苛立ったように言う。

「この身体《からだ》は借り物です。ボクはあなたを倒すために、今目の前にいる」

「借り物？　面白い冗談だな」

現実に存在する別の人物の人格が他人に乗り移る、そんなことはあり得ない。

「冗談だと思うなら、どうぞご自由に」

衝動に手を震わせながら、七瀬は――――またも地を蹴った。

今までの型に合わせた正統な攻撃方法は徐々に雑になり力任せのモノに変わっていく。

「あなたを倒すために、ボクはここにいる……いるんだ！」

柔軟な動きを見せていた七瀬から変わって、今の動きは荒々しい。

無駄な部分もあれど素早い動きでこちらを飲み込もうとする。

正統だろうと何だろうと、当たれば同じこと。そういうことだろう。

「報いを受けてもらいます！」

キレが上がろうとも、簡単に攻撃をもらったりはしない。七瀬もここまで来て十分それは理解したはずだ。平静を装ってはいるが、後がないのはこちらではなく七瀬の方。

小刻みにスタミナの回復をしても、肩の上下を見れば限界が近いのは明らか。

だがその限界を待とうとしても意味はない。七瀬はいつまでも引くことなく、どこまでも戦いを挑み続けてくるだろう。オレがしなければならないのは心を折ることだ。

「ここまで攻撃を避けられたのは初めてです。……でもいつまでもは絶対に続かない。ボクになら、ボクの攻撃なら、あなたを必ず倒すことが出来る……出来るんだっ」

じわじわと精神的にダメージを負いながらも、七瀬は食らいつこうと牙《きば》を剥《む》く。

「おまえの言いたいことはよく分かった」

詳しい事情は分からないが、判明したこともある。

オレは僅《わず》かな少考の後、置かれている状況の整理を終えていた。

「七瀬、おまえは多重人格でもなければ別人格が乗り移ったわけでもない」

「言ったでしょう。冗談だと思うなら自由にしてくれと。でもボクはここに存在する」

こちらを否定するように語気を強め、地を強く踏みつける。

しかしそれこそが存在しないことの証明でもある。

「いや、残念だが信じられないな。誰でもない第三の人格だったなら百歩譲って信じることが出来たかも知れない。だがおまえは実在する『松雄栄一郎《まつおえいいちろう》』が乗り移ったんだと言っている。悪いがそれはあまりに現実的じゃない」

「だったら……だったら、このボクをどう説明するんだ！」

だったらも何も、複雑に考える必要など何一つない。

「単純に心の中でもう1つの人格を強引に作り出しただけに過ぎない。『私』と『ボク』とをあえて使い分けているのも、自らに言い聞かせるためだ」

七瀬《ななせ》は基本的には、非暴力的な人間。

だからこそ、暴力で相手を屈服させる行為は望んでいない。

それでも戦わなければならないのなら、戦える人格を作り出すしかない。

いや、もっと端的に言えば『演じる』しかない。

「この力が、何よりボクがボクである証明だ！」

突き出された拳《こぶし》は、確かに速度と威力を増している。

「これは、元々七瀬の持つ実力の範囲内で振れ幅を見せているだけに過ぎない」

核心を突かれ、色を失っていたはずの七瀬が動揺を見せる。

「ち、違う！　ボクは――――ボクは松雄だ！」

「もし本当にその松雄なんだとしたら、この話を聞いて動揺する必要は何もない」

堂々と松雄としてハズレた推理を鼻で笑っていればいいだけ。

「都合よく一人称が変わったところにも違和感があった。単純に自己暗示の一種だ」

『ボク』をトリガーに攻撃的な自分へと変化させていただけ。

「違う!!」

「松雄の人格を宿していると信じたい……いや、おまえは信じてすらいない」

必死に自己暗示にかかろうとしているが、かかりきれていない。

「うわあああああああ!!」

これ以上オレの言葉を聞いていることが堪えられなかったのか、七瀬が飛び掛かる。

もはや先ほどまでのキレはなく、目を閉じていても避《よ》けられそうなレベルだ。

「諦めるんだ七瀬。おまえではオレに勝てない」

「勝てる！　勝たなきゃいけないんだ！」

伸ばされた腕が、オレの胸倉を掴《つか》んだ。

千載一遇だと判断した七瀬が、大きく腕を振りかぶる。

完全な射程圏。通常では絶対に回避できない位置と言ってもいい。

顔面を砕くつもりで放たれる右腕を、オレは胸倉を掴まれたまま避けてみせる。

「ッ！」

すぐさまもう一発飛んでくる拳。だがそれも同様に避けてみせる。

「なんで！　なんで当たらない!!　当たらないんだ!!」

3回、4回、5回、その攻撃全てを避ける。

当たらないことに痺れを切らした七瀬《ななせ》は、強引にオレの髪を掴《つか》みに来た。

頭を押さえれば確実に殴れると判断したのだろう。

オレはその右手を掴む。

「は、放せ！」

「放したところで何も状況は変わらないぞ」

「放せぇ!!」

強引にこちらの腕を引き剥《は》がし、無駄なことをまた繰り返す。

もはや何度目かも忘れるほど打ち出された拳《こぶし》が、またも空を切った。

「はあ、はあ、はあっ……！」

体力と共に心の限界を迎える。

「どうして、どうして……あと少しなのに……あと少し、なのにっ！」

七瀬にはもはや、飛び掛かって来るだけの意識を持ち合わせてはいない。

震えた膝《ひざ》をなんとか前に出そうとするが、身体《からだ》は戦うことを拒絶する。

「攻撃を繰り返せばいつか当たる、そう思ったことがそもそもの間違いだ。おまえ程度の実力では死ぬまで攻撃を繰り返しても、オレに命中することは1度もない」

もちろんそれはハッタリだ。

永遠に攻撃を避け続けることなど出来るはずもない。

しかし1度も当たっていない現実を突きつけられている七瀬には脳に響く言葉だ。

「もし本当にオレを退学させたいのなら、今ここで襲われた被害者のフリをするのが一番いい。着衣に乱れがあればそれだけでも追い詰められるだろう」

敵に塩を送る行為だが、七瀬はそんなことをしない。

本心からオレを退学させたいと考えている、そんな風には思えなかったからだ。

「ボクは……ボクはっ!!」

叫びながらも、七瀬はその場に膝から崩れて落ちる。

戦う意思をむき出しにしようとも、心が折れれば戦意もまた喪失する。

3

私は風の音が響く森の中、ある2人を懸命に追跡していた。

今朝このD3に辿《たど》り着《つ》くまでに私がどれだけの苦労を必要としたか……。

もう少しのはず――そう自分に言い聞かせながら、震える足を一歩一歩踏み出す。

もし後をつけていることがバレたら、ここまでの努力は全ての意味をなくしてしまう。

本来相手を尾行するなら、見失わないよう最低限その姿を視界に捉える必要がある。

それは当然相手にもこちらが見えてしまうことを意味する。リスクある尾行。

だけど相手がどんな人間であれ、私の尾行がバレることは絶対にない。

何故《なぜ》なら私は今、目的である綾小路《あやのこうじ》の背中を肉眼では捉えていないから。

ジャージのポケットに入れてあるトランシーバーが鍵だ。

ある人物と繋《つな》がっているこのトランシーバーが、常に向こうの位置を特定してくれる。

6日目から全生徒に許された権限、得点を消費することによるGPSサーチ。

これがあれば大まかな相手の位置を知ることが可能だ。

どんな手を使おうとも、何とかして手に入れなければならない。

万が一の時には自分のタブレットで得点を消費してでも相手を追い詰める。

決定的な証拠。

綾小路《あやのこうじ》を退学させるだけの情報を、何とかして手に入れなきゃいけない。

もう私には後がない。優先して倒すべきは堀北《ほりきた》なんかじゃなかった。

私はそのことを薄々感じながらも、どこか否定的に見ていたことを強く恥じる。

思えば、龍園《りゅうえん》がDクラスのX探しを止《や》めたことから疑ってかかるべきだった。

あの一連の流れには綾小路が関係していた。そう理解しても尚《なお》、今でも信じがたいと思っている部分がある。一見どこにでもいる人畜無害な冴《さ》えない男にしか見えないからだ。

ポケットの中に入れたトランシーバーに連絡が来る。その音声はイヤホンマイクを介して私の耳に直接届くため、足を止めることなくトランシーバーに耳を傾けられる。

「少し止まってください櫛田《くしだ》先輩。どうやら前方の2人が足を止めたようです」

「はあ、はあ……っ、やっと？　やっと休憩ってわけね……」

その指示を受け、私は安堵《あんど》するように足を止める。これで少し休むことが出来る。

「お疲れだと思いますがもうひと踏ん張りです。間もなく決定的な瞬間がやってきます。そうすればあなたを縛るものは何もなくなるでしょう」

送信ボタンを押していないためこっちの声は聞こえないはずだけど、まるでこっちの状況を全て理解しているかのような発言をしてくる。

「分かってる、分かってるって……」

馬の前にニンジンをぶら下げるような真似《まね》、今更されても鬱陶しいだけ。

こっちは大きなリスク抱えてまで、危険な単独行動を丸一日続けてる。

色々なところに後から根回しをしておかなければならないってのに……。

5分ほどの短い休憩で身体《からだ》を労《いたわ》っていると、トランシーバーから指示が飛んでくる。

「動きが無くなりました。どうやら完全に足を止めたようです。北西の方に息と身を潜めながらゆっくりと進んでください。それとタブレットでの録画もお忘れなく」

いちいち丁寧な説明口調が苛立《いらだ》つけど、今は一刻も早く全部を終わらせたい。

駆けだしたくなる衝動を抑え、バックパックから取り出したタブレットを手にして指示された方角に歩いていく。すると視界の先で2人の小さな姿を捉えた。

立ち止まっている七瀬《ななせ》が振り返り、何か綾小路と話をしている。

2人ともバックパックを背負っている様子はなく、やはり休憩をしていたのだろうか。

タブレットからカメラアプリを起動し録画モードに切り替える。

しかしバレないであろうギリギリまで、木々に身を隠しながら近づいたものの、風の音がうるさくて、どれだけ集中して聞き耳を立ててもうまく聞き取ることが出来ない。

歯がゆい感情が全身を駆け巡る。

早く——早く殴り合え。そんな感情が私を沸々《ふつふつ》と苛立《いらだ》たせる。

会話が聞ければ、もっと詳しく状況が分かるかもしれないが、近づくのはリスクだ。

今の位置から動けば、振り返っている七瀬《ななせ》の視界に入る恐れもある。

焦る気持ちをいったん鎮《しず》める。少し危険だけど、落ち着いて回り込むしかない。

私は息を殺しながら、静かに移動を始める。

とにかく一回距離を取って、ぐるっと迂回《うかい》する——

「っ!?」

と、誰もいないはずの背後から右肩をふいに掴《つか》まれ、私は声を上げそうになる。

誰だか分からない人の手が、そんな私の口元を即座に塞ぐ。

予期しない出来事に頭の中がパニックになる。

そんな私の耳元に、艶《つや》を放つ唇が近づいてきた。

「しーっ。驚いたかも知れないけど静かにしなきゃ。櫛田《くしだ》先輩、綾小路《あやのこうじ》先輩と七瀬ちゃんに気付かれちゃったらすっごく困るでしょ?」

まるで私の心の中を見透かしたような声。私に声をかけてきたのは、1年Aクラスの天《あま》沢一夏《さわいちか》だった。まだ会話をしたことはない。ほぼ初対面と言ってもいい。

なのに天沢は私の名前をしっかりと認識していた。

半ば強引に綾小路たちから距離を取らされ、そこで拘束を解除される。

「えっと……どうして天沢さんがこんなところに？」

何とか冷静に、天沢をやり過ごすべく会話を始める。

もしこの間に殴り合いが始まれば全てがご破算。募る焦り。

それでも落ち着きだけは無くさない。

「たまたま通りかかったら、コソコソしてる櫛田先輩の姿を見かけたの」

「コソコソはしてないよ。ただ……そう。ちょっとひとりで散歩、かな」

苦しい言い訳なのは分かってる。私はグループからも離れて単独で行動している。

おかしな状況であることは、誰の目にも明らかだ。

それに天沢は綾小路と七瀬に見つかると大変、という言葉を使った。

何かしらこっちについて知っていることがあってもおかしくない。

既にあいつの話じゃ、1年生の一部は私のことを知っているんだから。

「ふうん？」

どこか疑うような目をしながら、天沢が私に近づいてくる。それにしても、この天沢って女、バックパックどころかタブレットも持たずにどうしてこんなとこ——

バシッ！

乾いた音が、森の中に響いた。もちろん、その音は強い風の音にかき消される。

考えを巡らせていた私は音の後に鋭い痛みを右頬《みぎほお》に感じ、手で押さえる。

「な、なに⁉」

「こんな山奥まで1人で来てさ、色々嗅ぎまわってどうするつもりだったの？」

「ど、どういうこと？　天沢《あまさわ》さん、何を言ってるの⁉」

「いつまでその仮面を被《かぶ》り続けられるか楽しみだなぁ」

私が突然叩《たた》かれたことに恐怖を覚えたフリをしていると、再び距離を詰めてくる。

「や、やめて！」

「やめな～い」

そう言って、左手を再び振り上げる。

咄嗟《とっさ》に庇《かば》う姿勢を見せるも、天沢は強引に入り込んできた。

バシッ！

今度は反対側の頬《ほお》を強く叩かれる。

何とか防ぐつもりだったのに、彼女の速さについてくことが出来ない。

「じ、自分が何をしてるか分かってるの？　こんなことダメだよ！」

「これでもビンタは優しくしてあげてるんだよ？　痛くない痛くない」

「なんで、意味が分からないよ！」

「分かんない？　そっか、じゃあ1発くらいグーで殴ったら意味が分かるかなー？」

「え？」

殴る。というワードを頭で処理している間に私の視界がぐにゃりと歪《ゆが》んだ。

頬を殴られた音は後から聞こえてきて、いつの間にか曇り空を見上げていた。

あ、今殴られた……？

まるでじんわりと出血して温かい血が溢《あふ》れ出《で》てくるように。

私の頬は熱くそして痛みを伴い始めた。

「っ、あ……っ!!」

「今のはちょっと痛かったかな～？　人に殴られる経験なんて普通しないもんね」

理解が追い付かない。突然現れたコイツはどうして私に絡むの？

そして暴力を振るってくるなんて、ますます意味が分からない。

「じゃ、次は反対側いってみよっか？」

そう言って天沢は私への距離を詰めてくる。

今、分かっていること。それは単なる冗談なんかじゃないということだけ。

これ以上無意味に殴られるのは死んでもごめんだ。

伸ばしてきた手を、私は本気で払いのける。

「あ、ご、ごめんね。でも急に叩かれたからつい……」

「まだ猫被るんだ？　櫛田《くしだ》先輩のこと、あたしはよーく知ってるよ。自分が可愛《かわい》いと信じて疑わない性格ドブス。他人の秘密が大好物で、自分が窮地《きゅうち》に陥《おちい》ったら周囲を巻き込んで自爆する。まさにとんだ地雷女よね」

「よくわからないよ天沢さん……。だけど、暴力だけは絶対にダメ……ね？」

「じゃあ暴力振るわれたって学校側に泣きついてみる？　そうすれば、あたしを退学に追い込めるかも。だけど置き土産はするよ？　隠し通そうとしてる中学時代の闇を全部全部バラして居場所を奪ってあげる」

「どうして――――」

突然現れた手ぶらの天沢《あまさわ》……単なる偶然じゃない、何かがおかしい。

「どうしてその秘密を知ってるの？　綾小路《あやのこうじ》先輩に聞いた？　って顔してるね」

すべてを見透かすような目で私を見てくる。

「それはハズレ。あたしが特別な存在だから、何もかもお見通しなんだよ」

「何もかもって……」

「たとえばそうだなぁ。南雲《なぐも》生徒会長に取り入ろうとしたみたいだけど、門前払い食らった話とか。ま、仮に上手《うま》くいってたとしても堀北《ほりきた》先輩が生徒会に入った以上、櫛田《くしだ》先輩には後ろ盾を期待することは出来なくなったわけだけど」

「なんで……なんでそんなことまで――――」

「なんでっかなー？」

おもちゃで遊ぶように笑顔を見せる天沢に、私の我慢は限界に達する。

「誰に……誰に聞いたぁ!!」

「やっと本心が出てきた。でもシーッ、だよ？　今のところ誰もいないみたいだけど、広い無人島とはいえいつ誰がやって来るかわかんないんだからさ」

天沢は私の鼻先を軽く突いて、そう優しく忠告する。

その舐《な》め腐った態度が最大の侮辱《ぶじょく》だ。

「糞女《くそおんな》、やめろ！」

制御することが出来ず、心の底から湧き出てきた声。

櫛田桔梗《ききょう》という人間の表だけを知っているなら、それだけで驚くであろうこと。

それを見ても天沢は驚くことなく、むしろ嬉《うれ》しそうに笑った。

「あはははは！　うんうん、そっちの方が似合ってるよ櫛田先輩っ」

やっぱり――――やっぱりコイツは私のことを知っている。

それも綾小路なんかよりも、ずっとずっと、遥《はる》かに……。

「何なのよ、あんたは一体何なのよ！」

「何なのよって言われても。あたしはただ……うん、綾小路先輩を救いに来ただけ」

「救う？　はあ？」

「誤魔化《ごまか》さないでよ櫛田先輩。何を企《たくら》んでるかなんて全部お見通しなんだから。そこに落としたタブレットで綾小路先輩の弱みでも握って退学させるつもりだったんでしょ？」

「意味わかんないし。タブレットで弱み？　はぁ？」

ダメだ。この子は全部見抜いてる……。こちらの抵抗など、何の意味もなさないことを知る。それでも、私は事実を認めず抵抗するしかない。

「１年以上一緒のクラスにいるはずなのに、少しも分かってないよね櫛田先輩は。その程度の浅知恵で綾小路《あやのこうじ》先輩を追い詰められるわけないのにさあ」

天沢《あまさわ》は綾小路たちがいるであろう方角に視線を向ける。

「あーあ、ホントは特等席で見るつもりだったのに。きっと綾小路先輩、七瀬《ななせ》ちゃんを傷つけずに倒しちゃうんだろうな。見たかったな～」

ぶつぶつ言いながら、天沢は私の方に向き直る。

「誰に頼まれたのか知らないけど、櫛田《くしだ》先輩は都合よく利用されたんだよ。どんな悪条件だってきっと綾小路先輩は櫛田先輩の尾行を見抜く。素人同然の櫛田先輩に気が付かないわけがないじゃない」

「で、でも私は十分距離を取って……！」

「え？　十分距離を取って？　んんっ？　尾行してたことは認めるんだ？」

「そ、それは……わ、私はただ、２人が怪しい雰囲気だったから……」

「好奇心で後をつけちゃった？　この厳しい山道を１人きりで？」

もう言い訳はやめよう。そう思っていたのに、どうしても抜け道を探してしまう癖がある。目の前の相手は強敵と思って接しないといけない。

「あんたには関係ないでしょ」

「うんうん、開き直った方が良いと思う。だけどさ、大ありなんだよね。だって綾小路先輩はあたしにとって特別な人なんだから」

「は？　なにそれ……好きってこと？」

「低俗な次元で語ってほしくないなぁ。好きなんじゃなくて愛してる……？　ううん、もっと、もっとそれ以上の……かな。愛を越えた感情ってヤツ」

「はあ？」

「てことでさ。色々とあたしから勉強させてもらったってことで素直に山を下りてグループのところに戻りなよ。もうすぐ天気も崩れるし、引き返すなら今しかないよ」

「……冗談じゃない」

私は手で湿った土を掴《つか》み、拒絶のサインとして天沢の身体《からだ》に投げつける。

「意地でも綾小路の弱みを握って退学させる……！」

「綾小路先輩一人退学させたところでもう状況は解決しないよ？　分かってるでしょ」

ここまで必死の思いをしてついてきた。

なのに、こんな年下の女1人にすごすご引き下がるわけにはいかない。

「もう1度言うけど、綾小路先輩はあたしにとって特別な人なの。あんたみたいな部外者なんかの手で退学させるわけにはいかないんだよね」

近づいてきた天沢が私の前髪を容赦《ようしゃ》なく掴み上げる。

「っ！　離せ！」

「離しませーん」

色があるようで色がない天沢の目は、完全にイカれてるヤツの目だった。

私の本能が逃げろ、逃げろと訴えてくるように身体が震えだす。

「あんた、絶対普通じゃない……！」

「不思議？　年下の女に怯《おび》えて身体《からだ》が震えるなんて。でもね、その感性は大切にした方が良いと思うよ櫛田《くしだ》先輩」

変なところを褒《ほ》めてくる天沢《あまさわ》。

こっちの思っていることなど気にする素振りもなく続ける。

「自分は人よりも可愛《かわい》い。自分は人よりも優れてる。自分は人よりも――――櫛田先輩ってとにかく自分が大好きで仕方ないんだよね？　マウント取りたくて、他人の秘密を握ることに躍起《やっき》になってる。その癖マウントを取られるのが大嫌いなもんだから、自分の秘密を知ってる人間が心底許せない。そういう滅茶苦茶《めちゃくちゃ》なところあたしは嫌いじゃない」

私は言い返したくなる気持ちを堪《こら》え分析する。

明らかにこいつは、私のことについて詳しく知っている。

どうして、何故《なぜ》、そんな考えは1度捨てなきゃならない。

私は落ち着くように心に語り掛けながら立ち上がる。

「さっきから……何が言いたいわけ？」

少し自分の中で整理したことで、冷静さを取り戻す。

慌てて叫ぶほど、天沢のペースに巻き込まれてしまう。

「それにしても、良くここまで1人で来たよね。タブレットと援軍がいるって言ったって自力で歩くことには変わりはないし。グループの仲間に嘘《うそ》をつくのも一苦労だしさ。だって1人抜けると相当リスクなわけじゃない？　得点が減れば退学のリスクだって――」

天沢は再び私を突き飛ばし、高所から見下ろす。

「だけど櫛田先輩に抜け目はない。グループの得点を犠牲にして、万が一下位に沈んだとしても、最低限生き残るためのプライベートポイントは抱えてるんでしょ？」

言われるまでもなく当たり前のこと。

私は最低ラインの200万ポイントを確保したうえで、こんな無茶《むちゃ》をしている。

自腹で用意している130万ポイントに加えて、アイツが用意した不足額。

「私は絶対に負けない……何があっても最後まで諦めない……」

「じゃあどうやって抵抗する？　今、櫛田先輩はあたしに弄《もてあそ》ばれてるじゃない」

それが現実だと天沢は私に説く。

「――だから？　弄ばれてるからって、いつ私が負けたっての？」

その程度のことで、私の目から意思を帯びた色が決して消えることはなかった。

自身の感情が揺らぐどころか落ち着いていく。

慌てる必要はない。天沢も消してしまえばいい。邪魔は全部消せばいいだけのこと。

ただそれだけのことじゃない。

「へえ……想像してた以上かも。糞女《くそおんな》の櫛田先輩だけど、ひとつだけ感心したよ。精神的な意味での強さは結構なものじゃない。あたしに怯えることより憎しみがバンバン溢《あふ》れてる。それはあたしにだけじゃなくて、秘密を教えた人物にまで派生してる」

土を払うこともせず、私は何度でも立ち上がる。

必要なら今ここで天沢《あまさわ》を殴り飛ばして――。

「やめなよ。櫛田《くしだ》先輩じゃ逆立ちしたってあたしには敵《かな》わないんだから。じゃあね」

そう言って背中を向けた天沢に、私は飛び掛かった。

何をするかも考えず、ただ押し倒してやろうと思った。

だけどその目論見《もくろみ》は先に読まれていたのか、呆気《あっけ》なく腕は避《よ》けられる。

そしてすぐに足払いされ、何度目か地面に倒れ込む。

「く、うっ……！」

「相性悪いと思うよ？　あたしと櫛田先輩。他人の秘密を武器にしてきたのかも知れないけど、あたしにはそんな秘密はないし？　強引に暴力なんかを振るおうとしても男子より強いし？　大切な友達みたいなのもいないから人質も取れない。強いて言うなら綾小路《あやのこうじ》先輩の存在はウィークポイントだけど……先輩をどうにかするのは、あたしを倒すことと同じくらい難しいことだし。ね？」

まるでどこぞのアバズレ教師と同じような軽いノリで説明する天沢。

「それじゃあいい加減さ、ここで下がってくれる？　綾小路先輩に会いに行かなきゃ」

「……それでどうするつもり？　私が尾行してたことを話す？」

「しないしない。そんなことしたって意味ないし。でも、もしかしたら櫛田先輩の望むような展開が待ってるかも。綾小路先輩が退学することになるかも知れないよ。嬉《うれ》しい？」

「……綾小路が退学したらそのあとはあんたを潰《つぶ》す、必ずあんたを潰す」

「櫛田せんぱぁい、勝負の前から決着はついてるんだよ。秘密を知る人間を退学させるのが唯一の自分を守る方法だけど、それが通じるのは綾小路先輩みたいに吹聴《ふいちょう》して回らない紳士だけ。あたしみたいな人間だったら、遠慮なく秘密をばらまいてから退学するよ？」

「ハッ……笑わせないで。確かにあんたみたいな悪ガキなら、ベラベラ私の秘密をしゃべってくのかも知れない。だけど、誰もあんたの発言なんて信じない。退学していく生徒の悪ふざけってことで片づけてやる」

「ま、確かに？　あたしの言う発言全部を信じる子は少ない。だけど、それでも櫛田桔《き》梗《きょう》って表面上完璧な人間の像に亀裂を入れることは出来るし、それで十分じゃない？」

これ以上私と遊ぶつもりはないのか、天沢は綾小路のいるであろう方向へ姿を消していく。ここで後を追うことも、けして出来ないわけじゃない。

だけど今それをすれば――きっと天沢は容赦《ようしゃ》しない。

私の抱える秘密を迷いなく言いふらしてしまうだろう。

それは完全な敗北を意味する。

私は天沢のいなくなった森の中、その場に座り込んで空を見上げた。

密集した葉と葉の間から、微《かす》かに雨粒が落ちてきた。

そして私の頬《ほお》に落ちるとそのまま首筋に垂《た》れていく。

「何やってんのよ……私は……」

自分に向けた不甲斐《ふがい》ない言葉。あまりに虚《むな》しく、怒る感情さえもう湧いてこない。

綾小路《あやのこうじ》に天沢《あまさわ》。次々と私の平穏な生活を乱す連中が現れる。

いや――その2人だけじゃない。

ここで地に這《は》いつくばることになったのはその2人だけが原因なんじゃない。

私はどうしてこんなことになったのか、今回の経緯の原点を思い出し始めた。

4

無人島での生活が『5日目』を迎えたその日、私は1年生グループの1人と会っていた。

誰かと会うこと自体は然程《さほど》珍しいことじゃない。広い無人島を縦横無尽に移動していれば、同級生だろうと上級生だろうとよく擦れ違うしよく話す。でもそれらは全て偶然によるもの。だけど、今回は事情が少し違った。私は密《ひそ》かに託されていたトランシーバーから連絡を受け、意図的にある1年生と接触を図った。

どうしても直接会わざるを得ない事情が出来たからだ。その1年生は私を見つけると、笑顔で迎え入れる。私も笑顔を返すように微笑《ほほえ》みを向けながら近くに向かう。

そして周囲に人がいないことを確認した上で切り出した。

「今朝トランシーバーで受けた報告なんだけど、どういうことか説明してくれるよね?」

私はその1年生の名前を口にする。

「八神《やがみ》くん」

1年Bクラスのリーダー的存在、八神拓也《たくや》。

「ご足労頂きまして、ありがとうございます」

「そんなことはいいの。私は説明してってお願いしているんだけどな」

こっちの急《せ》かしに対し、八神はどこか困ったように視線を逸《そ》らす。

それから改めて視線を向けてくる。

「想定外のことはつきものですよ、櫛田《くしだ》先輩」

他人事《ひとごと》のようにふざけた物言いに腹が立つ。

流石《さすが》に、良い子のフリして接し続けることは出来そうになかった。

「なにが想定外よ。あんたのせいで1年生に私の過去を知られたってことでしょ？」

私に連絡を取ってきた八神はAクラスの高橋修《たかはしおさむ》、Cクラスの椿桜子《つばきさくらこ》と宇都宮陸《うとみやりく》、そしてDクラスの宝泉和臣《ほうせんかずおみ》に問い詰められる形で白状してしまったと口にした。その4人は八神と私の関係を早い段階から疑っていて、どうにも言い逃れが出来なかったらしい。

それなら仕方ない――――なんてことで済まされる問題じゃない。

「そのことについては謝罪します」

「謝罪されてもどうにもならないんだけど。マジで」

これで事実を知る人間がまた4人も増えたということ。

ここまで来ると、私一人の力ではもうどうすることも出来ない。

「椿《つばき》さんたちが想像以上に情報を掴《つか》んでいたんです。僕にとっても想定外でした」

「何が想定外よ。ふざけないで」

「落ち着いてください櫛田《くしだ》先輩。重要なのは今、椿さんたちではありません」

「はあ？」

「彼女らの目的は、あくまで綾小路《あやのこうじ》先輩を退学させること。櫛田先輩の過去がどんなものであるかなど本質的に興味は持っていないんです」

興味があるとかないとか、そんなことはどうでもいい。

根幹にかかわる情報を持った人間が同じ空間で生活していることが耐えられない。

どうしてそのことを誰も理解できないのか。

「それにあの４人は１年生です。櫛田先輩との接点は基本的に生まれません」

「は。笑わせないでよ……。こうして無人島でバチバチやりあってんのよ？　１年と戦うことがあったときに、こっちは弱みを握られてることになる」

それは必然、こちらが不利になるということ。

全てを公開すると言われたら、相手が年下でも私は付き従うしかなくなる。

「そう、そうですね。櫛田先輩にしてみれば、重要なのはそこですよね」

本当は分かっていたと、八神《やがみ》はそのことを認める。

「だからと言ってその４人を今すぐ退学させることは至難の業《わざ》です。違いますか？」

「開き直り？　舐《な》めるのも大概にしてよ」

「……すみません。しかし僕としては最善の選択を選んだつもりです」

勝手に秘密のことをベラベラ話しておいて、何が最善だ。

ぶん殴ってやりたい衝動だけは抑えながら八神の話に耳を傾ける。

「綾小路先輩を退学にする戦略を考えていることは、船の上でお話ししたと思います」

もちろん計画のことは覚えている。

八神には綾小路退学のための秘策があり、それを無人島で実行すると。

でもトランシーバーを渡されただけで、その詳細はまだ聞かされていない。

「櫛田先輩のため、僕の計画に少し付け加えます」

「付け加える？」

「綾小路先輩を退学させた後、不穏分子である4人を必ず退場させてみせます」

それなら問題は解決するでしょう？　と八神は悪びれもせず言った。

「今はその4人を出し抜くことを考えましょう。このままでは綾小路先輩の退学が上手《うま》くいったとしても手柄は椿さんたち1年Cクラスのもの。２０００万ポイントの多くは手に入りません」

「私はポイントが欲しいわけじゃない」

「分かっています。しかしその巨額のポイントがあれば大きな安全が手に入るんです」

ここまでは仕方なく八神の案に乗っかってきた。

乗りたくなくても、乗らざるを得ない状況だったからだ。

だけど、もうそれは限界。これ以上沈む泥船に乗っているような余裕はない。

「もう終わり。私はハズレの陣営についたってこと」

今日ここまで足を運んだのは指示に従うためじゃない。

八神《やがみ》と明確に距離を置くためだ。

「まだ挽回《ばんかい》できます」

「もう遅いって」

「いいえ遅くありません。むしろ今がチャンスです」

「はあ……？」

「今現在、綾小路《あやのこうじ》先輩には七瀬《ななせ》さんがべったりと張り付いています」

「七瀬？　七瀬って1年Dクラスの子よね。まさかあの子にも——」

「安心してください、もちろん七瀬さんは櫛田《くしだ》先輩の過去は何も知りません」

「もうあんたのことは何も信用できないけどね」

「信頼を裏切ってしまったことは謝罪します。ですが、話を聞いてください」

ここまで私が苛立《いらだ》ちを見せても、八神は話をやめなかった。

「彼女が宝泉《ほうせん》くんと組んで綾小路先輩を退学させようとしていることは前にお話しした通りですが、今回の作戦内容も目星はついています」

「……で？　宝泉と七瀬の作戦の中身は何？」

「彼の思い付きですから、暴力絡みの内容でまず間違いないでしょう」

「暴力？　そりゃ問題行動だろうけど、理事長代理は些細《ささい》な生徒同士の揉《も》め事《ごと》は許容するって言ってた。退学にまで行くとは思えないけど？」

「軽く肩をぶつけ合う程度であれば、そうかも知れません。ですが血で血を洗うような凄惨《せいさん》な暴力にまで発展したとしたらどうでしょう」

「確かに相当な悪みたいだけど、綾小路を一方的にやっちゃったら退学になるのは宝泉だけでしょ」

そんな形で大怪我《おおけが》を負った綾小路を失格扱いにして退学にさせるとは思えない。

「今回宝泉くんが綾小路先輩と対峙《たいじ》することはないでしょう。櫛田先輩も言っているように彼は札付きの悪ですから。揉め事を起こせば真っ先に疑われるのは彼になってしまう」

「それって……」

「ええ。綾小路くんと戦うのは七瀬さんだということです。彼女が殴り掛かってきても最初は当然反撃しない。しかし本気で向かってくるとなれば、対処するには何らかの形で制圧しなければならない。殴り返すのか、馬乗りになって押さえつけるのか。どちらにせよその光景はきっと見苦しい」

確かに七瀬と綾小路が殴り合いをすれば……それは言うまでもなく大問題だ。

「七瀬は綾小路にやられたって言って学校側に申告する……それが作戦ってこと？」

「だから僕らは、作戦を実行するタイミングを狙い仕掛けに打って出るんです」

「その作戦を実行するって話が本当だとして、いつなのか分からないとどうしようもないでしょ。四六時中付け回すことなんて出来ないんだから」

「それなら既に判明しています。ある人から実行日を教えていただきましたから」

「ある人……？」

「誰であるかは言えませんが、信頼のおける人です。七瀬《ななせ》さんが実行に移すのは試験7日目。詳しい時間帯は不明ですが、恐らく人気《ひとけ》が完全になくなった時──」

　そこで、暴力事件が起こる……。

「それであんたの出し抜く作戦、具体的な方法は？」

「タブレットには動画を撮影する機能がありますよね。それがあれば、決定的な証拠を押さえることも可能ということです」

　その映像を証拠として学校側に提出すれば、確かに退学は十分にあり得る。

「でも、押さえつけるくらいじゃ退学にはならないかも知れないじゃない」

「脅しのネタには十分でしょう。彼が自主的に退学を選択する可能性だってある」

　八神《やがみ》の言いたいことは大体わかった。

　本当にそういった展開になるのなら、映像に収めることでアドバンテージを取れる。

「その役目を、櫛田《くしだ》先輩にお願いしたいと思っています」

「は？　なんで私がそんなリスク……。あんたがやればいいじゃない」

「櫛田先輩なら近づいても不自然はありません」

「そんなことない。私は私で綾小路《あやのこうじ》に警戒されてるから」

「僕は男です。もしそんな現場を見たなら止めに入るべきだと思われてしまうおそれがあります。しかし櫛田先輩はか弱い女子。怖くて何も出来ない中、せめて証拠だけは残そうとタブレットを起動させた……。たとえクラスメイトであれ、非道は許さないという正義を示すことも出来る」

「そりゃ正義かも知れないけど、仲間を売った顰蹙《ひんしゆく》を買う可能性だってある」

「それなら僕に映像だけ渡してくれても構いません。匿名《とくめい》で教えてもらったということにすればいいんですから」

八神はそう強く力説する。私としては七瀬たちが勝手に綾小路を退学にしてくれるのならそれはそれで構わない。でも1％でもその確率を上げるためには1手でも多く仕掛けを打つ方が良いのもまた事実だ。

「これ以上泥船に乗るのだけは嫌だからね」

「もちろんです」

「あんたはどうするわけ？　私に任せて何もしないつもり？」

「まさか。僕は当日、櫛田先輩をトランシーバーからバックアップします。明日解禁されたGPSサーチを利用して随時位置を教えれば、距離を保ちながら安全に尾行できますからね。それに……」

「それに？」

「椿《つばき》さんも何か企《たくら》んでいる可能性があります。もしかしたら同じタイミングで何か仕掛けてくるかも知れないのでそちらの動きも探るつもりです」

「あんたと同じグループにいる宇都宮《うとみや》ってヤツは？」

「彼は椿《つばき》さんの駒にすぎません。頭脳面で心配する必要はないでしょう」

どこまで八神《やがみ》の発言を信じるかは大切な線引きとして必要だ。

だけど、今の私に選択権がないのも事実。

「やってくれますね、櫛田《くしだ》先輩」

「……やるしかないでしょ」

もう後には引けない。私が私としてこの学校で今の地位を守るために。

これ以上の失態を重ねることは許されない。

○不穏の種

「参ったなぁ」

7日目1度目の指定エリアを目指すべき午前7時過ぎ。今にも降り出しそうな曇り空の下、一之瀬帆波《いちのせほなみ》は深いため息と共に右手の腕時計に視線を落としていた。

「一之瀬、やっぱり壊れたのか？」

同グループの生徒である柴田颯《しばたそう》がその腕時計を覗《のぞ》き込《こ》んで聞いてくる。

「うん。ダメみたい。今朝川辺で転んで石にぶつけた時からだと思う」

腕時計の異常を知ってから、リセットをしたり幾《いく》つか対処法を試した一之瀬。

しかし心拍数を計測する機能とGPS機能が全く動いていない状態が続いていた。

タブレットで自分の位置を確認しようとしても表示されない。

腕時計にエラーがある状態では指定エリアにせよ課題にせよ得点は加算されない。

このまま放置して続行することに対するメリットは皆無だ。

「島の反対側じゃなかっただけありがたいと思った方がいいよな」

「それは、うん、そうだね」

一之瀬たちがいるのはE6の南西。2時間ほど歩けばスタート地点にまで戻ることが出来るが、GPS機能が使えない状態の中1人で戻るのは危険な行為。

「とりあえず戻るしかないっしょ」

柴田《しばた》は言うまでもなく一之瀬《いちのせ》を責めるようなことはせず、そう口にした。

「でも───」

何より現在出ている指定エリアはD5。

スタート地点の港とは真逆の方向へ向かわなければならない。

貴重な到着ボーナスを逃すと同時に、着順報酬《ほうしゅう》を狙うことも不可能になる。戻るべきだと分かってはいるが、一之瀬は後ろで出発を待っていた3人に振り返った。

「ま、機能しないんじゃ仕方ないっしょ。なあ？　真澄《ますみ》ちゃん」

「今から戻れば3回目の指定エリアには間に合うかも知れないし」

それに賛同するように一之瀬と同じクラスメイトである二宮《にのみや》も頷《うなず》いた。

誰一人嫌がる表情ひとつ見せず応える。

それが嬉《うれ》しいと同時に、一之瀬には申し訳ないという気持ちも湧いてくる。

遡《さかのぼ》ること2日前の試験5日目。一之瀬たちはグループの最大人数を解放する課題で1位を獲得し3人の上限を増やすことに成功した。その翌日にGPSサーチを使い橋本《はしもと》グループと合流を果たしたばかりでのトラブル。

「ごめんね。絶対に3回目には間に合うように戻って来るからっ」

やることが決まったのなら、1秒でも早く仲間の元に戻らなければならない。

「んじゃ、俺は一之瀬をギリギリまで送ってくよ」

一之瀬は頭を切り替え、柴田と共に真《ま》っ直《す》ぐ南へ下る。

「柴田くんもごめんね、付き合わせる形になっちゃって」

「こういうトラブルは仕方ないことだからなあ。もう言うのはナシにしようぜ」

「うん、そうだね」

それから一之瀬と柴田は1時間ほど使って、川沿いにE9エリアまでやって来る。

浜辺が見えたことで、スタート地点が射程圏に入った。

「思ったよりも速いペースだな。順調順調っ」

あとはこのまま西に突き進めば、何らかの形で港の方へと出るだろう。

所要する時間はゆっくり進んだとしても30分もかからない。

しかし往復すれば1時間必要になる。

「柴田くんは、このまま次の指定エリアを目指してもらえる？」

「いや、近いからって1人で戻るのは危なくないか？　森の中は迷路みたいなもんだしさ。それに昼間って言っても、今日は曇りだし雨も――――」

空を見上げた柴田。朝8時現在は降っていないが、この先の天候は不安定だ。

「うん、危険は承知だよ。ここからなら迷わず港に戻れるし。上位陣に追い付くには1点だって無駄に出来ないと思うんだ。それに雨が降ってきたら私たち2人ともが合流できなくなっちゃうかも」

1点でも貪欲に狙っていくことが重要だと一之瀬は強く説く。

「あとは真《ま》っ直《す》ぐ突き進むだけだしね」

少しでも早く戦線に復帰してもらって、柴田《しばた》には得点を稼いでもらいたい。

足を引っ張ってしまったからこそ、最小限の負担だけにしたい一之瀬《いちのせ》の想《おも》い。

「……分かった。けど無茶《むちゃ》はしないでくれよ？　もし雨が降ったら無理せず止《や》むまで待っていいんだからな？」

「うん、絶対に無茶はしないよ。怪我《けが》してリタイアしちゃったら笑えないしね」

そう約束し、一之瀬は手を振り柴田に橋本《はしもと》たちとの合流を促した。

柴田の指し示した方角を覚え、一之瀬は森に足を踏み入れた。次の指定エリアまでには間に合わないとしても3度目の指定エリアには絶対に戻ってみせる。その強い意志が一之瀬を突き動かしていた。

時間のロスを避けるため、考えるよりまず足を動かす。

同エリアには誰もいないのか、誰の姿を見ることもなく進んでいく。万が一の時は誰かに聞けばいいと思っていた考えが甘かったことを認識する。

それから10分ほど森の中を進むと、どんどん視界が更に悪くなってくる。

雲が更に厚くなってきたことが原因であることは明白だった。

真っ直ぐに進んでいるつもりでも、それを木々は容赦《ようしゃ》なく遮《さえぎ》って来る。

1本避けて進むとまた1本、また1本と道なき道を妨害してくる。

それを繰り返されると、本当に真っ直ぐ進んでいるのかの自信を失い始める。

「なんか、やることなすこと悪手って感じ……？」

自嘲《じちよう》気味に笑いつつ、それでも前に進むしかない。

間違いなく数百メートル内には港があるはずなのだから。

それから更に20分ほど歩いたところで、一之瀬は見通しの甘さに足を止めていた。

道を間違えていなければ、もう完全に港に着いている頃。

「何やってるんだろうな……私」

タブレットを出してみても、当然自分の現在地は不明のまま。

元来た道を引き返すにしても、迷わない絶対の保証はない。普段の一之瀬は無茶な選択をあまりしない。しかしCクラスに落ちたことが潜在的に焦りを生んでいた。

そんな中Aクラスのリーダーである坂柳《さかやなぎ》の提案で強力なグループを組むことが出来た。

対等な関係であるためには、自分自身も力を示さなければならない。

方角の自信を失いつつも、1歩を踏み出さなければならない。

どこへ？　どっちへ？　その不安を払いのけるように右足を上げる。

と、微《かす》かに前の方から音が聞こえた気がした。

喜びに声を出そうか迷った一之瀬だが、野生動物である可能性も否定しきれない。

正体を確認してからでも遅くないと思い、一之瀬は静かに音の方向へと向かった。

やがて見えてきたのは——理事長代理である月城《つきしろ》と1年Dクラス担任の司馬《しば》。

それを見た時、一之瀬は心の底からホッとした。

これで港の場所を聞ける。

しかし……。それが甘い考えだと一之瀬《いちのせ》はすぐに思い留《とど》まる。いくらアクシデントとはいえこれは特別試験の最中。道に迷ったので教えてくださいとお願いして、答えてもらえると思わない方がいい。腕時計の故障が内部的なものであればともかく、外的要因で壊れたのなら猶更《なおさら》だ。自己責任の一言で片づけられると折角《せっかく》の救いの糸を手放してしまう。

目の前の糸を手繰り寄せる方法。

いっそのこと2人の後をつける方が賢いのではないだろうか。

スタート地点に戻るなら最適であるし、課題のために移動しているのなら遅かれ早かれ他の生徒が集まってくる。どちらにしても最悪の事態は脱することが出来るだろう。

気付かれないように後をつけることを決める。

2人は何か会話を交わしながら歩いているため、簡単に気づかれることはない。それに万が一見つかっても、素知らぬ顔をしていれば問題にはならないと一之瀬は考えた。

静かな森の中では普通の話声もよく通る。

「臨機応変に動けるかの確認をお願いしていましたが、どうなりましたか？」

「難しいようです。どうにも教員側にこちらを監視する動きが見えています。真嶋《ましま》が特に強い警戒感を抱いているようで……」

話の内容に興味のなかった一之瀬は尾行に集中するため話半分に聞いていた。

「それと、もう1人不審な人物が。2年Dクラス担任の茶柱《ちゃばしら》が全履歴を探っていました」

「教員側を抱き込んでおくのは彼が取れる数少ない有用な手段ですからね。茶柱先生にしろ真嶋先生にしろ、綾小路《あやのこうじ》くんと繋《つな》がっていると見て間違いないでしょう。あの現場に居合わせた綾小路くんなら真相に気付いても不思議はありません」

ところが、思わぬ名前が出たことで状況が変わる。

綾小路。思わずドキッとする名前が聞こえてきて、一之瀬は強く息を潜めた。

その名前が出たためか2人は足を止め、会話を続ける。

「履歴の方はこちらで改ざんしておいたので、足がつくことはないかと」

「ありがとうございます。しかし何らかの手がかりを得ている可能性はあります。となれば一発勝負。確実に彼を追い込まなければなりませんね」

「しかし、そう簡単に退学させられるでしょうか。相手はホワイトルームの――――です」

「人は肩書に惑わされるモノです。ただの――――である――――よ」

ホワイトルーム？　一之瀬は耳を澄ますがハッキリと聞き取れない。

急に風が出てきたせいで声がかき消される。

綾小路の名前と退学というキーワードが強く頭にこびりついて離れない。どうしてそんな話を理事長代理と先生が話し合っているのか。一之瀬は話の内容をもう少し詳しく聞き取るため、無意識のうちに保つべき距離を見失い少しずつ距離を詰めていく。

「最終日まで彼が――――延びたなら、予定――――I2で葬り去――――ことにしましょう」

もう少しで聞き取れそうな距離にまで詰めたその時。

音を立てたつもりは一之瀬《いちのせ》になかったが、理事長代理の鋭い視線が後方へと向けられた。

まずい。

そんな直感が働いた一之瀬は、一目散に背中を向けて駆け出した。

しかし背中のバックパックの重量が邪魔をし加速することが出来ない。咄嗟《とっさ》の判断でベルトを外し茂みに力の限り放り投げる。荷物を拾われたら中のタブレットから誰であるか突き止められるが、正常な判断が出来ないほどに焦っていた。

ひとまず顔は見られなかったはず。しかし、聞き耳を立てている人物がいることには間違いなく気づかれた。その確信だけは迷いなく持てる。

今の話は絶対に聞いてはいけないような内容だった。

そんな予感をひしひしと感じながら走り続ける。

きっと逃げ切れる――。

向こうだってきっと走ってまで追いかけては来ない。

そう、きっと平気に違いない。

きっと、きっと、きっと。

後方から、小枝や葉を踏みしめるような素早い足音が聞こえてくる。運動神経に自信のない一之瀬だが、足の速さには自負があった。

右も左もない。

一之瀬は、完全に迷っている森の中を無我夢中で走り続ける。

何か見てはいけないものを見てしまった時、人は妙に察することがある。

そんな直感が強く働いた。

「っ！」

足元をよく見ず、ただ道だけを求めて走り続けていた一之瀬《いちのせ》は何かに引っかかり盛大に転んでしまう。振り返ると大木の根っこが地面に顔を出していて、そこに躓《つまず》いてしまったようだ。膝《ひざ》に強い痛みを感じつつも、急いで立ち上がろうと膝を立たせる。

そんな一之瀬の左肩を、大きな手が背後から掴《つか》んだ。

心臓が止まりそうなほどに驚き、動けなくなった一之瀬が恐る恐る振り返る。

「……おまえは確か2年Cクラスの一之瀬帆波《ほなみ》、だったな」

司馬《しば》の強い眼力に浮かしかけていた腰が再び地に落ちる。

「あ、あ、は、はい、そうです……」

そのまま尻餅をついた状態で必死に後ずさりするが、その眼光からは逃れられない。

そんな一之瀬を感情の読み取れない瞳で見下ろす司馬。

「どうしてここに？」

「そ、その、腕時計が故障してしまったみたいで……見てもらおうと……」

「なるほど。それで周囲にＧＰＳの反応がなかったわけだな」

「どこまで話を聞いたか、という部分はそれほど大きな問題じゃない。1％でもこの件に踏み込んでしまったのなら……それは単に不運だったという他ないだろう」

「何か……ペナルティを受ける、ということですか？」

「学校のルールは関係ない。おまえには即刻退場してもらうことにしよう」

そう言って、司馬の大きな手が一之瀬にゆっくりと近づいてきた。

「手荒な真似《まね》をするのは少々気が早いですね、司馬先生」

少し遅れて合流した月城《つきしろ》は、手に一之瀬のバックパックを持ちながら司馬を制した。

「は、失礼しました」

月城理事長代理も追い付き、一之瀬に対して不気味な笑みを向ける。

「形式的にお伺いしますが、何か耳にしましたか？」

「わ、私は何も聞いていません……」

もちろん、それは嘘《うそ》だ。

断片的にだが、一之瀬は2人の不穏な会話を聞いてしまった。

一之瀬が何も聞いていないと言っても、この2人は1ミリたりとも信じないだろう。

「その言葉を信じるほど、私は純粋ではありません。大人は常に最悪のことを想定して行動しなければならないものなんです。私はあなたが全てを耳にした。ということを前提で物事を進めなければならない」

値踏みするような目を向けながら、月城は一之瀬の目の前に立つ。

そしてしゃがみ込んで一之瀬の視線に合わせる。

「あなたは偶然にも全てを耳にしてしまった。それはけして聞いてはいけない情報だったのにもかかわらず、です」

その様子を見ていた司馬《しば》は、どこか恐れるように月城《つきしろ》を見る。

「今の話が外に漏れると私も司馬先生も大変困ったことになってしまうんですよ」

「何も、何も聞いてません────」

「そうではありません。聞いていた、という前提で私はお話ししています」

そう言われ、一之瀬《いちのせ》は息を呑《の》むしか出来なかった。

「記憶がなくなるまで一之瀬さんを痛めつけてリタイアしていただきましょうか？」

怯《おび》える一之瀬を見て、月城は微笑《ほほえ》みながら立ち上がる。

「などと、この学校を守る側の人間としては口が裂けても言えません。そう、私も出来る限り手荒な真似《まね》はしたくないのですよ。そこで提案です。もし誰かに他言したら、2年Cクラスだけが所属するグループを1つリタイアさせることにしましょう」

「っ……！」

「もちろん救済されるプライベートポイントを持たない方々に、です」

それは即《すなわ》ち、強制的な退学を意味する。

「そんなこと出来るはずがないと思いますか？　不正の理由を作ることなど、ルールを管理する側にしてみれば造作もないことなんです。特にこの監視の目が行き届かない無人島の中では何が起こっても不思議ではない」

細い目が怯える一之瀬を見る。

分かりますね？　と目で念押ししてくる。

「月城理事長代理、ここは甘い措置《そち》を取らず権限を発動されるべきでは？　一之瀬が姿を消そうと茶柱《ちゃばしら》、真嶋《ましま》共に気にも留めないでしょう。あの２人が警戒しているのは綾小路《あやのこうじ》に関することだけです」

「それも一理ありますね。では司馬先生はどうするのが適切だとお考えになりますか？」

司馬は思案することもなく、ズボンからゴム手袋を取り出す。

「お任せ頂ければ処理しておきます」

自らの処遇を話し合う中、一之瀬は逃げることも出来ず刑を待つだけしか出来ない。

ゴム手袋をはめてどうするつもりなのか、一之瀬には想像も及ばなかっただろう。

その様子を見た月城は優しく微笑む。

「さて、これ以上の時間をかけるのはよろしくありません」

バックパックを一之瀬の足元に置き、再び距離を取る月城。

「スタート地点の港はこの先１５０メートルほど進んだところです。行ってください」

「は、はいっ……！」

異様な雰囲気に慌てつつ、１秒でも早く立ち去るため急ぎバックパックを背負い直す。

「あなたが守るべきは他クラスの邪魔な強敵ではなくクラスメイトである。そのことを忘れないように心がけてくださいね」

一之瀬は会釈《えしゃく》し、月城の助言通りの方角へと足早に立ち去った。

その状況を見守りつつも、司馬《しば》は月城《つきしろ》に視線を向ける。

「構いませんよ、放っておきなさい」

「本当によろしかったんですか」

司馬はどこか不安材料を残したのではないかと考えを張り巡らせる。

「彼女が綾小路《あやのこうじ》に話せば計画に支障をきたします」

「予定外のことは常に起こるものです。それならこちらもそれに合わせて動くまで」

司馬は月城の真意が見えず、この先のことを危惧《きぐ》した。

「そんなに心配ですか？　それなりに効く釘《くぎ》を刺したつもりですがね」

約束を破ればクラスメイトの誰かを退学させる。単なる脅しではあるが、何よりもクラスメイトを優先する一之瀬《いちのせ》には冗談に聞こえなかっただろう。

「彼女と綾小路くんとの関係がどうあれ、強敵が消えてくれるのはCクラスにとっては願ってもないこと。一之瀬さんも時間が経《た》てばそのことと向き合うはずです。慌てず様子を見てみようではありませんか」

一滴のしずくが、月城の頬《ほお》に落ちる。

「七瀬《ななせ》さんは99%失敗すると思いますが、それを見越してやっと動き始めたようですし、順当にいけばそろそろ綾小路くんの緊急アラートが鳴り出す頃ですね」

どこまでも月城は冷静で慌てることはない。

それは彼の持つ変わらない信念がそうさせている。

1

雨足が随分《ずいぶん》と強くなり始めた。

頭が冷えたことで、七瀬はやっと自身の気持ちが消化できたのか重たい口を開く。

「私の負けですね……綾小路先輩」

「納得してくれた、ということでいいのか？」

「はい。私では逆立ちしても綾小路先輩に勝つことは出来ないようです」

全てを見抜かれ、毒気を抜かれたように観念したようだ。

こちらが手を出さず対応したことが功を奏した形になる。

「出来れば詳しく聞かせてくれないか。どうしてオレを狙ったのか。理由もはっきりしないんじゃ色々と問題も出てくる」

「そうですね、先輩には知る権利――――いえ、私が知ってもらいたいと思っています」

起き上がる体力が残っていないのか、座り込んだままそう言った。

七瀬の動きは只者《ただもの》じゃなかったが、やはりホワイトルーム生だとは思えない。

確かに七瀬の強さは相当なものだ。堀北《ほりきた》や伊吹《いぶき》を相手にしても引けを取らないだろう。

だがホワイトルーム生として見るのであれば、あまりにお粗末すぎる。

それに松雄《まつお》の名前をホワイトルーム生が出してくるというのも変な話だ。

その答えを知るべく、オレは七瀬《ななせ》からの返答を待つ。

「私は……私は幼馴染《おさななじみ》の仇《かたき》が討ちたくて、この学校に進学してきました」

「幼馴染？　まさかそれが――――」

「はい。松雄栄一郎《まつおえいいちろう》です」

オレの世話をしていた執事の松雄、その息子の名前であることは疑いようがない。

「私自身この学校に入学してよく理解出来ました。外の世界と完全に遮断されているのなら、詳しいことなど知りようもないですよね」

基本的に七瀬の言ったことは正しい。だが例外的なことに松雄関連についての情報は少しだけだが持ち合わせている。ホワイトルームに連れ戻すために姿を見せたあの男が、オレの前で話して聞かせたからだ。

その後七瀬は落ち着いた口調で全てを語って聞かせる。

オレの父親の執拗《しつよう》な根回しで進学先を追われて栄一郎が高校を退学したこと。

逃げた先の高校でも同様の目にあい、逃げ切れないと悟り進学を諦めたこと。

それを受け、松雄栄一郎の父が焼身自殺をしたこと。

その後はアルバイトで生計を立てていたこと。

それらは全てあの男から聞き及んでいたことだが、オレは黙って耳を傾ける。

「幼稚園から中学校卒業まで1つ年上の栄一郎くんとはずっと一緒でした。勉強も遊びも、習い事も……。何をやっても私より上手だった栄一郎くんは……私にとって目指すべき憧れの人でした」

　ここまで落ち着いていた七瀬の口調が、少しずつ重たいものに変わっていく。

「家を追われてからも、栄一郎くんは最後まで諦めないと言ってアルバイトを始めて。会える時間は減ってしまったけれど、私たちの関係は変わらないと思っていました」

　一つ一つを思い出すように、七瀬は止まることなく話し続ける。

「進学を諦めても、お父さんを亡くしても……どこまでも前を向いて頑張ろうとして、諦めないって私の前でもそう言って、笑ってくれていたのに……」

　拳《こぶし》に力が入ったまま、七瀬は声を震わせる。

「今年の2月14日の夕方、私は栄一郎くんの住んでいるアパートを訪れました。頑張っている栄一郎くんが、少しでも元気になってくれればって。でも――――」

　最後まで聞かずとも、何を意味しているかはよく分かった。

　松雄栄一郎は頑張り続けたその先で、生にすがりつくことを諦めたのだと。

「会えなくなったら想《おも》いを伝えることは二度と出来なくなる。そう言ってたな」

　池《いけ》を励ましていた七瀬が語っていたことを思いだす。

　どれだけ後悔しても遅い。たとえ骸の前で叫んでも言葉が届くことはない。

「綾小路《あやのこうじ》先輩のことも、先輩のお父さんのことも私は詳しく知りませんでした。願書も別の高校に出していましたし……そんな私の元に、あの人が現れたんです」

「月城《つきしろ》か」

「はい。栄一郎《えいいちろう》くんの人生がねじ曲がってしまったわけを月城《つきしろ》理事長代理からお聞きし、高度育成高等学校への入学手配もして頂きました。綾小路清隆《あやのこうじきよたか》という人物がこの学校に入学し、ホワイトルームと呼ばれる施設から逃げたことが全ての原因だと」

そして幼馴染《おさななじみ》の仇《かたき》を取るために、わざわざこの学校に進学してきた。

「綾小路先輩を退学させられたなら、先輩のお父さんにお会いさせてもらう約束でした。本当はそこで、栄一郎くんに頭を下げるようお願いするつもりだったのですが……」

万が一オレを退学させられたとしても、あの男が頭を下げるはずがない。

きっと七瀬《ななせ》の言葉が届くことはなかっただろう。

これで話は繋《つな》がったが、分からないことはまだまだある。

「月城はホワイトルーム生を送り込んだと言っていたが、それはブラフだったと?」

「えっと、それはどういう意味でしょうか。そもそもホワイトルームというものについて私は詳しく知りません」

この場で七瀬が嘘《うそ》をついているようには見えない。だとするなら考えられるパターンは2つ。送り込んだ刺客が七瀬以外にいて、ホワイトルーム生もしくはその役目を担っている人物がいるパターン。もう1つは月城の言っていた刺客そのものが七瀬で、ホワイトルーム生だと思わせていたパターン。

後者であってくれるなら、ここでオレを狙ってくる存在はいなくなることになる。

しかし、それは考えにくいだろう。

七瀬の実力は一般的な観点から見れば逸材だが、オレを退学させるために送り込む刺客としては実力不足の相手である。こうなることが月城に読めなかったとも思えない。

「悪いのは綾小路先輩じゃありません。でも……やり場のない怒りを、悔しさを……どうしても誰かにぶつけたかったんです……」

一連の流れを聞くと色々と繋がって来る。入学してからの七瀬の行動。

退学にさせようとしつつも、助けを出すような場面も何度かあった。

七瀬自身が正しいことをしていると思っていないからこそ、矛盾が生まれていたのだ。

そして松雄《まつお》栄一郎を心に宿したと思い込ませ、今日全てをぶつけてきた。

山の上であるためか、雨によって地面が冷やされ濃い霧が立ち込め始めた。

「先輩には、とても顔向けできません……本当に申し訳ありませんでした……」

七瀬は自らを恥じるように手で顔を隠し、視線をこちらに向けられないでいた。

オレは、何も言わず静かに七瀬が心を落ち着かせるのを待つ。

「謝ることじゃない。おまえが怒りを覚えるのも無理ないことだ」

あの男がオレを連れ戻すために、それだけの大罪を犯したことも また事実。

人を人とも思わぬ、冷徹な存在。

だがそれは同時にオレ自身をも投影している皮肉だ。

「理事長代理の指示を遂行できなかった私は、もうここに残る意味もありません」

「退学する、と？」

「せめてもの償《つぐな》いは、それくらいしか出来ませんから」

オレとあの男と本質は同じ。

自分という存在を守ることさえできれば、他者がどうなろうと知ったことではない。

しかし、本質が同じでも異なる点はある。

その本質を容易《たやす》く第三者に対し見せることが得策にはならないと考えていること。

要は己の邪魔にしかならない愚者を無為に払いのけるか、払いのけないか。

手を差し伸べられるか、差し伸べられないかにある。

あの男は愚者に対して手を差し伸べることは絶対にしない。

それがオレとの決定的な違いだ。

オレは七瀬《ななせ》にゆっくりと手を差し伸べる。

「せんぱい……？」

「もしオレに対して悪いと思っているのなら、今の言葉は取り消して欲しい」

「どういう、ことでしょうか……」

「何も恥じることはない。おまえは自分にできる全てを使って仇《かたき》を討とうとした。だが、オレにも負けられない理由がある。オレがこの学校に留《とど》まり続けることは、あの男、つまり父親に対する唯一の攻撃だと考えているからだ」

七瀬は顔を上げられないまま、それでもゆっくりと顔をあげオレの手の平を見つめる。

「我儘《わがまま》を言わせてもらえるなら、この学校を去るなんて言わず協力して欲しい。今も月城《つきしろ》はオレを退学させ父親の手土産にしようとこの特別試験で画策しているだろう。そうなったら命令に背いてまでこの学校に入学させてくれた松雄栄一郎《まつおえいいちろう》の気持ちにも背くことになってしまう」

「私がすべきことは……反対だった、ということなんですね」

「手を貸してもらえるか」

細く滑らかな手が、差し伸べたオレの手を握り返した。

「――約束します」

雨で冷えた手の平だったが、じんわりと温かい熱を持っている。

長らく伏せていた七瀬の顔が、オレの目を見つめた。

実際に役立つか役立たないかは関係がない。

使い捨てる形になろうとも、役立たせるようにこちらが上手《うま》く使うことが肝要。

「雨に濡《ぬ》れると身体《からだ》を壊す。行こうか」

「……はいっ」

あとがき

どうもどうも、世界で一番好きな食べ物はお茶をかけて食べる梅茶漬けの衣笠《きぬがさ》です。

今巻で初めて特別試験が2冊以上に分かれる形になります。まずはその点をご了承ください。各地に散った生徒たちの状況も書きたいと思いつつ、あっと言う間にページ数が最大にまで膨れ上がってしまい、1冊で出来ることに限界があるなと痛感しています。

書き始める時なんて、ちょっとくらいページが余ってもいいよね、大変だし？　なんて楽観したりすることもあるんだけど多くの巻で気が付けば残ページとの戦い。いっそよう実だけ特例で500Pオーバー仕様を認め……いや、やめよう。自分を無為に傷つける戦いになるだけだ。むしろ最大50Pくらいでいいんじゃないかな！

はい。前置きが長くなりましたが、あとがきは今回も1Pでっす。

正直あとがきなんて無くてもいいんじゃない？　特に衣笠のあとがき待ってる奴《やつ》なんている？　と毎回考えつつも、作品の終わりの次のページが即あとがきになるのだけはちょっとヤダなと思ってたりする（でもページが足りないんだから仕方ない）。

2020年も終わりが見えてきましたが、まだまだ今年頑張ります！　またね！

MF文庫J

ようこそ実力至上主義の教室へ 2年生編3

2020年10月25日　初版発行
2024年9月10日　23版発行

著者　衣笠彰梧
発行者　山下直久
発行　株式会社KADOKAWA
〒102-8177 東京都千代田区富士見2-13-3
0570-002-301（ナビダイヤル）

印刷　株式会社広済堂ネクスト
製本　株式会社広済堂ネクスト

Printed in Japan　ISBN 978-4-04-065942-8 C0193

【ファンレター、作品のご感想をお待ちしています】
〒102-0071 東京都千代田区富士見2-13-12
株式会社KADOKAWA　MF文庫J編集部気付「衣笠彰梧先生」係　「トモセシュンサク先生」係

MF文庫J

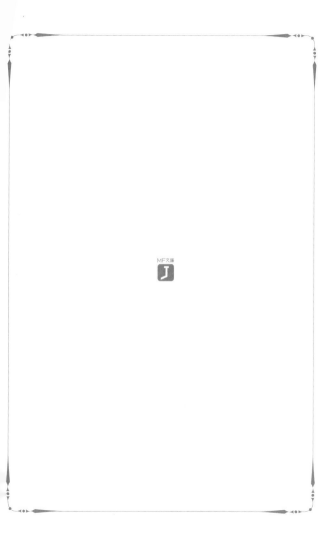

ロクでなし魔術講師と追想日誌《メモリーレコード》9

羊太郎

ファンタジア文庫
3131